21世纪高等职业教育信息技术类规划教材

21 Shiji Gaodeng Zhiye Jiaoyu Xinxi Jishulei Guihua Jiaocai

Photoshop CS3
实用教程

Photoshop CS3 SHIYONG JIAOCHENG

郭万军 主编　周利江 李君 副主编

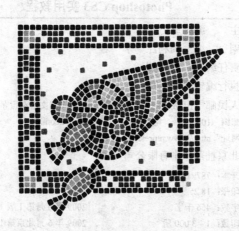

人民邮电出版社

北　京

图书在版编目（CIP）数据

Photoshop CS3实用教程 / 郭万军主编. —北京：人民
邮电出版社，2009.6
  21世纪高等职业教育信息技术类规划教材
  ISBN 978-7-115-20605-3

  Ⅰ. P… Ⅱ. 郭… Ⅲ. 图形软件，Photoshop CS3—高等
学校：技术学校—教材 Ⅳ. TP391.41

  中国版本图书馆CIP数据核字（2009）第054038号

内 容 提 要

本书以平面设计为主线，系统地介绍了 Photoshop CS3 的基本使用方法和技巧。

全书共分 11 章，内容包括图形图像的基本概念与 Photoshop CS3 窗口的基本操作，文件操作与颜色的设置方法，图像的各种选择技巧，移动、绘画工具及各种图像编辑工具，绘制和调整路径，图层、蒙版和通道的应用技巧，色彩校正方法，文字的输入与编辑，滤镜，打印图像与系统优化设置以及网页制作等。每章在讲解工具和命令的同时还穿插了很多功能性的小案例以及综合性的案例，这样可以使学生在理解工具命令的基础上能够边学边练。在每章后面都精心安排了习题，可以使学生能够巩固并检验本章所学知识。

本书内容详实，图文并茂，操作性强，适合作为高职高专院校"电脑平面设计"课程的教材，也可作为 Photoshop 初学者的自学参考书。

21 世纪高等职业教育信息技术类规划教材

Photoshop CS3 实用教程

◆ 　主　　编　郭万军
　　副 主 编　周利江　李　君

　　责任编辑　潘春燕
　　执行编辑　刘　琦

◆ 人民邮电出版社出版发行　　北京市崇文区夕照寺街 14 号
　　邮编　100061　　电子函件　315@ptpress.com.cn
　　网址　http://www.ptpress.com.cn
　　北京楠萍印刷有限公司印刷

◆ 开本：787×1092　1/16
　　印张：18.25
　　字数：456 千字　　　　　　　　2009 年 6 月第 1 版
　　印数：1—3 000 册　　　　　2009 年 6 月北京第 1 次印刷

ISBN 978-7-115-20605-3/TP

定价：28.50 元

读者服务热线：**(010)67170985**　印装质量热线：**(010)67129223**
反盗版热线：**(010)67171154**

前　言

Photoshop 是 Adobe 公司推出的计算机图像处理软件，也是迄今为止适用于 Windows 和 Macintosh 平台的最广泛的图像处理软件。它凭借强大的图像处理功能使设计者可以对位图图像进行自由创作。为了帮助高职院校的教师比较全面、系统地讲授这门课程，使学生能够熟练地使用 Photoshop 来进行图像处理及创作，我们几位长期在高职院校从事艺术设计教学的教师共同编写了这本《Photoshop CS3 实用教程》。

本教材根据高等职业学校学生的实际情况，从软件的基本操作入手，深入浅出地讲述了 Photoshop CS3 的基本功能和使用技巧。在讲解工具和命令时，除了对基本使用方法和参数进行全面、详细的介绍外，对于常用的、重要的和较难理解的工具和命令，都以穿插实例的形式进行了讲解，达到使学生融会贯通、学以致用的目的。

本教材在强调基础工具和命令的同时，又力求体现新知识、新创意、新理念。同时通过配套的《Photoshop CS3 上机指导与练习》一书，加强对学生相关设计公司业务实战技能的培养。

为方便教师教学，本书配备了内容丰富的教学资源包，包括素材、所有案例的效果演示、PPT 电子教案、习题答案、教学大纲和 2 套模拟试题及答案。任课老师可登录人民邮电出版社教学服务与资源网（www.ptpedu.com.cn）免费下载使用。

本课程的教学时数为 72 学时，各章的参考教学课时见以下的课时分配表。

章 节	课 程 内 容	课 时 分 配	
		讲授	实践训练
第 1 章	基本概念与基本操作	2	2
第 2 章	文件操作与颜色设置	2	2
第 3 章	选择和移动图像	3	4
第 4 章	绘画和编辑图像	4	5
第 5 章	绘制路径与图形	4	5
第 6 章	图层、蒙版与通道	5	6
第 7 章	色彩校正	3	2
第 8 章	输入文字与文字特效	3	4
第 9 章	滤镜	2	4
第 10 章	打印图像与系统优化	2	3
第 11 章	网页制作	2	3
课 时 总 计		32	40

本书由郭万军任主编，周利江、李君任副主编。参加本书编写工作的还有沈精虎、黄业清、宋一兵、谭雪松、向先波、冯辉、郭英文、计晓明、尹志超、滕玲、董彩霞、郝庆文等。

由于编者水平有限，书中难免存在错误和不妥之处，恳切希望广大读者批评指正。

编　者

2009 年 3 月

目 录

第1章 基本概念与基本操作

在 Adobe 公司出品的图形图像处理软件中 Photoshop CS3 版本功能强大、操作灵活，为使用者提供了更为广阔的创作空间，使平面设计工作更加方便、快捷。

Photoshop CS3 作为专业的图像处理软件，可以使同学们尝试新的创作方式以及制作适用于打印、Web 图形和其他用途的最佳品质的图像，使用户提高工作效率。通过它便捷的文件数据访问、流线型的 Web 设计、更快的专业品质照片润饰功能及其他功能，可创造无与伦比的影像世界。本章主要介绍运行 Photoshop CS3 软件的环境要求、软件的应用领域、基本概念、软件的界面窗口及简单的操作等。

1.1 叙述约定

屏幕上的鼠标光标表示鼠标所处的位置，当移动鼠标时，屏幕上的鼠标光标就会随之移动。通常情况下，鼠标光标的形状是一个左指向的箭头 �。在某些特殊操作状态下，鼠标光标的形状会发生变化。Photoshop CS3 中鼠标有 5 种基本操作，为了叙述方便，本书约定如下。

- 移动：在不按鼠标键的情况下移动鼠标，将鼠标光标指到某一位置。
- 单击：快速按下并释放鼠标左键。单击可用来选择工具、执行命令等。除非特别说明，以后所出现的单击都是指用鼠标左键。
- 双击：快速连续单击鼠标左键两次。双击通常用来打开对象。除非特别说明，以后所出现的双击都是指用鼠标左键。
- 拖曳：按住鼠标左键不放，并移动鼠标光标到一个新位置，然后松开鼠标左键。拖曳操作可用来绘制选框、绘制图形、移动图形或复制图形等。除非特别说明，以后所出现的拖曳都是指按住鼠标左键。
- 右击：快速按下并释放鼠标右键。这个操作通常弹出一个快捷菜单。

为了方便同学们对后面章节的学习，本节对一些常用术语的约定如下。

- "+"：指在键盘上同时按下 "+" 左、右两边的两个键。例如，"Ctrl+Z" 表示同时按下 Ctrl 和 Z 两个键；或先按住 Ctrl 键不松手，然后再按 Z 键，执行完毕后同时松手。在实际工作过程中后一种方法比较常用。

在利用快捷键执行命令时，还有同时按更多键的情况。与上述操作相同，即一定要先按住键盘上的辅助键（如 Shift 键、Ctrl 键或 Alt 键）不放，然后再按键盘上的其他键，否则不能执行相应的操作。

- 【】：符号中的内容表示菜单命令或对话框中的选项等。
- "/"：表示执行菜单命令的层次。例如，执行【文件】/【新建】命令，表示先选择【文件】菜单，然后在弹出的下拉菜单中执行【新建】命令。

1.2 Photoshop CS3 的运行环境要求

随着 Photoshop 版本的不断更新，需要计算机的配置也越来越高。下面来介绍一下安装 Photoshop CS3 时对计算机系统的一些要求。

1.2.1 硬件要求

在 Windows 中安装使用 Photoshop CS3，计算机的最低硬件配置要求如下。

(1) Intel Pentium Ⅲ或以上机型。

(2) 512MB 或以上内存。

(3) 200MB 硬盘空间（仅用于 CorelDRAW，安装其他应用程序则需要更多空间）。

(4) 16 位以上的适配卡和 1024×768 屏幕分辨率的显示器。

(5) CD-ROM 驱动器。

(6) 鼠标或绘图板。

1.2.2 运行环境要求

安装 Photoshop CS3 的运行环境要求如下。

(1) Windows 2000，Windows XP（家庭版、专业版、Media Edition、64 位或 Tablet PC Edition）或含最新 Service Pack 的 Windows Server 2003。

(2) Microsoft Internet Explorer 6 或更高版本。

1.2.3 其他输入输出设备

常用的输入设备是扫描仪和数码相机，输出设备是打印机。

一、输入设备

扫描仪是一种高精度的光电一体化的高科技产品，它是将各种形式的图像信息输入计算机的重要工具，是继键盘和鼠标之后的第 3 代计算机输入设备。扫描仪的种类繁多。根据扫描仪扫描介质和用途的不同，可以将扫描仪分为以 CCD 为核心的平板式扫描仪、手持式扫描仪和以光电倍增管为核心的滚筒式扫描仪。分辨率是扫描仪性能高低的主要依据，通常用每英寸上扫描图像所含像素点（DPI）的个数来表示。扫描仪的分辨率又分为光学分辨率和最大分辨率，光学分辨率是指扫描仪物理器件所具有的真实分辨率，而最大分辨率是用软件加强的插值分辨率，并不代表扫描仪的真实分辨率。目前，常见的办公用扫描仪的分辨率为 600（水平分辨率）×1200 DPI（垂直分辨率）、1200×2400 DPI 或 2400×2400 DPI，插值分辨率为 9600DPI 或更高。

数字摄影技术是胶片摄影与计算机图像技术的结合，而数码相机正是数字摄影技术的代表产品，也是目前使用最多的一种计算机输入设备，其核心部件是电荷耦合器件（CCD）光敏材料芯片。以往数字摄影技术只是依靠扫描仪和传统的胶片冲洗技术来完成的，最后由计算机进行处理和编辑，其过程相当繁琐。而使用数码相机却将这些过程变得相当便捷，可以用数码相机拍摄到满意的图像，然后可立即打印输出或将其直接传输到计算机中进行处理和编辑。

二、 输出设备

最常用的打印机有喷墨式打印机、针式打印机和激光打印机 3 种。

喷墨打印机是通过加热喷嘴，使墨水产生气泡，喷到打印介质上的。对于普通的设计稿，采用分辨率在 720DPI 以上的喷墨式打印机就能满足设计的要求。如果使用分辨率更高的喷墨式打印机，并使用专用纸，可以打印类似照片质量的图像。

针式打印机由于其不可替代的定位套打、连续打印、复制打印以及突出的可靠性、优异的耗材性价比，逐步得到了国内很多行业用户的认同。

激光打印机的打印原理是 CMYK 四色碳粉，分 4 次打印到纸上，无需专用纸张，具有打印速度快、打印的质量高等优点。

1.3　Photoshop 的应用领域

Photoshop 的应用范围非常广泛。从修复照片到制作精美的图片，从打印输出到上传到 Internet，从工作中的简单图案设计到专业平面设计或网页设计，该软件都可胜任，且可以优质高效地帮助用户完成每项工作。

1.3.1　Photoshop 的用途

Photoshop 的应用领域主要有平面广告设计、网页设计、包装设计、CIS 企业形象设计、装潢设计、印刷制版、游戏、动漫形象以及影视制作等。

- 平面广告设计行业。包括图案设计、文字设计、色彩设计、招贴设计（即海报设计）、POP 广告设计、户外广告设计、DM 广告设计、各类企业宣传品设计等。
- 网页设计行业。包括界面设计及动画素材的处理等。
- 包装设计行业。包括各类工业产品、食品、化妆品及书籍装帧等。
- CIS 企业形象设计行业。包括标志设计、服装设计及各种标牌设计等。
- 装潢设计行业。包括各种室内外效果图的后期处理等。通过 Photoshop 对效果图进行后期处理，可以将单调乏味的建筑场景处理成真实、细腻的效果。
- 印刷制版行业。主要是对设计好的版面进行排版或打印输出。
- 游戏行业。主要包括游戏界面设计、游戏角色贴图绘制、场景绘制和整理等。
- 动漫形象以及影视行业。包括贴图绘制、卡通造型效果表现、影视片头及片尾特效制作等。

1.3.2　案例赏析

下面是利用 Photoshop CS3 绘制的一些案例作品，请同学们欣赏，提高对此软件的理解和学习兴趣。

(1) 老照片翻新处理，效果如图 1-1 所示。

图1-1　老照片翻新处理

（2）照片个性色调调整，效果如图 1-2 所示。

图1-2　照片个性色调调整

（3）数码照片合成，效果如图 1-3 所示。

图1-3　数码照片合成效果

(4)　绘制的国画及卡通图形，效果如图 1-4 所示。

图1-4　绘制的国画及卡通图形

(5)　绘制的实物造型，效果如图 1-5 所示。

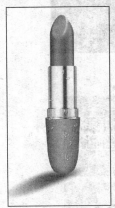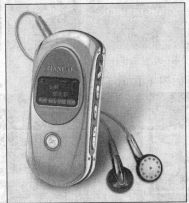

图1-5　绘制的实物造型

(6)　结合【滤镜】命令制作的特效，效果如图 1-6 所示。

图1-6　制作的各种特效

(7)　结合【滤镜】命令制作的艺术效果字，效果如图 1-7 所示。

图1-7 制作的艺术效果字

(8) 包装设计，效果如图 1-8 所示。

图1-8 包装设计

(9) 各类广告设计，效果如图 1-9 所示。

图1-9 广告设计

(10) 设计的网页及网络广告，效果如图 1-10 所示。

图1-10 网页和网络广告设计

1.4 基本概念

学习并掌握 Photoshop 基本概念，是应用好该软件的关键，也是深刻理解该软件的性质和功能所必须的。本节讲解的基本概念包括位图和矢量图、分辨率、图像尺寸、图像文件大小、颜色模式及常用的文件格式等。

1.4.1　位图和矢量图

位图和矢量图，是根据运用软件以及最终存储方式的不同而生成的两种不同的文件类型。在图像处理过程中，分清位图和矢量图的不同性质是非常必要的。

一、位图

位图，也叫光栅图，是由很多个像小方块一样的颜色网格（即像素）组成的图像。位图中的像素由其位置值与颜色值表示，也就是将不同位置上的像素设置成不同的颜色，即组成了一幅图像。如图 1-11 所示为一幅图像的小图及放大后的显示对比效果，从图中可以看出像素的小方块形状与不同的颜色。所以，对于位图的编辑操作实际上是对位图中的像素进行的编辑操作，而不是编辑图像本身。由于位图能够表现出颜色、阴影等一些细腻色彩的变化，因此位图是一种具有色调图像的数字表示方式。

图1-11　位图图像小图与放大后的显示对比效果

位图具有以下特点。

- 文件所占的空间大。用位图存储高分辨率的彩色图像需要较大的储存空间，这是因为像素之间相互独立，所占的硬盘空间、内存和显存都比矢量图大。
- 会产生锯齿。位图是由最小的色彩单位"像素点"组成的，所以位图的清晰度与像素点的多少有关。位图放大到一定的倍数后，看到的便是一个一个的像素，即一个一个方形的色块，整体图像便会变得模糊且会产生锯齿。
- 位图图像在表现色彩、色调方面的效果比矢量图更加优越，尤其是在表现图像的阴影和色彩的细微变化方面效果更佳。

在平面设计方面，制作位图的软件主要是 Adobe 公司推出的 Photoshop，该软件可以说是目前平面设计中图形图像处理的首选软件。

二、矢量图

矢量图，又称向量图，由图形的几何特性来描述组成的图像，其特点如下。

- 文件小。由于图像中保存的是线条和图块的信息，所以矢量图形与分辨率和图像大小无关，只与图像的复杂程度有关。简单图像所占的存储空间小。
- 图像大小可以无级缩放。在对图形进行缩放、旋转或变形操作时，图形仍具有很高的显示和印刷质量，且不会产生锯齿模糊效果。如图 1-12 所示为矢量图小图和放大后的显示对比效果。
- 可采取高分辨率印刷。矢量图形文件可以在任何输出设备及打印机上以打印机或印刷机的最高分辨率打印输出。

在平面设计方面，制作矢量图的软件主要有 CorelDRAW、Illustrator、InDesign、Freehand、PageMaker 等，用户可以用这些软件对图形和文字等进行处理。

图1-12 矢量图小图和放大后的显示对比效果

1.4.2 像素与分辨率

像素与分辨率是 Photoshop 中最常用的两个概念。对像素与分辨率的设置决定了文件的大小及图像的质量。

一、像素

像素（Pixel）是 Picture 和 Element 这两个单词的缩写，是用来计算数字影像的一种单位。一个像素的大小尺寸不好衡量，它实际上只是屏幕上的一个光点。在计算机显示器、电视机、数码相机等屏幕上都是使用像素作为它们的基本度量单位，屏幕的分辨率越高，像素就越小。像素也是组成数码图像的最小单位。例如，对一幅标有 1024×768 像素的图像而言，就表明这幅图像的长边有 1024 个像素，宽边有 768 个像素，1024×768=786432，即这是一幅具有近 80 万像素的图像。

二、分辨率

分辨率（Resolution）是数码影像中的一个重要概念，它是指在单位长度中所表达或获取像素的数量。图像分辨率使用的单位是 PPI（Pixel per Inch），意思是"每英寸所表达的像素数目"。另外还有一个概念是打印分辨率，它的使用单位是 DPI（Dot per Inch），意思是"每英寸所表达的打印点数"。

PPI 和 DPI 这两个概念经常会出现混用的现象。从技术角度上说，PPI 只存在于屏幕的显示领域，而 DPI 只出现于打印或印刷领域。初学图像处理的用户难于分辨，这需要一个逐步理解的过程。

对于分辨率越高的图像，其包含的像素也就越多，图像文件的长度就越大，能非常好地表现出图像丰富的细节，但会增加文件的大小，同时也需要耗用更多的计算机内存（RAM）资源，存储时会占用更大的硬盘空间等。而对于分辨率越低的图像来说，其包含的像素也就越少，图像会显示得非常粗糙，在排版打印后会非常模糊。因此在图像处理过程中，必须根据图像最终的用途选用合适的分辨率，在能够保证输出质量的情况下，尽量不要因为分辨率过高而占用更多的计算机资源。

1.4.3 图像尺寸

图像尺寸指的是图像文件的宽度和高度尺寸。根据图像不同的用途，图像尺寸可以用"像素"、"英寸"、"厘米"、"毫米"、"点"、"派卡"和"列"等为单位。例如，像素可以用于屏幕显示的度量，英寸、厘米可以用于图像文件打印输出尺寸的度量。

显示器显示图像的像素尺寸一般为 800×600 像素和 1024×768 像素等，大屏幕的液晶显示器的像素还要高。在 Photoshop 中，图像像素是直接转换为显示器像素的，当图像的分辨率比显示器的分辨率高时，图像显示的要比指定的尺寸大。例如，288 像素/英寸、1×1 英寸的图像在 72 像素/英寸的显示器上将显示为 4×4 英寸的大小。

图像在显示器上的尺寸与打印尺寸无关，而是取决于图像的分辨率及显示器设置的分辨率。

1.4.4 图像文件大小

图像文件的大小由计算机存储的基本单位字节（byte）来度量。一个字节由 8 个二进制位（bit）组成，所以一个字节的积数范围在十进制中为 0～255，即 2^8 共 256 个数。

图像颜色模式不同，图像中每一个像素所需要的字节数也不同。灰度模式的图像每一个像素灰度由一个字节的数值表示；RGB 颜色模式的图像每一个像素由 3 个字节（即 24 位）组成的数值表示；CMYK 颜色模式的图像每一个像素由 4 个字节（即 32 位）组成的数值表示。

一个具有 300×300 像素的图像，不同模式下文件的大小计算如下。

灰度图像：300×300=90000byte=90KB

RGB 图像：300×300×3=270000byte=270KB

CMYK 图像：300×300×4=360000byte=360KB

1.4.5 颜色模式

图像的颜色模式是指图像在显示及打印时定义颜色的不同方式。计算机软件系统为用户提供的颜色模式主要有 RGB 颜色模式、CMYK 颜色模式、Lab 颜色模式、位图颜色模式、灰度颜色模式和索引颜色模式等。每一种颜色都有其使用范围和优缺点，并且各模式之间可以根据处理图像的需要进行模式转换。

一、RGB 颜色模式

RGB 颜色模式是屏幕显示的最佳模式，该模式下的图像是由红（R）、绿（G）、蓝（B）3 种基本颜色组成的。这种模式下图像中的每个像素颜色用 3 个字节（24 位）来表示，每一种颜色又可以有 0～255 的亮度变化，所以能够反映出大约 $16.7×10^6$ 种颜色。

RGB 颜色模式又叫做光色加色模式，因为每叠加一次具有红、绿、蓝亮度的颜色，其亮度都有所增加，红、绿、蓝三色相加为白色。显示器、扫描仪、投影仪、电视等设备的屏幕都采用这种加色模式。

二、CMYK 颜色模式

CMYK 颜色模式下的图像是由青色（C）、洋红（M）、黄色（Y）、黑色（K）4 种颜色构成的。该模式下图像的每个像素颜色由 4 个字节（32 位）来表示，每种颜色的数值范围为 0%～100%，其中青色、洋红和黄色分别是 RGB 颜色模式中红、绿、蓝的补色。例如，用白色减去青色，剩余的就是红色。CMYK 颜色模式又叫做减色模式，由于一般打印机或印刷机的油墨都是 CMYK 颜色模式，所以这种模式主要用于彩色图像的打印或印刷输出。

三、Lab 颜色模式

Lab 颜色模式是 Photoshop 的标准颜色模式，也是由 RGB 模式转换为 CMYK 模式之间的中间模式。它的特点是在使用不同的显示器或打印设备时，所显示的颜色都是相同的。

四、灰度颜色模式

灰度颜色模式下图像中的像素颜色用一个字节来表示，即每一个像素可以用 0～255 个不同的灰度值表示，其中 0 表示黑色，255 表示白色。一幅灰度图像在转换成 CMYK 模式后可以增加色彩。如果将 CMYK 模式的彩色图像转换为灰度模式，则颜色不能恢复。

五、位图颜色模式

位图颜色模式下的图像中的像素用一个二进制位表示，即由黑和白两种颜色组成。

六、索引颜色模式

索引颜色模式下图像中的像素颜色用一个字节来表示，像素只有 8 位，最多可以包含 256 种颜色。当 RGB 或 CMYK 颜色模式的图像转换为索引颜色模式后，软件将为其建立一个 256 色的色表存储并索引其所用颜色。这种模式的图像质量不是很高，一般适用于多媒体动画制作中的图片或 Web 页中的图像用图。

1.4.6　常用文件格式

了解各种文件格式，对进行图像编辑、保存以及文件转换有很大的帮助。

下面介绍平面设计软件中常用的几种图形、图像文件格式。

- **CDR 格式**：此格式是 CorelDRAW 专用的矢量图格式，它将图片定义为图形原语（矩形、直线、文本、弧形和椭圆等）的列表，并以逐点的形式映射到页面上，因此在缩小或增大矢量图形的大小时，原始图像不会变形。

- **PSD 格式**：此格式是 Photoshop 的专用格式。它能保存图像数据的每一个细节，包括图像的层、通道等信息，确保各层之间相互独立，便于以后进行修改。PSD 格式还可以保存为 RGB 或 CMYK 等颜色模式的文件，但唯一的缺点是保存的文件比较大。

- **BMP 格式**：此格式是 Microsoft 公司软件的专用格式，也是 Photoshop 最常用的位图格式之一，支持 RGB、索引颜色、灰度和位图颜色模式的图像，但不支持 Alpha 通道。

- **EPS 格式**：此格式是一种跨平台的通用格式，可以说几乎所有的图形图像和页面排版软件都支持该文件格式。它可以保存路径信息，并在各软件之间进行相互转换。另外，这种格式在保存时可选用 JPEG 编码方式压缩，不过这种压缩会破坏图像的外观质量。

- **JPEG 格式**：此格式是较常用的图像格式，支持真彩色、CMYK、RGB 和灰度颜色模式，但不支持 Alpha 通道。JPEG 格式可用于 Windows 和 MAC 平台，是所有压缩格式中最卓越的。虽然它是一种有损的压缩格式，但在文件压缩前，可以在弹出的对话框中设置压缩的大小，这样就可以有效地控制压缩时损失的数据量。JPEG 格式也是目前网络可以支持的图像文件格式之一。

- TIFF 格式：此格式是一种灵活的位图图像格式。TIFF 在 Photoshop 中可支持 24 个通道，是除了 Photoshop 自身格式外唯一能存储多个通道的文件格式。
- AI 格式：此格式是一种矢量图像格式，在 Illustrator 中经常用到。在 Photoshop 中可以将保存了路径的图像文件输出为 "*.AI" 格式，然后在 Illustrator 和 CorelDRAW 中直接打开它并进行修改处理。
- GIF 格式：此格式是由 CompuServe 公司制定的，能存储背景透明化的图像格式，但只能处理 256 种色彩。常用于网络传输，其传输速度要比传输其他格式的文件快很多，并且可以将多张图像存储成一个文件而形成动画效果。
- PNG 格式：此格式是 Adobe 公司针对网络图像开发的文件格式。这种格式可以使用无损压缩方式压缩图像文件，并利用 Alpha 通道制作透明背景，是功能非常强大的网络文件格式，但较早版本的 Web 浏览器可能不支持。

1.5 Photoshop CS3 界面

在计算机中安装了 Photoshop CS3，单击桌面任务栏中的 开始 按钮，在弹出的菜单中依次选择【所有程序】/【Adobe Photoshop CS3】命令，即可启动该软件。

1.5.1 Photoshop CS3 界面布局

启动 Photoshop CS3 之后，在工作区中打开一幅图像，其默认的界面窗口布局如图 1-13 所示。

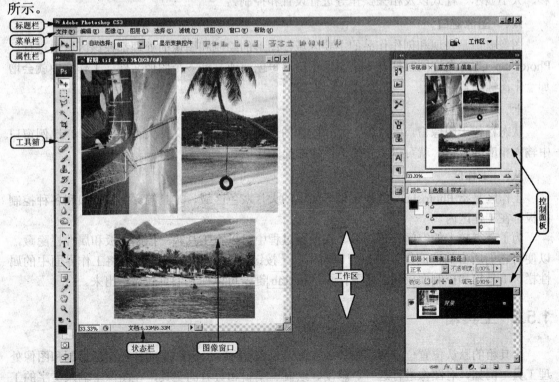

图1-13　界面窗口布局

Photoshop CS3 的界面按其功能可分为标题栏、菜单栏、工具箱、属性栏、控制面板、状态栏、工作区和图像窗口等部分。下面介绍各部分的功能和作用。

一、 标题栏

在标题栏中显示的是软件图标和名称，当工作区中的图像窗口显示为最大化状态时，标题栏中还将显示当前编辑文档的名称。标题栏右侧有 3 个按钮 ，两个按钮用于控制界面的显示大小， 按钮用于退出 Photoshop CS3。

二、 菜单栏

菜单栏中包括【文件】、【编辑】、【图像】、【图层】、【选择】、【滤镜】、【视图】、【窗口】和【帮助】等9个菜单。单击任意一个菜单，将会弹出相应的下拉菜单，其中包含若干个子命令，选择任意一个子命令即可执行相应的操作。

三、 工具箱

工具箱中包含各种图形绘制和图像处理工具，例如，对图像进行选择、移动、绘制、编辑和查看的工具，在图像中输入文字的工具，更改前景色和背景色的工具等。

四、 属性栏

属性栏显示工具箱中当前选择工具按钮的参数和选项设置。在工具箱中选择不同的工具按钮，属性栏中显示的选项和参数也各不相同。

五、 控制面板

在 Photoshop CS3 中提供了 21 种控制面板。利用这些控制面板可以对当前图像的色彩、大小显示、样式以及相关操作等进行设置和控制。

六、 图像窗口

图像窗口是表现和创作作品的主要区域，图形的绘制和图像的处理都在该区域内进行。Photoshop CS3 允许同时打开多个图像窗口，每创建或打开一个图像文件，工作区中就会增加一个图像窗口。

七、 状态栏

状态栏位于图像窗口的底部，显示图像的当前显示比例和文件大小等信息。在比例窗口中输入相应的数值，就可以直接修改图像的显示比例。

八、 工作区

工作区是指 Photoshop CS3 工作界面中的大片灰色区域，工具箱、图像窗口和各种控制面板都在工作区内。

为了获得较大的空间显示图像，在绘图过程中可以将工具箱、控制面板和属性栏隐藏，以便将它们所占的空间用于图像窗口的显示。按键盘上的 Tab 键，可以将工作界面中的属性栏、工具箱和控制面板同时隐藏；再次按 Tab 键，可以使它们重新显示出来。

1.5.2 工具箱

工具箱的默认位置位于界面窗口的左侧，包含 Photoshop CS3 的各种图形绘制和图像处理工具，例如，对图像进行选择、移动、绘制、编辑和查看的工具，在图像中输入文字的工具，更改前景色和背景色的工具及不同编辑模式工具等。注意，将鼠标光标放置在工具箱上方的蓝色区域内，按下鼠标左键并拖曳即可移动工具箱在工作区中的位置。单击工具箱中最上方的￼按钮，可以将工具箱转换为单列或双列显示。

　　当鼠标光标移动到工具箱中的任一按钮上时，该按钮将凸出显示，如果鼠标光标在工具按钮上停留一段时间，鼠标光标的右下角会显示该工具的名称。单击工具箱中的任一工具按钮可将其选定。绝大多数工具按钮的右下角带有黑色的小三角形，表示该工具是个工具组，还有其他隐藏的同类工具。将鼠标光标放置在黑色小三角形按钮上，按下鼠标左键不放或单击鼠标右键，隐藏的工具即可显示出来，其中包含工具的名称和键盘快捷键，如图 1-14 所示。在展开工具组中的任意一个工具按钮上单击，即可将其选定。工具箱及其所有隐藏的工具按钮如图 1-15 所示。

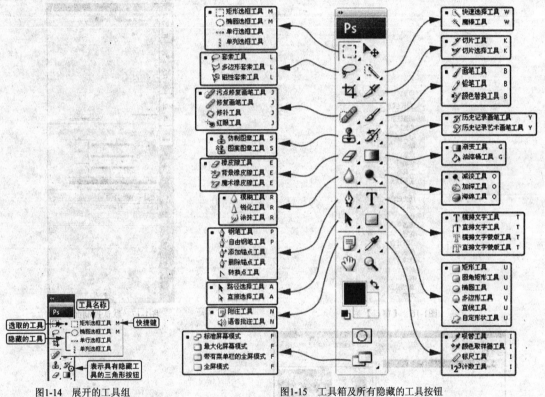

图1-14　展开的工具组　　　　　　　　　　　　图1-15　工具箱及所有隐藏的工具按钮

1.5.3　控制面板的显示与隐藏

　　在图像处理工作中，为了操作方便，经常需要调出某个控制面板，调整工作区中部分面板的位置或将其隐藏等。熟练掌握快速显示和隐藏常用控制面板的操作，可以有效地提高图像处理的工作效率。

　　执行【窗口】菜单命令，将弹出下拉菜单，在该菜单中包含 Photoshop CS3 的所有控制面板的名称，如图 1-16 所示。其中，左侧带有✓符号的命令表示该控制面板已在工作区中显示，例如【工具】、【图层】和【选项】等，执行带有✓符号的命令可以隐藏相应的控制面板；左侧不带✓符号的命令表示该控制面板未在工作区中显示，例如【动画】面板和【动作】面板等，选择不带✓符号的命令即可使其显示在工作区中，同时该命令左侧将显示✓符号。

控制面板显示在工作区之后，每一组控制面板都有两个以上的选项卡。例如，【颜色】面板包含【颜色】、【色板】和【样式】3 个选项卡，单击【颜色】或【样式】选项卡，可以显示【颜色】或【样式】控制面板，这样可以快速地选择和应用需要的控制面板。反复按 Shift+Tab 组合键，可以将工作界面中的控制面板在隐藏和显示之间切换。

默认状态下，控制面板都是以组的形式堆叠在绘图窗口右侧的，如图 1-17 所示；单击面板左上角向左的双向箭头 ，可以展开更多的控制面板，如图 1-18 所示；在默认的控制面板左侧有一些按钮，单击任一按钮可以打开相应的控制面板；单击默认控制面板右上角的双向箭头 ，可以将控制面板折叠起来成为一个按钮图标，如图 1-19 所示，这样可以用节省下来的工作区域显示更大的图像窗口。

图1-16 【窗口】菜单

图1-17 默认控制面板

图1-18 展开的控制面板

图1-19 折叠后的控制面板

1.5.4　退出 Photoshop CS3

单击 Photoshop CS3 界面窗口右侧的【关闭】按钮 ⊠，即可退出 Photoshop CS3。退出时，会关闭所有文件，如果打开编辑后的文件或新建的文件没保存，系统会给出提示，让用户决定是否保存。执行【文件】/【退出】命令或按 Ctrl+Q 组合键（或按 Alt+F4 组合键），也可以退出 Photoshop CS3。

1.6　综合案例——绘制卡通猫

本节带领同学们绘制漂亮的卡通猫，使同学们亲身体验一下 Photoshop CS3 在绘画方面的表现魅力。在操作过程中，同学们可能会遇到一些不明白的地方，只要按照操作步骤一步一步地绘制，一定可以绘制出本例作品最终的效果。

绘制卡通猫

1. 执行【文件】/【新建】命令（或按 Ctrl+N 组合键），弹出【新建】对话框，设置各选项及参数如图 1-20 所示，单击 确定 按钮，创建图像文件。
2. 选择【钢笔】工具 ◊，激活属性栏中的 按钮，在图像窗口的适当位置单击，确定钢笔路径的起点，然后移动鼠标光标位置再次单击，确定第二个锚点，如图 1-21 所示。

图1-20　【新建】对话框　　　　　　　　　　　　　　　　图1-21　确定的锚点

3. 按照想要绘制的图形形状继续移动鼠标光标并单击，确定钢笔路径的第三个锚点，如图 1-22 所示。
4. 用与步骤 2 相同的方法，依次创建其他锚点，当鼠标光标移动到第一个锚点位置时，鼠标光标右下角出现一个小圆圈，如图 1-23 所示，此时单击即可创建一条闭合的钢笔路径。
5. 将鼠标光标移动到 ◊ 工具上并按下鼠标左键，在隐藏的工具组中选择【转换点】工具 ⊦，然后在路径上单击，使路径显示出锚点，如图 1-24 所示。

图1-22　绘制路径时的状态　　　　　图1-23　鼠标光标显示的状态　　　　　图1-24　路径选择时的状态

在本书讲解过程中，如要选择隐藏的工具，且在前面已经用过，为了叙述上的方便，将直接叙述为"选择该工具"。例如，上面"将鼠标光标移动到 ⬚ 工具上并按下鼠标左键，在隐藏的工具组中选择【转换点】工具 ⬚"，将直接叙述为"选择 ⬚ 工具"。

6. 将鼠标光标移动到路径的锚点上拖曳，此时将拖曳出两条控制柄，通过调整控制柄的长度和方向，从而调整路径的弧度，如图 1-25 所示。

7. 释放鼠标左键后，再调整该锚点另一边的控制柄，如图 1-26 所示，这样就可以锁定刚才调整的控制柄，使调整形状更加灵活方便。

8. 继续调整路径，将路径调整成如图 1-27 所示的形状。

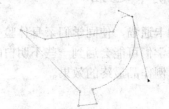

图1-25 出现的控制柄　　　　　图1-26 调整另一端控制柄时的状态　　　　　图1-27 路径调整后的形状

9. 执行【窗口】/【路径】命令，打开【路径】面板，然后将绘制的"工作路径"拖曳到 ⬚ 按钮上，存储工作路径，以免不慎丢失。再单击 ⬚ 按钮将路径转换为选区，如图 1-28 所示。

10. 在【路径】面板组中单击【图层】选项卡，然后单击【图层】面板底部的【创建新图层】按钮 ⬚ ，在【图层】面板中新建"图层 1"。

11. 按 D 键，将工具箱中的前景色设置为黑色，然后按 Alt+Delete 组合键为选区填充黑色，效果如图 1-29 所示。

图1-28 转换的选区形态　　　　　　　　　　　图1-29 填充黑色后的效果

12. 按 Ctrl+D 组合键去除选区，然后在【图层】面板中新建"图层 2"，利用 ⬚ 和 ⬚ 工具，绘制出猫的白色眼睛和鼻子图形，如图 1-30 所示。

13. 新建"图层 3"，利用 ⬚ 和 ⬚ 工具绘制出粉红色（R:232,G:113,B:171）的嘴图形。然后新建"图层 4"，利用 ⬚ 和 ⬚ 工具绘制白色图形，最终效果如图 1-31 所示。

图1-30 绘制的眼睛和鼻子图形　　　　　　　　图1-31 绘制的嘴图形

14. 新建"图层 5"，选择【椭圆】工具 ，确认属性栏中的 按钮处于激活状态，绘制出如图 1-32 所示的椭圆形路径。

15. 激活属性栏中的 按钮，然后在绘制的椭圆形路径中再绘制出如图 1-33 所示的椭圆形路径。

16. 按 $\boxed{Ctrl}$+$\boxed{Enter}$ 组合键，将路径转换为选区，然后为选区填充粉红色（R:232,G:113,B:171），并按 $\boxed{Ctrl}$+$\boxed{D}$ 组合键去除选区。

17. 按 $\boxed{Ctrl}$+$\boxed{T}$ 组合键为粉红色图形添加自由变换框，然后将鼠标光标移动到右上角的控制点外侧，当鼠标光标显示为旋转符号时，按下鼠标左键并向左上方拖曳，将图形旋转至如图 1-34 所示的形态。

图1-32　绘制的椭圆形路径　　　　图1-33　绘制的路径　　　　图1-34　旋转的形态

18. 按 $\boxed{Enter}$ 键确认图形的旋转操作，然后按住 $\boxed{Ctrl}$ 键单击"图层 1"的图层缩览图加载选区，如图 1-35 所示。

19. 选择【多边形套索】工具 ，然后按住 $\boxed{Alt}$ 键绘制如图 1-36 所示的选区，对原选区进行修剪。

20. 按 $\boxed{Delete}$ 键删除选区内的图像，然后按 $\boxed{Ctrl}$+$\boxed{D}$ 组合键去除选区，制作的项圈效果如图 1-37 所示。

图1-35　单击时的状态　　　　图1-36　修剪选区时的状态　　　　图1-37　制作的项圈效果

21. 新建"图层 6"，利用 和 工具依次绘制出如图 1-38 所示的路径。

22. 选择【画笔】工具 ，并单击属性栏中【画笔】选项右侧的 按钮，在弹出的【画笔】设置面板中选择一个圆形的笔头，然后设置选项及参数如图 1-39 所示。

图1-38　绘制的路径　　　　图1-39　设置的画笔选项及参数

23. 将前景色设置为黑色，然后单击【路径】面板中的 <u> </u> 按钮，用设置的画笔描绘路径，制作出"胡须"效果，如图 1-40 所示。

24. 在【路径】面板中的灰色区域单击，隐藏路径。

25. 在【图层】面板的"图层 6"上按下鼠标左键并向下拖曳，至 按钮处释放鼠标左键，复制"图层 6"为"图层 6 副本"，状态如图 1-41 所示。

图1-40 描绘路径后的效果

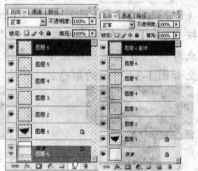

图1-41 复制图层时的状态

26. 执行【编辑】/【变换】/【水平翻转】命令，将复制出的"胡须"水平翻转，然后按 Ctrl+T 组合键为其添加自由变换框，将其旋转并调整至如图 1-42 所示的位置。

27. 新建"图层 7"，利用 和 工具制作粉红色（R:232,G:113,B:171）的"蝴蝶结"图形，然后复制"图层 7"为"图层 7 副本"，并将复制的图形进行调整，制作的"蝴蝶结"效果如图 1-43 所示。

图1-42 "胡须"调整后的形态及位置

图1-43 制作的"蝴蝶结"效果

卡通猫图形绘制完成，下面利用 工具绘制心形装饰图案。

28. 选择【自定形状】工具 ，然后单击属性栏中【形状】选项右侧的 按钮，在弹出的【自定形状选项】面板中单击右上角的 按钮。

29. 在弹出的菜单中选择【全部】命令，然后在弹出的询问面板中单击 确定 按钮，调出全部的自定形状。

30. 在【自定形状选项】面板中拖曳右侧的滑块，然后选择如图 1-44 所示的自定形状。

31. 将鼠标光标移动到画面的左上角，绘制出如图 1-45 所示的"心形"路径。

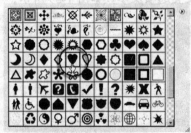

图1-44 选择的自定形状

图1-45 绘制的路径

32. 新建"图层 8"，然后按 Ctrl+Enter 组合键，将路径转换为选区，并为选区填充粉红色
    （R:232,G:113,B:171）。

33. 依次复制"图层 8"为"图层 8 副本"和"图层 8 副本 2"层，并分别调整复制图
    层的位置，如图 1-46 所示。

34. 再将"图层 8 副本 2"层复制为"图层 8 副本 3"层，然后在【图层】面板中激活
    左上角的 ⊞ 按钮，锁定图层的透明像素。

35. 将前景色设置为蓝色（R:0,G:187,B:232），然后按 Alt+Delete 组合键，将设置的颜色填
    充至当前图层中，并将修改颜色后的心形图形调整至如图 1-47 所示的位置。

> **要点提示** 在本书的范例中，使用的颜色均为 RGB 颜色模式，在下面的颜色参数设置中，如果有的颜色
> 值为 0，在叙述过程中将省略该颜色值。例如，"R:0,G:187,B:232"将省略为"G:187,B:232"。

图1-46　复制图形调整后的位置　　　　　　　图1-47　修改颜色后的图形

36. 在【路径】面板中单击"心形"路径，将其在画面中显示，然后选择【路径选择】工
    具 ▶ ，并将显示的路径调整至画面的右上角。

37. 按 Ctrl+T 组合键，为选择的路径添加自由变换框，然后将鼠标光标放置到右下角的控
    制点上，当鼠标光标显示为双向箭头时按下并向右下方拖曳，将路径放大调整，状态
    如图 1-48 所示。

38. 按 Enter 键，确认路径的放大调整，然后按 Ctrl+Enter 组合键将路径转换为选区。

39. 新建"图层 9"，然后为选区填充黑色，并按 Ctrl+D 组合键去除选区，最终效果如图
    1-49 所示。

图1-48　放大调整路径时的状态　　　　　　　图1-49　绘制完成的卡通猫图形

40. 至此，卡通猫图形绘制完成，执行【文件】/【保存】命令（或按 Ctrl+S 组合键），将
    此文件命名为"卡通猫.psd"另存。

小结

本章主要介绍了 Photoshop CS3 的运行环境要求、应用领域、有关平面设计的一些基础知识和界面窗口及各组成部分的功能，最后通过设计一个标志来了解利用该软件进行工作的一般方法。通过本章的学习，希望同学们对 Photoshop CS3 有一个总体的认识，并能够掌握界面窗口中各部分的功能，为后面章节的学习打下良好基础。

习题

1. 通过本章综合案例的学习，请同学们自己动手绘制出如图 1-50 所示的马图案。作品参见教学资源包素材文件中"作品\第 01 章"目录下的"操作题 01-2.psd"文件。
2. 通过本章综合案例的学习，请同学们自己动手绘制出如图 1-51 所示的另一种形态的小猫图形。作品参见教学资源包素材文件中"作品\第 01 章"目录下的"操作题 01-1.psd"文件。

图1-50 设计的标志

图1-51 绘制的小猫图形

第2章 文件操作与颜色设置

本章讲解有关文件操作和颜色设置的内容，包括文件操作、图像的显示控制、图像文件大小设置、标尺、网格、参考线、附注、设置颜色与填充颜色等。本章内容是学习 Photoshp CS3 的基础，希望同学们能够认真学习，为后面章节的学习打下坚实的基础。

2.1 文件操作

如果要在一个空白的文件中绘制一个图形，应使用 Photoshop 的新建文件操作；如果要修改或继续处理一幅已有的图像，应使用打开的图像文件进行操作。图形绘制完成后需要将其存储以备后用，这就需要存储或关闭文件。本节将详细讲解文件的新建、打开、关闭和存储等基本操作。

2.1.1 新建文件

执行【文件】/【新建】命令（快捷键为 Ctrl+N 组合键），或按住 Ctrl 键在工作区中双击，会弹出如图 2-1 所示的【新建】对话框，在此对话框中可以设置新建文件的名称、尺寸、分辨率、颜色模式、背景内容和颜色配置文件等。单击 确定 按钮，即可新建一个图像文件。

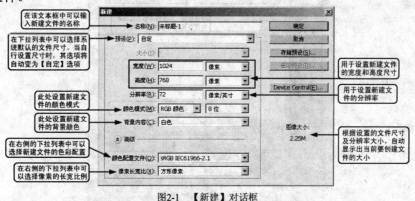

图2-1 【新建】对话框

2.1.2 打开文件

执行【文件】/【打开】命令（快捷键为 Ctrl+O 组合键）或直接在工作区中双击，会弹出如图 2-2 所示的【打开】对话框，利用此对话框可以打开计算机中存储的 PSD、BMP、TIFF、JPEG、TGA 和 PNG 等多种格式的图像文件。在打开图像文件之前，首先要知道文件的名称、格式和存储路径，这样才能顺利地打开文件。

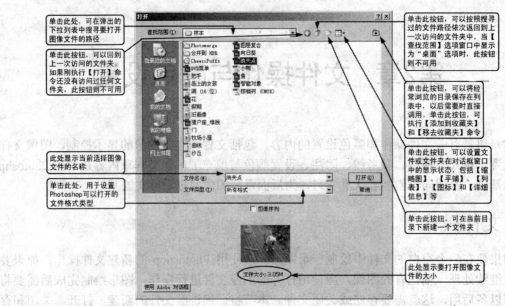

图2-2 【打开】对话框

2.1.3 存储文件

在 Photoshop CS3 中，文件的存储主要包括【存储】和【存储为】两种方式。当新建的图像文件第一次存储时，【文件】菜单中的【存储】和【存储为】命令功能相同，都是将当前图像文件命名后存储，并且都会弹出如图 2-3 所示的【存储为】对话框。

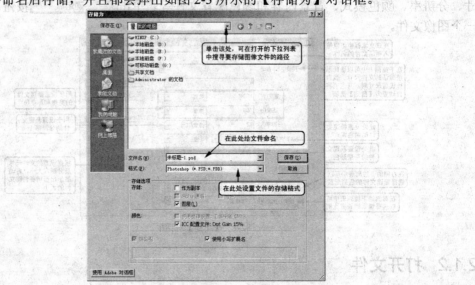

图2-3 【存储为】对话框

将打开的图像文件编辑后再存储时，就应该正确区分【存储】和【存储为】命令的不同。【存储】命令是在覆盖原文件的基础上直接进行存储，不弹出【存储为】对话框；而【存储为】命令仍会弹出【存储为】对话框，它是在原文件不变的基础上将编辑后的文件重新命名并进行另存。

【存储】命令的快捷键为 Ctrl+S 组合键，【存储为】命令的快捷键为 Shift+Ctrl+S 组合键。在绘图过程中，一定要养成随时存盘的好习惯，以免因断电、死机等突发情况造成不必要的麻烦。

2.1.4　关闭文件

　　执行【文件】/【关闭】命令（或按 Ctrl+Q 组合键），可以关闭当前图像文件，如果是打开的文件编辑后或新建的文件没有存储，系统会给出提示，让用户决定是否保存。如果同时关闭当前多个文件，可执行【文件】/【关闭全部】命令（或按 Shift+Ctrl+W 组合键），可以同时关闭打开的所有图像文件。

2.2　图像显示控制

　　在绘制图形或处理图像时，经常需要将图像放大或缩小显示，以便观察图像的细节。下面介绍图像大小的显示操作。

2.2.1　【缩放】工具

　　利用【缩放】工具 🔍 可以将图像按比例放大或缩小显示。选择【缩放】工具 🔍，在图像窗口中单击，图像将以鼠标光标单击处为中心放大显示一级；按下鼠标左键拖曳，拖出一个矩形虚线框，释放鼠标左键后即可将虚线框中的图像放大显示，如图 2-4 所示。如果按住 Alt 键，鼠标光标形状将显示为 🔍，在图像窗口中单击时，图像将以鼠标光标单击处为中心缩小显示一级。

图2-4　图像放大显示状态

无论在使用工具箱中的哪种工具时，按 Ctrl++ 组合键可以放大显示图像，按 Ctrl+- 组合键可以缩小显示图像，按 Ctrl+0 组合键可以将图像适配至屏幕显示，按 Ctrl+Alt+0 组合键可以将图像以 100% 的比例正常显示。在工具箱中的【缩放】工具按钮 🔍 上双击，可使图像以实际像素显示。

2.2.2　【抓手】工具

　　图像放大显示后，如果全幅图像无法在窗口中完全显示，可以利用【抓手】工具 ✋ 在图像中按下鼠标左键拖曳，从而在不影响图像在图层中相对位置的前提下平移图像在窗口中的显示位置，以观察图像窗口中无法显示的图像，如图 2-5 所示。

图2-5 平移显示图像状态

 在使用【抓手】工具时，按住 Ctrl 键或 Alt 键可以暂时切换为【放大】或【缩小】工具；双击工具箱中的【抓手】工具按钮 ，可以将图像适配至屏幕显示。当使用工具箱中的其他工具时，按住空格键可以将当前工具暂时切换为【抓手】工具。

2.2.3 屏幕显示模式

Photoshop CS3 中提供了 4 种显示模式，即标准屏幕模式、最大化屏幕模式、带有菜单栏的全屏模式和全屏模式，如图 2-6 所示。按 F 键可以在各显示模式之间切换；在带有菜单栏的全屏模式和全屏模式下，按 Shift+F 组合键，可以切换是否显示菜单栏。

图2-6 屏幕显示模式

- 【标准屏幕模式】 ：这是系统默认的屏幕显示模式，即图像文件刚打开时的显示模式。
- 【最大化屏幕模式】 ：显示软件窗口中的所有内容且以最大的窗口来显示文件。
- 【带有菜单栏的全屏模式】 ：单击此按钮，可以切换到带有菜单栏的全屏模式，此时工作界面中的标题栏、状态栏以及除当前图像文件之外的其他图像窗口将全部隐藏，并且当前图像文件在工作区中居中显示。
- 【全屏模式】 ：单击此按钮，可以切换到全屏模式，此时工作界面在隐藏标题栏、状态栏和其他图像窗口的基础上，菜单栏也被隐藏。

2.3 设置图像文件大小

第 1 章已经介绍了图像尺寸以及图像文件大小的概念。图像尺寸及图像文件大小是可以设置的。本节来介绍有关图像大小的设置操作。

2.3.1 查看图像文件大小

在新建的图像文件或打开的图像文件的左下角有一组数字，如图 2-7 所示。其中，左侧的"文档：2.25M"表示图像文件的原始大小，也就是当文件存储为 TIFF 格式，无压缩存盘所占用磁盘空间的大小；右侧的"54.4M"表示当前图像文件的虚拟操作大小，也就是包含图层和通道中图像的综合大小。这组信息同学们一定要清楚，在处理图像和设计作品时，通过这里可以随时查看图像文件的大小，以便决定该图像文件大小是否能满足设计的需要。

图2-7 打开的图像文件

图像文件的大小以千字节（KB）、兆字节（MB）和吉字节（GB）简称（K、M、G）为单位。它们之间的换算为 1MB=1024KB，1GB=1024MB。

单击右侧的 ▶ 按钮，弹出如图 2-8 所示的菜单，选择【文档尺寸】命令，在 ▶ 按钮左侧将显示图像文件的尺寸，也就是图像的长、宽数值以及分辨率，如图 2-9 所示。

图2-8 【文件信息】菜单

图2-9 显示的长、宽数值以及分辨率

在图像文件左下角的第一组数字"50%"，表示当前图像的显示百分比，同学们可以通过直接修改这个数值来改变图像的显示比例。图像文件窗口显示比例的大小与图像文件大小以及尺寸大小是没有关系的，显示的大小影响的只是视觉效果，而不能决定图像文件打印输出后的大小。

2.3.2 调整图像文件大小

图像文件的大小是由文件尺寸（宽度、高度）和分辨率决定的。图像文件的宽度、高度或分辨率数值越大，图像文件也就越大。当图像的宽度、高度和分辨率无法符合设计要求时，可以通过改变图像的宽度、高度或分辨率来重新设置图像文件的大小。

⚷ 调整图像文件大小

1. 打开教材资源包素材文件中"图库\第 02 章"目录下的"书籍装帧.jpg"文件,如图 2-10 所示。在图像左下角的状态栏中显示出图像的大小为"3.02M"。

2. 执行【图像】/【图像大小】命令,弹出【图像大小】对话框,如图 2-11 所示。

图2-10　打开的文件

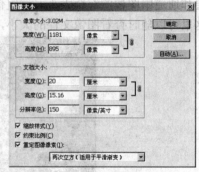

图2-11　【图像大小】对话框

3. 如果需要保持当前图像的像素宽度和高度比例,就需要勾选【约束比例】复选项,在 更改像素的【宽度】和【高度】参数时,将按照比例同时进行改变,如图 2-12 所示。

4. 修改【宽度】和【高度】参数后,在【图像大小】对话框中【像素大小】后面可以看 到修改后的图像大小为"4.72M",括号内的"3.02M"表示图像的原始大小。在改变图 像文件大小时,如果图像由大变小,其图像质量不会降低;如果图像由小变大,其图 像质量将会下降。由于彩色印刷要求的分辨率是"300 像素/英寸",所以需要将【分辨 率】参数设置为"300",如图 2-13 所示。

5. 将【分辨率】参数设置为"300"后,可以看出在【图像大小】对话框中【文档大小】 栏中的【宽度】和【高度】并没有发生变化,变化的只是【像素大小】,所以调整图像 的分辨率并不会影响图像的输出尺寸,而影响的只是输出后图像的品质。单击 确定 按钮,即可完成图像大小的调整。

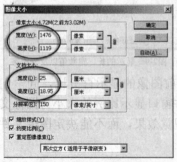

图2-12　【图像大小】对话框

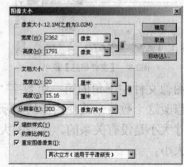

图2-13　【图像大小】对话框

2.3.3　调整图像画布大小

在设计作品过程中,有时候需要增加或减小画布的尺寸来得到合适的版面,而利用【画 布大小】命令,就可以根据需要来改善作品的版面尺寸。

利用【画布大小】命令可在当前图像文件的版面中增加或减小画布区域。此命令与【图像大小】命令不同，【画布大小】命令改变图像文件的尺寸后，原图像中每个像素的尺寸不发生变化，只是图像文件的版面增大或缩小了。而【图像大小】命令改变图像文件的尺寸后，原图像会被拉长或缩短，即图像中每个像素的尺寸都发生了变化。下面以实例的形式来介绍调整画布大小操作。

调整画布大小

1. 打开教学资源包素材文件中"图库\第 02 章"目录下的"水彩画.jpg"文件，如图 2-14 所示。
2. 将背景色设置为画面设计需要的颜色，此处设置的是黑色。
3. 执行【图像】/【画布大小】命令，弹出【画布大小】对话框，如图 2-15 所示。

图2-14　打开的文件

图2-15　【画布大小】对话框

4. 勾选【相对】复选项，单击【定位】选项中相应的箭头，并修改【宽度】和【高度】参数，如图 2-16 所示为增加的画布版面示意图。

图2-16　增加的画布版面示意图

5. 单击 [　确定　] 按钮，即可完成画布大小的调整。

2.4 标尺、网格、参考线及附注

标尺、网格、参考线和附注都是图像处理的帮助工具，它们被使用的频率非常高。在绘制和移动图形过程中，这些工具可以帮助用户精确地对图形进行定位、对齐和添加附注等操作。

2.4.1 设置标尺

下面以实例操作的形式来讲解设置标尺的方法。

🔑 设置标尺

1. 打开教学资源包素材文件中"图库\第 02 章"目录下的"智能对象.psd"文件，如图 2-17 所示。

2. 执行【视图】/【标尺】命令（快捷键为 Ctrl+R 组合键），显示标尺，如图 2-18 所示。

图2-17　打开的文件

图2-18　显示的标尺

要点提示 当再次执行【视图】/【标尺】命令时，可以将显示的标尺隐藏。

3. 将鼠标光标移动放置到文件左上角标尺水平与垂直的交叉点上，按下鼠标左键沿对角线向下拖曳，将出现一组十字线，如图 2-19 所示。

4. 拖曳到适当位置后释放鼠标左键，标尺的原点（0,0）将设置在释放鼠标光标的位置，如图 2-20 所示。

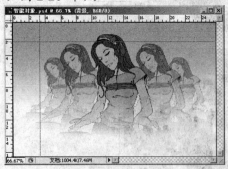
图2-19　拖曳鼠标光标时的状态

图2-20　调整标尺原点后的位置

要点提示 按住 Shift 键拖曳，可以将标尺原点与标尺的刻度相对齐。标尺的原点位置改变后，双击标尺的交叉点，可将标尺原点还原到默认位置。

5. 执行【编辑】/【首选项】/【单位与标尺】命令，弹出【首选项】对话框，如图 2-21 所示。

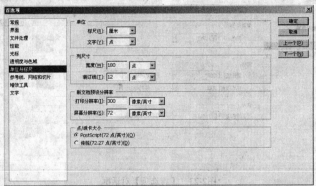

图2-21 【首选项】对话框

> **要点提示** 在图像窗口中的标尺上双击，同样可以弹出【首选项】对话框。在标尺上单击鼠标右键，可以弹出标尺的单位选择列表。反复按 Ctrl+R 组合键，可以切换标尺的显示与隐藏状态。

在【首选项】对话框的【单位】栏中包含【标尺】和【文字】两个选项，在其下拉列表中可以设置标尺和文字的单位。

2.4.2 设置网格

网格是由显示在文件上的一系列相互交叉的虚线构成的，其间距可以在【首选项】对话框中设置。下面以实例的形式来讲解网格的显示、隐藏和对齐设置方法。

🔑 设置网格

1. 打开教学资源包素材文件中"图库\第 02 章"目录下的"智能对象.psd"文件。
2. 执行【视图】/【显示】/【网格】命令，在文件窗口中显示出如图 2-22 所示的网格。

图2-22 显示的网格

3. 执行【编辑】/【首选项】/【参考线、网格和切片】命令，弹出【首选项】对话框，如图 2-23 所示。

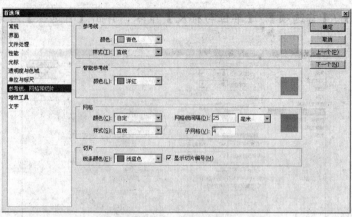

图2-23　【首选项】对话框

4. 在【首选项】对话框的【网格线间隔】中，将单位设置为【像素】，【网格线间隔】参数设置为"80"，【子网格】参数设置为"2"。

5. 单击 确定 按钮，新设置的网格如图 2-24 所示。

图2-24　新设置的网格

查看【视图】/【对齐到】/【网格】命令前面是否为 ✔ 网格(R) 形态，如果是，说明当前已经设置了对齐网格功能，此时如果绘制选区，就可以对齐到网格上面。如果想取消该功能，执行【视图】/【对齐到】/【网格】命令，即可将对齐网格命令关闭。反复按 Ctrl + ' 组合键，可以显示或隐藏网格；反复按 Shift + Ctrl + ' 组合键，可以设置或取消网格线的自动对齐功能。

2.4.3　设置参考线

参考线是浮在图像上但不可打印的线。下面讲解参考线的创建、显示、隐藏、移动和清除方法。

🔑 设置参考线

1. 打开教学资源包素材文件中"图库\第 02 章"目录下的"智能对象.psd"文件。

2. 执行【视图】/【标尺】命令，将标尺显示在文件窗口中。

3. 将鼠标光标移动到水平标尺上，按下鼠标左键并向画面内拖曳，状态如图 2-25 所示。
释放鼠标左键，即可在释放鼠标光标的位置添加一条水平参考线，如图 2-26 所示。

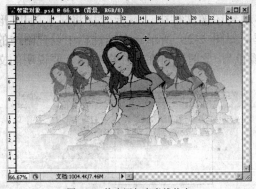

图2-25　拖曳添加参考线状态　　　　　　　　　图2-26　添加的参考线

4. 将鼠标光标移动到垂直标尺上，按下鼠标左键并向画面内拖曳，可以添加一条垂直参考线。

一般在使用参考线进行辅助作图时，讲究参考线的精确性，此时就需要利用准确的参考线添加方法。

5. 执行【视图】/【新建参考线】命令，弹出【新建参考线】对话框，如图 2-27 所示。
   - 【水平】：用于设置水平参考线。
   - 【垂直】：用于设置垂直参考线。
   - 【位置】：用于设置参考线在图像文件中的精确位置。

6. 选项及参数设置完成后，单击 确定 按钮，即可按照精确数值在文件中添加参考线，如图 2-28 所示。

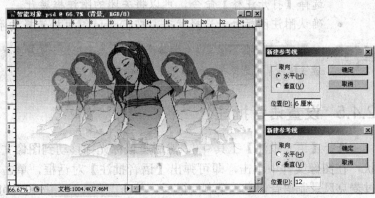

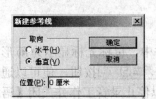

图2-27　【新建参考线】对话框　　　　　　　　图2-28　文件中添加的参考线

下面介绍删除参考线的方法。

7. 选择 工具，将鼠标光标移动放置到参考线上，此时鼠标光标形状变为双向箭头 时。按下鼠标左键拖曳，可以移动参考线的位置，当拖曳参考线到文件窗口之外时，释放鼠标左键可将参考线删除。

8. 执行【视图】/【清除参考线】命令，可以将所有参考线全部删除。

要点提示　反复按 Ctrl+; 组合键，可以显示或隐藏参考线；反复按 Ctrl+H 组合键，可以同时显示或隐藏参考线和网格。

2.4.4　设置附注

选择【附注】工具 ，然后将鼠标光标移动到图像文件中，鼠标光标将显示为 形状，单击或拖曳鼠标光标创建一个矩形的附注框，如图 2-29 所示。在属性栏中设置附注的"作者"、附注文字的"大小"以及附注框的"颜色"，此时即可在附注框中输入要说明的文字，如图 2-30 所示。

图2-29　创建的附注框

图2-30　添加的附注文字内容

- 将鼠标光标放置在附注框的右下角位置，当鼠标光标显示为双向箭头时，拖曳可以自由设定附注框的大小。
- 将鼠标光标放置在附注图标或附注框的标题栏上，当鼠标光标变为箭头图标时，拖曳即可移动附注框的位置。
- 单击【附注】框右上角的小正方形，可以关闭展开的附注框。双击要打开的附注图标，或在要打开的附注图标上单击鼠标右键，在弹出的右键快捷菜单中选择【打开注释】命令，可以将关闭的附注框展开。
- 确认附注图标处于选择状态，按 Delete 键可将选择的附注删除。

　如果想同时删除图像文件中的多个附注，只要在任一附注图标上单击鼠标右键，在弹出的右键快捷菜单中选择【删除所有附注】命令即可。

2.4.5　设置语音批注

选择【语音批注】工具 ，然后将鼠标光标移动到图像文件中，鼠标光标显示为 形状，在图像文件中单击，即可弹出【语音批注】对话框，单击 开始(S)… 按钮，便可以通过麦克风录制语音信息。录制完成后，单击 停止(T) 按钮，可以停止录音工作并关闭【语音批注】对话框。

在图像文件中设置语音批注后，双击语音批注图标，即可播放语音批注。当在文件中添加附注或语音批注后，如果要保存文件，同时也将这些附注保存，所存的文件格式必须选择".PSD"、".PDF" 或 ".TIFF" 格式，并在【存储为】对话框中勾选【批注】复选项。

2.5　设置颜色与填充颜色

利用 Photoshop CS3 绘画时，设置颜色和填充颜色是必不可少的操作。本节来介绍有关颜色的设置和填充方法。

2.5.1 设置颜色

设置颜色的方法有以下 5 种。

一、利用【拾色器】设置颜色

单击工具箱中如图 2-31 所示的前景色或背景色色块，弹出如图 2-32 所示的【拾色器】对话框，默认的前景色为黑色，背景色为白色。在对话框右侧的参数设置区中选择一组选项并设置相应的参数值，即可改变前景色或背景色。在设置颜色时，如果最终作品用于彩色印刷，通常选择 CMYK 颜色，即通过设置 C（蓝）、M（洋红）、Y（黄）和 K（黑）4 种颜色值来设置颜色；如最终作品用于网络，即在计算机屏幕上观看，通常选择 RGB 颜色，可通过设置 R（红）、G（绿）、B（蓝）3 种颜色值来设置颜色。

图2-31　工具箱中前景色和背景色色块

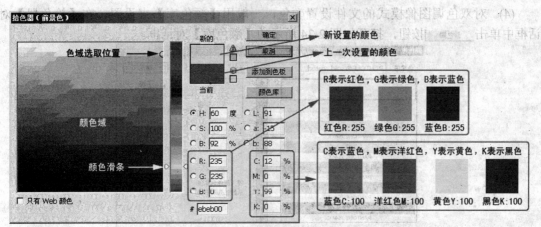

图2-32　【拾色器】对话框

根据 HSB 和 RGB 色彩模式，在【拾色器】对话框的颜色域上单击或在颜色滑条上滑动，能够设置 1600 多万种颜色。设置颜色后，在参数区上方的矩形中顶部的颜色块显示新颜色，底部的颜色块显示旧颜色。如果出现 ⚠ 时，表示当前所选的颜色超出了 CMYK 颜色域，其下方的颜色块表示了最为接近的 CMYK 颜色，可以选择它以替代所选的颜色；当显示 ⊙ 时，表示当前所选的颜色超出了 Web 的 256 种安全颜色，其下方的颜色块表示了最为接近的 Web 颜色。在【拾色器】对话框中设置颜色的方法如下。

(1) 分别设置【H】、【S】、【B】、【R】、【G】、【B】选项，颜色滑条及颜色域将根据不同的选项而发生变化。例如，当选择了【B】选项时，颜色域变为如图 2-33 所示的形态，颜色滑条代表了颜色明度的变化，这时颜色域的水平方向代表了颜色的变化，垂直方向代表了颜色的明度变化。

(2) 拖曳颜色滑条，或直接在颜色条上单击，颜色域将发生变化。

(3) 在颜色域中直接选择需要的颜色，这时在对话框右侧的参数设置区中将反映出所选颜色的 HSB、RGB、Lab、CMYK 颜色值。

设置了工具箱中的前景色或背景色后，单击【切换前景色和背景色】按钮或按 X 键可以交换前景色和背景色的位置；单击【默认前景色和背景色】按钮或按 D 键可以设置为默认的前景色和背景色，即将前景色设置为黑色，背景色设置为白色。

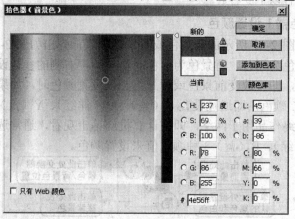

图2-33 【拾色器】对话框

(4) 对双色调图像模式的文件设置颜色，一般用【颜色库】来设置。在【拾色器】对话框中单击 颜色库 按钮，打开如图 2-34 所示的【颜色库】对话框。

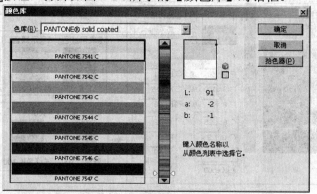

图2-34 【颜色库】对话框

在【色库】下拉列表中列出了用于印刷的常用颜色体系，其中"ANPA"为美国报业联合会的颜色体系；"DIC 颜色参考"为日本的印刷颜色体系；"HKS"为欧洲的印刷颜色体；"PANTONE"为美国市场影响最大的一种颜色体系；"TRUMATCH"是为桌面系统设计和服务的一种颜色体系，包含 2000 多种混合颜色，是桌面系统能够显示出来的颜色。

在颜色滑条中选择一种颜色，从左侧的颜色列表中选择带有编号的颜色，在对话框的右侧将显示相对应的颜色模式的数值。

二、利用【颜色】面板设置颜色

执行【窗口】/【颜色】命令（快捷键为 F6 键），将【颜色】面板显示在工作区中。确认【颜色】面板中的前景色色块处于选择状态（周围有一黑色边框），通过调整 R、G 和 B 的数值可以设置前景色；若将鼠标光标移动到下方的颜色条中，鼠标光标将显示为吸管形状，在颜色条中单击，即可将单击处的颜色设置为前景色，如图 2-35 所示。在【颜色】面板中单击背景色色块，使其处于选择状态，然后利用与设置前景色相同的方法设置背景色，如图 2-36 所示。

图2-35 设置前景色

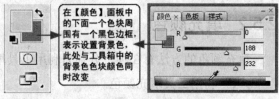

图2-36 设置背景色

在【颜色】面板中设置前景色时，按住 Alt 键在颜色条中单击，可将单击处的颜色设置为背景色；同样，设置背景色时，按住 Alt 键在颜色条中单击，可将单击处的颜色设置为前景色。另外，拖动 R、G 和 B 颜色块下方的三角滑块，可以直观地修改颜色值。

三、 利用【色板】面板设置颜色

在【颜色】面板组中单击【色板】选项卡，将【色板】面板显示在工作区中，此时鼠标光标将显示为吸管形状，如图 2-37 所示。在【色板】面板中某一颜色块上单击，即可将该颜色块代表的颜色设置为前景色；按住 Ctrl 键单击某颜色块，可将该颜色块代表的颜色设置为背景色。

在【色板】面板中，按住 Alt 键单击某颜色块，可以将其删除；在空白位置单击，可以将工具箱中的前景色添加到色板中。当删除某一色块后，单击【色板】面板右上角的小三角形按钮，在弹出的菜单中选择【复位色板】命令，即可将默认的色板颜色恢复。

四、 利用【吸管】工具设置颜色

选择【吸管】按钮 ✐ ，然后在图像中的任意位置单击，可将该位置的颜色设置为前景色；如果按住 Alt 键单击，单击处的颜色将被设置为背景色。

五、 利用【颜色取样器】工具查看颜色

【颜色取样器】工具是用于在图像文件中提取多个颜色样本的工具，它最多可以在图像文件中定义 4 个取样点。用此工具时，【信息】面板不仅显示测量点的色彩信息，还会显示鼠标光标当前所在的位置以及所在位置的色彩信息。

选择 ✐ 工具，在图像文件中依次单击创建取样点，此时【信息】面板中将显示鼠标光标单击处的颜色信息，如图 2-38 所示。

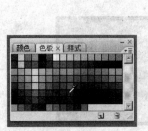

图2-37 显示的吸管形状

图2-38 选择多个样点时【信息】面板显示的颜色信息

2.5.2 填充颜色

填充颜色的方法有 3 种，分别为利用工具填充、利用菜单命令填充和利用快捷键填充。

一、 利用工具填充颜色

利用【油漆桶】工具 可以在图像中填充颜色或图案。其使用方法非常简单。在工具箱中设置好前景色或在属性栏中的图案选项中选择需要的图案，再设置好属性栏中的【模式】、【不透明度】和【容差】等选项，然后移动鼠标光标到需要填充的图像区域内单击，即可完成填充操作，如图 2-39 所示。

图2-39 填充的单色及图案效果

【油漆桶】工具 的属性栏如图 2-40 所示。

图2-40 【油漆桶】工具的属性栏

- 【设置填充区域的源】 前景 ：用于设置向画面或选区中填充的内容，包括【前景】和【图案】两个选项。选择【前景】选项，向画面中填充的内容为工具箱中的前景色；选择【图案】选项，并在右侧的图案窗口中选择一种图案后，向画面中填充的内容为选择的图案，如图 2-41 所示。

图2-41 透明背景的原图与填充单色和填充图案后的效果

- 【模式】：用于设置填充颜色后与下面图层混合产生的效果。
- 【不透明度】：用于设置填充颜色的不透明度。
- 【容差】：控制图像中填充颜色或图案的范围。数值越大，填充的范围也就越大，如图 2-42 所示。

图2-42 设置不同容差值后的填充效果

- **【连续的】**：勾选此复选项，利用【油漆桶】工具填充时，只能填充与鼠标单击处颜色相近且相连的区域；若不勾选此项，则可以填充与鼠标单击处颜色相近的所有区域，如图 2-43 所示。

图2-43　设置和不设置【连续的】复选项后的填充效果

- **【所有图层】**：勾选此复选项，填充的范围是图像文件中的所有图层。

二、　利用菜单命令填充颜色

执行【编辑】/【填充】命令，弹出如图 2-44 所示的【填充】对话框，利用此对话框也可以完成填充操作。各选项的功能介绍如下。

- **【使用】**：此下拉列表中的选项如图 2-45 所示。选择【颜色】选项，可以在弹出的【选取一种颜色】对话框中设置一种颜色来填充画面或选区；选择【图案】选项，然后单击【自定图案】图标 [图标]，可在弹出的图案选项面板中选择填充图案。
- **【模式】**：用于选择填充的颜色或图案与下层图像之间的混合模式。
- **【不透明度】**：设置填充颜色或图案的不透明度。
- **【保留透明区域】**：勾选此复选项，在填充颜色或图案时将锁定工作层的透明区域。也就是说，只能在当前层的不透明区域进行填充颜色或图案。

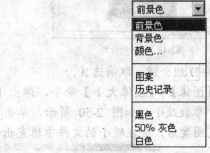

图2-44　【填充】对话框　　　　　　　　　图2-45　【使用】下拉列表

三、　利用快捷键填充颜色

(1) 按 Alt + Delete 组合键，可以填充前景色
(2) 按 Ctrl + Delete 组合键，可以填充背景色。
(3) 按 Alt + Shift + Delete 组合键，可以填充前景色，而透明区域仍保持透明。
(4) 按 Ctrl + Shift + Delete 组合键，可以在画面中不透明区域填充背景色。

2.6　综合练习——填充图案效果

本节以实例操作的形式来介绍填充图案练习。

🔑 填充图案效果

1. 打开教学资源包素材文件中"图库\第 02 章"目录下的"花卉.jpg"文件，如图 2-46 所示。
2. 执行【图层】/【新建】/【背景图层】命令，弹出如图 2-47 所示的【新建图层】对话框，单击 确定 按钮，将"背景"层转换成"图层 0"。

图2-46 打开的文件　　　　　　　　　　　　　　　　图2-47　【新建图层】对话框

3. 选择 ✎ 工具，设置属性栏中 容差: 10 参数为"10"，不勾选 □连续 复选项。
4. 在"花卉.jpg"文件的白色背景区域单击，将白色背景选择，如图 2-48 所示。
5. 按 Delete 键删除选择的背景色，效果如图 2-49 所示。

图2-48　选择的背景　　　　　　　　　　　　　　　图2-49　删除白色背景后的效果

6. 按 Ctrl+D 组合键，取消选区。
7. 执行【图像】/【图像大小】命令，弹出【图像大小】对话框，通过此对话框先把文件的尺寸参数改小，如图 2-50 所示，单击 确定 按钮。这样当后面操作步骤中定义并填充图案后，会在较小的文件中填充出多个图案。

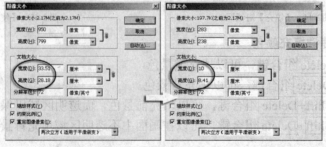

图2-50　【图像大小】对话框

8. 执行【编辑】/【定义图案】命令，在弹出的【图案名称】对话框中单击 确定 按钮，将花卉定义为图案。然后关闭该文件，注意不要存储文件。

9. 新建一个【宽度】为"20 厘米"、【高度】为"15 厘米"、【分辨率】为"150 像素/英寸"、【颜色模式】为"RGB 颜色"、【背景内容】为"白色"的文件。

10. 按 F6 键打开【颜色】面板,设置颜色参数如图 2-51 所示。

11. 按 Alt+Delete 组合键,将设置的颜色填充到新建文件的背景层中。

12. 单击【图层】面板中的 按钮,新建"图层 1",如图 2-52 所示。

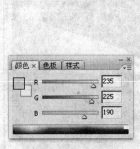

图2-51 【颜色】面板

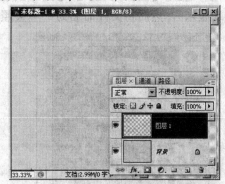

图2-52 新建的图层

13. 选择 工具,在属性栏中设置 图案 选项,单击 按钮,在弹出的图案选项面板中选择定义的图案,如图 2-53 所示。

14. 在文件中单击,即可用自定义的花卉图案填充画面,如图 2-54 所示。

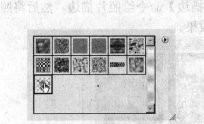

图2-53 图案样式面板

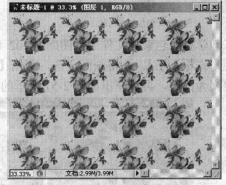

图2-54 填充的图案

15. 按 Ctrl+S 组合键,将文件命名为"花布.psd"保存。

小结

本章主要学习了文件的基本操作,图像显示控制,设置图像文件大小、标尺、网格、参考线、附注,设置颜色与填充颜色等内容。这些内容比较容易理解,希望同学们能够将其熟练掌握,以便在处理图像用到这些基本命令操作时,做到得心应手。

习题

1. 新建一个【名称】为"宣传单"、【宽度】为"19.1 厘米"、【高度】为"26.6 厘米"、【分辨率】为"300 像素/英寸"、【颜色模式】为"CMYK 颜色"、【背景内容】为红色（M:100,Y:100）的文件。

2. 打开教学资源包素材文件中"图库\第 02 章"目录下的"海报.jpg"文件，利用【视图】/【新建参考线】命令，在文件的 4 个边缘位置各添加距离边缘 3mm 的参考线，如图 2-55 所示。

3. 打开教学资源包素材文件中"图库\第 02 章"目录下的"宝宝照.jpg"文件，如图 2-56 所示。利用【图像大小】和【画布大小】命令，将照片尺寸设置成 2 英寸（3.5 厘米×4.5 厘米），然后将文件命名为"宝宝照_2 寸.jpg"存储。

图2-55　添加的参考线

图2-56　打开的照片

4. 打开教学资源包素材文件中"图库\第 02 章"目录下的"宝宝照_2 寸.jpg"文件，利用【矩形选框】工具 将画面全选，利用【编辑】/【描边】命令给照片描边，然后将照片定义为图案，再填充出如图 2-57 所示的照片排列效果。

图2-57　填充的照片排列效果

第3章 选择和移动图像

在利用 Photoshop 处理图像时，对图像局部及指定位置的处理，需要先用选区将其选择出来。Photoshop CS3 提供的选区工具有很多种，利用它们可以按照不同的形式来选定图像进行调整或添加效果，这样就可以针对性地编辑图像了。对于图像位置的移动，是每一幅作品设计都必须进行的操作，利用移动工具或结合键盘操作，都可以移动图像的位置。

3.1 选择工具

选择工具的主要功能是在图像中建立选区。当图像存在选区时，所进行的工作都是对选区内的图像进行的，选区外的图像不受影响。

3.1.1 绘制矩形和椭圆形选区

选框工具组中有 4 种选框工具，分别是【矩形选框】工具 、【椭圆选框】工具 、【单行选框】工具 和【单列选框】工具 。默认处于选择状态的是 工具，将鼠标光标放置到此工具上，按住鼠标左键不放或单击鼠标右键，即可展开隐藏的工具组，如图 3-1 所示。

 在图 3-1 中，【矩形选框】工具 和【椭圆选框】工具 的右侧都有一个字母 "M"，表示 "M" 是该工具的快捷键。按 M 键可以选择【矩形选框】工具 或【椭圆选框】工具 ，按 Shift+M 组合键可在两种工具之间切换。

一、 【矩形选框】工具的使用方法

【矩形选框】工具 主要用于绘制各种矩形或正方形选区。
选择 工具后，在画面中的适当位置按下鼠标左键并拖曳，释放
鼠标左键后即可创建一个矩形选区，如图 3-2 所示。

图3-1 选框工具组

二、 【椭圆选框】工具的使用方法

【椭圆选框】工具 主要用于绘制各种圆形或椭圆形选区。选择 工具后，在画面中的适当位置按下鼠标左键拖曳，释放鼠标左键后即可创建一个椭圆形选区，如图 3-3 所示。

三、 【单行选框】和【单列选框】工具的使用方法

【单行选框】工具 和【单列选框】工具 主要用于创建 1 像素高度的水平选区和 1 像素宽度的垂直选区。选择 或 工具后，在画面中单击即可创建单行或单列选区。

 使用【矩形选框】和【椭圆选框】工具绘制选区时，按住 Shift 键拖曳鼠标光标，可以绘制以按下鼠标左键位置为起点的正方形或圆形选区；按住 Alt 键拖曳鼠标光标，可以绘制以按下鼠标左键位置为中心的矩形或椭圆选区；按住 Alt+Shift 组合键拖曳鼠标光标，可以绘制以按下鼠标左键位置为中心的正方形或圆形选区。

图3-2　绘制的矩形选区

图3-3　绘制的椭圆形选区

选框工具组中各工具的属性栏完全相同，如图 3-4 所示。

图3-4　选框工具属性栏

四、 选区的合并、相减与相交

利用选框工具除了可以绘制各种基本形状的选区外，还可以结合属性栏中的运算按钮将选区进行相加、相减及相交运算。

- 【新选区】按钮：默认状态下此按钮处于激活状态，此时在图像中依次绘制选区，图像中将始终保留最后一次绘制的选区。
- 【添加到选区】按钮：激活此按钮，在图像中依次绘制选区，新建的选区将与先绘制的选区合并为一个选区，如图 3-5 所示。

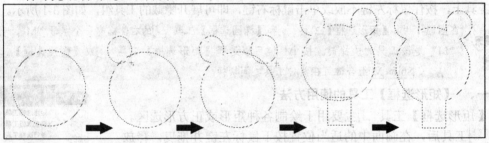

图3-5　添加选区示意图

- 【从选区减去】按钮：激活此按钮，在图像中依次绘制选区，如果新建的选区与先绘制的选区有相交部分，则从先绘制的选区中减去相交部分，并将剩余的选区作为新选区，如图 3-6 所示。

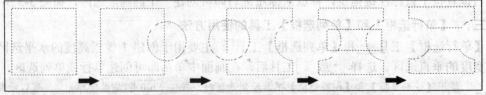

图3-6　修剪选区示意图

- 【与选区交叉】按钮：激活此按钮，在图像中依次绘制选区，如果新建的选区与先绘制的选区有相交部分，将把相交部分作为一个新选区，如图 3-7 所示。如果新选区与先绘制的选区没有相交部分，弹出如图 3-8 所示的警告对话框，提示用户未选择任何像素。

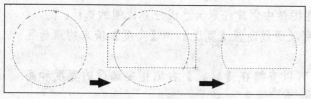
图3-7　与选区交叉示意图

图3-8　警告对话框

在绘制选区时，按住 Shift 键可以将当前选区状态切换到【添加到选区】状态；按住 Alt 键可以将当前选区状态切换到【从选区减去】状态；按住 Alt+Shift 组合键可以将当前选区切换到【与选区交叉】状态。

五、　设置选区羽化

通过给选区设置羽化属性，可以使选区在选择图像或填充颜色后得到边缘虚化的效果，如图 3-9 所示。

图3-9　羽化选区得到的效果

设置羽化选区的方法有两种，分别介绍如下。

（1）首先在选框工具的属性栏中设置【羽化】值，然后利用选框工具绘制选区，可以直接绘制出具有羽化性质的选区。

（2）当选区绘制完成后，执行【选择】/【修改】/【羽化】命令，弹出如图 3-10 所示的【羽化选区】对话框。在对话框中设置适当的【羽化半径】参数，单击 确定 按钮，即可使已有的选区具有羽化性质。

【羽化半径】值决定选区的羽化程度，数值越大，图像产生的羽化效果越明显。需要注意的是，此值必须小于选区的最小半径，否则将会弹出如图 3-11 所示的警告对话框，提示用户需要将选区创建得大一点，或将【羽化半径】值设置得小一点。

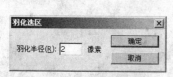
图3-10　【羽化选区】对话框

图3-11　警告对话框

六、　【消除锯齿】复选项

在 Photoshop 中，位图图像是由许多不同颜色的正方形像素点组成的，所以在编辑圆形或弧形图形时，其边缘常会出现锯齿现象。当在属性栏中勾选【消除锯齿】复选项之后，系统将自动淡化图像边缘，使图像边缘和背景之间产生平滑的颜色过渡。

七、　【样式】下拉列表

【样式】下拉列表中有【正常】、【固定比例】和【固定大小】3 个选项。

- 【正常】: 设置此选项, 可以在图像中创建任意大小或任意比例的选区。
- 【固定比例】: 设置此选项, 可以通过设置【宽度】和【高度】值来约束选区的宽度和高度比。
- 【固定大小】: 设置此选项, 可以直接在【样式】右侧指定选区的宽度和高度, 以确定选区的大小, 其单位为"像素"。

3.1.2 制作照片的边框

利用 ⬚ 工具可以绘制出任意大小和方向的矩形或正方形选区。本节通过制作照片的边框效果来练习该工具的使用方法。

制作照片边框

1. 打开教学资源包素材文件中"图库\第 03 章"目录下的"照片 03-2.jpg"文件, 如图 3-12 所示。
2. 选择 ⬚ 工具, 在绘图窗口中的左上角按下鼠标左键向右下角拖曳, 绘制出如图 3-13 所示的矩形选区。

图3-12 打开的图片

图3-13 绘制的选区

3. 执行【图像】/【调整】/【曲线】命令, 弹出【曲线】对话框, 通过调整曲线的形态来查看选区内图像的明暗变化, 调整后的曲线状态如图 3-14 所示。
4. 单击 确定 按钮, 确定画面明暗对比度的调整, 效果如图 3-15 所示。

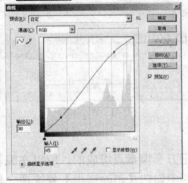
图3-14 【曲线】对话框

图3-15 调整的明暗对比度效果

5. 执行【选择】/【反向】命令, 将选区反选, 如图 3-16 所示。
6. 执行【图像】/【调整】/【色相/饱和度】命令, 在弹出的【色相/饱和度】对话框中设置【饱和度】参数, 如图 3-17 所示。

图3-16 .反选后的选区

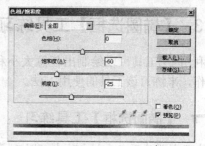

图3-17 【色相/饱和度】对话框

7. 单击 确定 按钮，降低【饱和度】后的图像效果如图 3-18 所示。

8. 再次执行【选择】/【反向】命令，将选区再反转回到原来的状态，如图 3-19 所示。

图3-18 降低【饱和度】后的效果

图3-19 反选后的选区

9. 执行【编辑】/【描边】命令，弹出【描边】对话框，设置参数和选项如图 3-20 所示，单击【颜色】色块，打开【选取描边颜色】对话框，将颜色设置为白色。

10. 依次单击【选取描边颜色】和【描边】对话框中的 确定 按钮，给选区描边后的效果如图 3-21 所示。

图3-20 【描边】对话框

图3-21 选区描边后的效果

11. 执行【图层】/【新建】/【通过拷贝的图层】命令，将选区内的图像复制生成"图层 1"。

12. 执行【图层】/【图层样式】/【投影】命令，各参数和选项设置如图 3-22 所示。

13. 单击 确定 按钮，给画面边框添加的投影效果如图 3-23 所示。

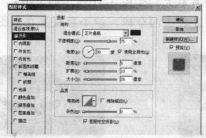

图3-22 【图层样式】/【投影】对话框

图3-23 添加的投影效果

14. 执行【文件】/【存储为】命令，将此文件命名为"边框制作.psd"另存。

3.1.3 【椭圆选框】工具练习

利用 ◯ 工具可以绘制出任意大小和方向的圆形选区。本节通过选择小球并对其进行复制操作，来练习该工具的使用方法。

【椭圆选框】工具练习

1. 打开教学资源包素材文件中"图库\第 03 章"目录下的"小球.jpg"文件，如图 3-24 所示。
2. 选择 ◯ 工具，按住 Shift 键的同时再按住鼠标左键拖曳，绘制出如图 3-25 所示的圆形选区。
3. 按键盘上的 ↑ 、↓ 、← 和 → 键，可以将选区上、下、左、右移动来精确地调整选区的位置，如图 3-26 所示。

图3-24 打开的图片

图3-25 绘制的选区

图3-26 移动位置后的选区

4. 执行【图层】/【新建】/【通过拷贝的图层】命令，将选区内的球图像复制生成"图层 1"。
5. 选择【移动】工具 ⊹，将选区内的球图像移动到如图 3-27 所示的位置。
6. 执行【编辑】/【自由变换】命令（快捷键为 Ctrl+T 组合键。此快捷键会经常使用，希望同学们牢记），添加自由变换框，如图 3-28 所示。
7. 按住 Shift 键，将鼠标光标放置在变换框左上角的控制点上，按住鼠标左键向左上方拖曳，将图片等比例拖大，状态如图 3-29 所示。

图3-27 移动位置

图3-28 为图片添加自由变换框

图3-29 拖大状态

8. 单击属性栏中的【进行变换】按钮 ✓，确认图片放大的操作。
9. 按住 Ctrl+Alt 组合键，将鼠标光标放置在复制出的球上拖曳，移动复制出一个球，同时在【图层】面板中生成"图层 1 副本"层，复制出的球如图 3-30 所示。
10. 按 Ctrl+T 组合键为其添加自由变换框，再将图片放大到如图 3-31 所示的大小。
11. 使用相同的复制和大小变换操作，在画面中再复制出两个球，缩小后放置在如图 3-32 所示的画面位置。

图3-30 复制出的球

图3-31 拖大后的球

图3-32 复制出的球

12. 按 Shift+Ctrl+S 组合键，将此文件命名为"复制球.psd"另存。

3.1.4 利用【套索】工具绘制选区

【套索】工具是一种使用灵活、形状自由的选区绘制工具，该工具组包括【套索】工具 ![]、【多边形套索】工具 ![] 和【磁性套索】工具 ![]。下面介绍这 3 种工具的使用方法。

一、 【套索】工具的使用方法

选择【套索】工具 ![]，在图像轮廓边缘任意位置按下鼠标左键设置绘制的起点，拖曳鼠标光标到任意位置后释放鼠标左键，即可创建出形状自由的选区，如图 3-33 所示。套索工具的自由性很大，在利用套索工具绘制选区时，必须对鼠标有良好的控制能力，才能绘制出满意的选区。此工具一般用于修改已经存在的选区或绘制没有具体形状要求的选区。

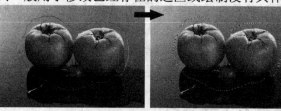

图3-33 【套索】工具操作示意图

二、 【多边形套索】工具的使用方法

选择【多边形套索】工具 ![]，在图像轮廓边缘任意位置单击设置绘制的起点，拖曳鼠标光标到合适的位置，再次单击设置转折点，直到鼠标光标与最初设置的起点重合（此时鼠标光标的下面多了一个小圆圈），然后在重合点上单击即可创建出选区，如图 3-34 所示。

图3-34 【多边形套索】工具操作示意图

> **要点提示**
> 在利用【多边形套索】工具绘制选区过程中，按住 Shift 键，可以控制在水平方向、垂直方向或成 45° 倍数的方向绘制；按 Delete 键，可逐步撤消已经绘制的选区转折点；双击可以闭合选区。

三、 【磁性套索】工具的使用方法

选择【磁性套索】工具 ![]，在图像边缘单击设置绘制的起点，然后沿图像的边缘拖曳鼠标光标，选区会自动吸附在图像中对比最强烈的边缘，如果选区的边缘没有吸附在想要的图像边缘，可以通过单击添加一个紧固点来确定要吸附的位置，再拖曳鼠标光标，直到鼠标光标与最初设置的起点重合时，单击即可创建选区，如图 3-35 所示。

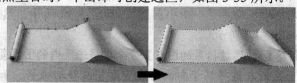

图3-35 【磁性套索】工具操作示意图

四、 【套索】工具组的属性栏

【套索】工具组的属性栏与选框工具组的属性栏基本相同，只是【磁性套索】工具 📩 的属性栏增加了几个新的选项，如图 3-36 所示。

> 📩 ▾ | ■ ■ ■ ■ | 羽化: 0 px | ▼ 消除锯齿 | 宽度: 10 px | 对比度: 10% | 频率: 57 | ✏ | 调整边缘...

图3-36 【磁性套索】工具属性栏

- **【宽度】**：决定使用【磁性套索】工具时的探测范围。数值越大，探测范围越大。
- **【对比度】**：决定【磁性套索】工具探测图形边界的灵敏度。该数值过大时，将只能对颜色分界明显的边缘进行探测。
- **【频率】**：在利用【磁性套索】工具绘制选区时，会有很多的小矩形对图像的选区进行固定，以确保选区不被移动。此选项决定这些小矩形出现的次数。数值越大，在拖曳过程中出现的小矩形越多。
- **【压力】按钮**：当安装了绘图板和驱动程序后此选项才可用，它主要用来设置绘图板的笔刷压力。设置此选项时，钢笔的压力增加，会使套索的宽度变细。

3.1.5 【多边形套索】工具练习

下面以实例操作的形式讲解利用【多边形套索】工具 📩 选择图像的方法。

☞ 【多边形套索】工具练习

1. 打开教学资源包素材文件中"图库\第03章"目录下的"饮料.jpg"文件。
2. 选择【多边形套索】工具 📩 ，在饮料图像的轮廓边缘单击，确定绘制选区的起始点，如图 3-37 所示。
3. 沿着轮廓边缘拖曳鼠标光标到合适的位置，再次单击设置转折点，如图 3-38 所示。

图3-37 绘制选区的起点

图3-38 绘制选区

4. 继续沿着轮廓边缘在结构转折的位置单击设置转折点，直到鼠标光标与最初的起始点重合（此时鼠标光标的下面多了一个小圆圈），如图 3-39 所示，然后在重合点上单击即可将杯子选择，如图 3-40 所示。
5. 执行【图层】/【新建】/【通过拷贝的图层】命令，将选区内的图像复制生成"图层 1"。
6. 按住 Ctrl 键，按下鼠标左键将杯子向画面左下方稍微移动位置，如图 3-41 所示。

图3-39　闭合选区　　　　　　　　图3-40　绘制的选区　　　　　　　　图3-41　复制出的杯子

7. 执行【图像】/【调整】/【曲线】命令，弹出【曲线】对话框，在【通道】下拉列表中设置【红】通道，然后调整曲线，如图 3-42 所示。

8. 单击 确定 按钮，将杯子调整成绿色，最终效果如图 3-43 所示。

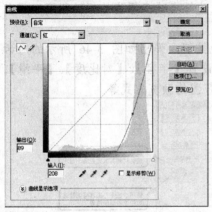

图3-42　【曲线】对话框　　　　　　　　　　　　图3-43　调整后的颜色效果

9. 按 Shift+Ctrl+S 组合键，将此文件命名为"多边形套索练习.psd"另存。

3.1.6　利用【魔棒】工具选择图像

对于图像轮廓分明、背景颜色单一的图像来说，利用【快速选择】工具 ✎ 或【魔棒】工具 ✎ 来选择图像，是非常不错的方法。下面来介绍这两种工具的使用方法。

一、【快速选择】工具

【快速选择】工具 ✎ 是一种非常直观、灵活和快捷的选择图像中面积较大的单色颜色区域的工具。其使用方法为：在需要添加选区的图像位置按下鼠标左键，然后移动鼠标光标，即可将鼠标光标经过的区域及与其颜色相近的区域添加一个选区，如图 3-44 所示。

图3-44　【快速选择】工具操作示意图

【快速选择】工具的属性栏如图 3-45 所示。

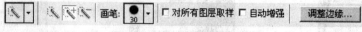

图3-45 【快速选择】工具属性栏

- 【新选区】按钮：默认状态下此按钮处于激活状态，此时在图像中按下鼠标左键拖曳可以绘制新的选区。
- 【添加到选区】按钮：当使用按钮添加选区后会自动切换到激活状态，按下鼠标左键在图像中拖曳，可以增加图像的选择范围。
- 【从选区减去】按钮：激活此按钮，可以将图像中已有的选区按照鼠标拖曳的区域来减少被选择的范围。
- 【画笔】：用于设置所选范围区域的大小。
- 【对所有图层取样】：勾选此复选项，在绘制选区时将应用到所有可见图层中。
- 【自动增强】：设置此复选项，添加的选区边缘会减少锯齿的粗糙程度，且自动将选区向图像边缘进一步扩展调整。
- 调整边缘... 按钮：在图像中添加选区后单击此按钮，弹出如图 3-46 所示的对话框，通过此对话框可以直观地给选区手动设置【半径】、【对比度】、【平滑】、【羽化】、【收缩/扩展】参数以及选择图像范围的预览方式等。

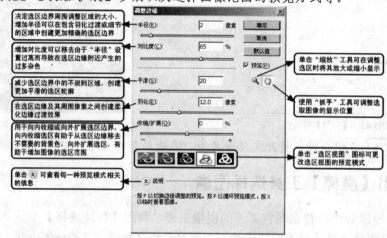

图3-46 【调整边缘】对话框

二、【魔棒】工具的使用方法

【魔棒】工具 主要用于选择图像中面积较大的单色区域或相近的颜色。其使用方法非常简单，只需在要选择的颜色范围内单击，即可将图像中与鼠标光标落点相同或相近的颜色全部选择，如图 3-47 所示。

图3-47 【魔棒】工具操作示意图

【魔棒】工具的属性栏如图 3-48 所示。

图3-48 【魔棒】工具属性栏

- 【容差】: 决定创建选区的范围大小。数值越大, 创建选区的范围越大。
- 【连续】: 勾选此复选项, 只能选择图像中与鼠标单击处颜色相近且相连的部分; 若不勾选此项, 则可以选择图像中所有与鼠标单击处颜色相近的部分, 如图 3-49 右图所示。

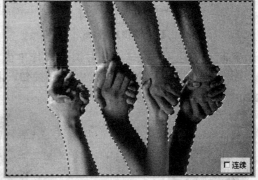

图3-49 勾选与不勾选【连续】复选项时创建的选区

- 【对所有图层取样】: 勾选此复选项, 可以选择所有可见图层中与鼠标光标单击处颜色相近的部分; 若不勾选此项, 则只能选择工作层中与鼠标光标单击处颜色相近的部分。

3.2 【选择】命令

除了第 3.1 节介绍的利用工具选择图像外, 还可以利用【选择】菜单命令来创建选区进行图像的选择。

3.2.1 利用【色彩范围】命令选择图像

与【魔棒】工具相似,【色彩范围】命令也可以根据容差值与选择的颜色样本来创建选区选择图像。使用【色彩范围】命令创建选区的优势在于: 它可以根据图像中色彩的变化情况设定选择程度的变化, 从而使选择操作更加灵活准确。下面以实例操作的形式来讲解该命令的使用。

🗝 利用【色彩范围】命令选择图像

1. 打开教学资源包素材文件中 "图库\第 03 章" 目录下的 "照片 03-4.jpg" 文件。
2. 执行【选择】/【色彩范围】命令, 弹出如图 3-50 所示的【色彩范围】对话框。
3. 确认【色彩范围】对话框中的 🖉 按钮和【选择范围】单选项处于选择状态, 将鼠标光标移动到图像中如图 3-51 所示的位置单击, 吸取色样。
4. 在【颜色容差】文本框中输入数值 (或拖曳其下方的三角按钮) 调整选择的色彩范围, 将其【颜色容差】参数设置为 "145", 如图 3-52 所示。

图3-50 【色彩范围】对话框　　　　　　　　　　图3-51 吸取色样

5. 单击 确定 按钮，此时图像文件中生成的选区如图 3-53 所示。

6. 选择 工具，激活属性栏中的 按钮，将帽子上的选区修剪掉，如图 3-54 所示。

图3-52 【色彩范围】对话框参数设置　　　　图3-53 生成的选区　　　　图3-54 修剪选区

7. 执行【视图】/【显示额外内容】命令（快捷键为 Ctrl+H 组合键），将选区在画面中隐藏，这样有利于方便观察颜色调整时的效果。此命令非常实用，同学们要灵活掌握此项操作技巧。

8. 执行【图像】/【调整】/【色相/饱和度】命令，在弹出的【色相/饱和度】对话框中设置参数如图 3-55 所示。

9. 单击 确定 按钮，然后按 Ctrl+D 组合键去除选区，调整后的颜色效果如图 3-56 所示。

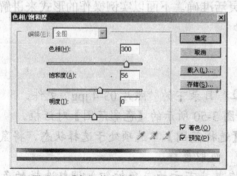

图3-55 【色相/饱和度】对话框参数设置　　　　图3-56 调整颜色后的衣服效果

10. 按 Shift+Ctrl+S 组合键，将此文件命名为 "调整衣服颜色.psd" 另存。

3.2.2 利用【抽出】命令选择图像

　　【抽出】是一个非常不错的在背景中选择图像的命令,无论是边缘复杂还是简单的图像,利用该命令都可以非常轻松且干净利索地将需要的图像部分选择出来。下面以实例操作的形式讲解该命令的使用。

🔑 选择图像

1. 打开教学资源包素材文件中"图库\第 03 章"目录下的"照片 03-5.jpg"文件,执行【滤镜】/【抽出】命令,弹出【抽出】对话框如图 3-57 所示。

图3-57 【抽出】对话框

2. 在【抽出】对话框中,选择【缩放】工具 🔍 ,在预览窗口中单击,将图像放大显示,这样可以精确地绘制轮廓边缘。

 　　使用【缩放】工具时,按住 Alt 键在预览窗口中单击可缩小显示图像;利用【抓手】工具 🖐 在预览窗口中拖曳鼠标光标可移动图像。另外,当使用对话框中的其他工具叫,按住空格键可临时切换到 🖐 工具。

3. 在【抽出】对话框中选择【边缘高光器】工具 ✏ ,在【工具选项】栏中将【画笔大小】设置为"20",【高光】颜色设置为"绿色",并勾选【智能高光显示】复选项。

4. 将鼠标光标移动到人物边缘处拖曳,定义要抽出图像的边缘,如图 3-58 所示。

5. 按住空格键,在窗口中通过平移来显示图像其他位置的内容,然后将人物图像全部绘制出高光轮廓,如图 3-59 所示。

图3-58 绘制的绿色高光边缘

图3-59 绘制的绿色高光边缘

在定义高光区域时，若用户对定义的区域不满意，可以利用对话框中的【橡皮擦】工具 在高光上拖曳鼠标光标，即可将其擦除，然后利用 工具重新绘制高光区域。

6. 选择【填充】工具 ，在定义的高光区域内单击，在图像内部填充蓝色，如图 3-60 所示。

7. 单击 预览 按钮，即可查看抽出后的图像效果，如图 3-61 所示。

图3-60 填充的蓝色

图3-61 查看抽出效果

　　如果用户对抽出图像的效果不满意，可以利用 和 工具进行修改（只有单击 预览 按钮后这两个工具才变为可用状态）。利用【清除】工具 在抽出的图像上拖曳鼠标光标，可以将图像清除得到透明的效果；如果按住 Alt 键并拖曳鼠标光标，可以使已经透明的区域重新显示出原来的图像。利用【边缘修饰】工具 在抽出的图像上拖曳鼠标光标，可以锐化边缘并具有累积效果。如果没有清晰的边缘，则使用该工具可以给对象添加不透明度或从背景中减去不透明度。

8. 利用 和 工具，设置较小的笔头并结合 Alt 键，将人物轮廓边缘修饰干净，修饰后的效果如图 3-62 所示。

9. 单击 确定 按钮，完成图像的抽出操作。

10. 打开教学资源包素材文件中 "图库\第 03 章" 目录下的 "相册模版 01.jpg" 文件。

11. 将抽出的图像移动复制到 "相册模版 01.jpg" 文件中，并调整至如图 3-63 所示的大小及位置。

图3-62 修饰后的效果

图3-63 合成后的效果

12. 执行【图层】/【图层样式】/【外发光】命令，弹出【图层样式】对话框，参数设置及生成的效果如图 3-64 所示。

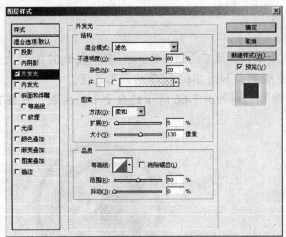

图3-64 【图层样式】对话框及外发光效果

13. 按 Shift + Ctrl + S 组合键, 将此文件命名为 "抽出图像.psd" 另存。

3.3 编辑选区

在图像中创建选区后, 有时为了图像处理的需要, 要对已创建的选区进行编辑修改, 使之更符合要求。本节介绍有关对选区的编辑和修改操作方法。

3.3.1 移动选区

在图像中创建选区后, 无论当前使用哪一种选区工具, 将鼠标光标移动到选区内, 此时鼠标光标变为 ⮂ 形状, 按下鼠标左键拖曳即可移动选区的位置。按键盘上的 → 、 ← 、 ↑ 或 ↓ 任意一个方向键, 可以按照 1 个像素单位来移动选区的位置; 如果按住 Shift 键再按方向键, 可以一次以 10 个像素单位来移动选区的位置。

3.3.2 显示、隐藏和取消选区

在编辑图像时, 合理地隐藏与显示选区可以让用户清楚地看到制作的效果与周围图像的对比。执行【视图】/【显示】/【选区边缘】命令, 即可将选区显示或隐藏。一般情况下, 使用菜单栏中的【视图】/【显示额外内容】命令 (快捷键为 Ctrl + H 组合键) 来隐藏或显示选区, 利用此命令的快捷键可以非常方便地隐藏或显示需要的选区。当图像编辑完成, 不再需要当前的选区时, 可以通过执行【选择】/【取消选择】命令将选区取消, 最常用的还是通过 Ctrl + D 组合键来取消选区, 此快捷键在处理图像时会经常用到。

3.3.3 反向和羽化选区

对于利用选区工具绘制的选区, 有的时候需要将选区反选才能达到图像处理的目的; 而对给选区设置适当的羽化值, 会使处理的图像及填充颜色后的边缘出现过渡消失的虚化效果, 这两种操作在图像处理过程中是经常出现的。下面以实例操作的形式讲解选区的反向和羽化设置。

反向和羽化选区应用练习

1. 打开教学资源包素材文件中 "图库\03 章" 目录下的 "狗狗.jpg" 和 "盘子02.jpg" 文件。
2. 选择 ⬭ 工具，在 "狗狗.jpg 文件中绘制出如图 3-65 所示的圆形选区。
3. 利用 ⊕ 工具将选择的狗狗图片移动复制到如图 3-66 所示的盘子中，生成 "图层 1"。

图3-65 绘制的选区

图3-66 盘子中的图片

4. 按住 Ctrl 键，在【图层】面板中单击 "图层 1" 的缩览图，如图 3-67 所示，给 "图层 1" 中的图片添加选区，如图 3-68 所示。
5. 执行【选择】/【反向】命令，将选区反选，如图 3-69 所示。

图3-67 【图层】面板

图3-68 添加的选区

图3-69 反选选区

6. 执行【选择】/【修改】/【羽化】命令，弹出如图 3-70 所示的【羽化选区】对话框，设置【羽化半径】为 "40 像素"，单击 ▢确定▢ 按钮。
7. 按 Ctrl+H 组合键将选区隐藏，以便观察羽化删除时的效果。
8. 按 Delete 键，狗狗图片的边缘产生了虚化效果，多删除几次会得到更理想的效果，如图 3-71 所示。按 Ctrl+D 组合键，取消被隐藏的选区。

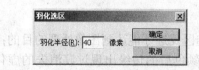

图3-70 【羽化选区】对话框

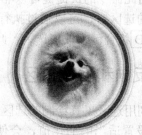

图3-71 羽化后的效果

9. 按 Shift+Ctrl+S 组合键，将此文件命名为 "羽化选区练习.psd" 另存。

3.3.4 修改选区

在图像处理过程中，经常要对选区进行修改操作。执行【选择】/【修改】命令，在弹出的下拉菜单中，【边界】、【平滑】、【扩展】和【收缩】命令为常用的修改选区命令。各命令的具体含义如下。

- 【边界】命令：利用此命令，可以将选区向内或向外扩展。
- 【平滑】命令：利用此命令，可以将选区平滑处理。
- 【扩展】命令：利用此命令，可以将选区扩展。
- 【收缩】命令：利用此命令，可以将选区缩小。

3.3.5 变换选区

执行【选择】/【变换选区】命令，会在选区的边缘出现自由变换框。利用此自由变换框可以将选区进行缩放、旋转和透视等自由变换操作，其功能和操作方法与【编辑】菜单下的【自由变换】命令相同。请参见第 3.4.4 节变换图像内容进行学习。

3.3.6 存储和载入选区

在图像处理及绘制过程中，当创建一个选区后，再创建另一个选区则原选区就会消失，此后的操作便无法对原选区继续进行处理。因此，为了便于再次用到原选区继续编辑时，有效地保存选区是很有必要的。

一、 保存选区

在当前图像文件中创建选区后，执行【选择】/【存储选区】命令，弹出图 3-72 所示的【存储选区】对话框。

- 【文档】：选择保存选区的文件。
- 【通道】：选择保存选区的通道。如果是第一次保存选区，则只能选择【新建】选项。
- 【名称】：设置保存的选区在通道中的名称。如果不设置名称，单击 确定 按钮后，在【通道】面板中将出现名称为"Alpha 1"的通道。

图3-72 【存储选区】对话框

- 在【通道】下拉列表框中选择【新建】选项时，【操作】选项栏中只有【新建通道】选项可用，即创建新的通道。

将第一个选区保存后，再创建选区，执行【存储选区】命令，在【存储选区】对话框的【通道】下拉列表中有【新建】和【Alpha 1】两个选项。如果选择【Alpha 1】选项，【操作】选项栏中的选项即变为可用，通过设置不同的选项，可以保存不同形态的选区。

- 【替换通道】：用新建通道来替换原通道中的选区。
- 【添加到通道】：在原通道中加入该通道中的选区。
- 【从通道中减去】：在原通道中减去该通道中的选区。
- 【与通道交叉】：将新建通道与原通道的选区交叉部分定义为新通道。

二、 载入选区

保存选区的目的是为了将其再次载入图像中使用。保存选区后，执行【选择】/【载入选区】命令，弹出图 3-73 所示的【载入选区】对话框，单击 确定 按钮，即可将保存的选区载入到当前文件中。

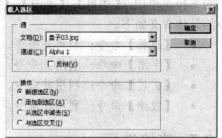

- 【反相】：勾选此复选项，将载入反选后的选区。

当图像文件中已有选区存在时，执行载入选区操作，该对话框中的【操作】选项栏中的选项才变得可用。通过设置不同的选项，可以创建不同形态的选区。

图3-73 【载入选区】对话框

- 【新建选区】：用载入的选区替换图像中的选区。
- 【添加到选区】：将载入的选区与图像中的选区相加，得到新的选区。
- 【从选区中减去】：从图像中的选区中减去载入的选区。
- 【与选区交叉】：将已有的选区与载入选区相交的部分定义为新选区。

3.3.7 其他编辑选区命令

除了上面介绍的几种常用的编辑选区命令之外，在【选择】菜单中还有几种编辑选区的命令，分别介绍如下。

一、 全部

执行【选择】/【全部】命令（快捷键为 Ctrl+A 组合键），可以将当前层中的所有图像全部选择。

二、 重新选择

将选区取消后，执行【选择】/【重新选择】命令（快捷键为 Shift+Ctrl+D 组合键），可以将刚取消的选区恢复。

三、 扩大选择

在图像中创建选区后，执行【选择】/【扩大选择】命令，可以将选区按照当前选择的颜色把相连且颜色相近的部分扩充到选区中，其扩充范围的大小取决于【魔棒】工具 属性栏中【容差】参数的大小。执行【扩大选择】命令创建的选区如图 3-74 所示。

图3-74 执行【扩大选择】命令创建的选区

四、选择相似选区

在图像中创建选区后，执行【选择】/【选择相似】命令，可将图像中不一定是相连的所有与选区内的图像颜色相近的部分扩充到选区中。执行【选择相似】命令创建的选区如图3-75 所示。

图3-75　执行【选择相似】命令创建的选区

3.4　【移动】工具

【移动】工具 ![移动工具图标] 是图像处理操作中应用最频繁的工具。利用它可以在当前文件中移动或复制图像，也可以将图像由一个文件移动复制到另一个文件中，还可以对选择的图像进行变换、排列、对齐与分布等操作。

利用【移动】工具 ![移动工具图标] 移动图像的方法非常简单，在要移动的图像内拖曳鼠标光标，即可移动图像的位置。在移动图像时，按住 Shift 键可以确保图像在水平、垂直或 45º的倍数方向上移动；配合属性栏及键盘操作，还可以复制和变形图像。

3.4.1　移动图像

下面通过实例讲解图像在当前文件中的移动操作方法。

🔑　在当前文件中移动图像

1. 打开教学资源包素材文件中"图库\第 03 章"目录下的"盘子 03.jpg"文件，如图 3-76 所示。
2. 利用 ![圆形选框工具图标] 工具，结合键盘上的方向箭，绘制出如图 3-77 所示的选区。

图3-76　打开的文件　　　　　　　　　　　　图3-77　绘制的选区

3. 选择 ![移动工具图标] 工具，将鼠标光标移动到选区内，按下鼠标左键并拖曳，释放鼠标左键后选择的盘子图片即停留在移动后的位置，如图 3-78 所示。

利用【移动】工具 在当前图像文件中移动图像分为两种情况：一种是移动"背景"层选区内的图像，移动此类图像时，图像被移动位置后，原图像位置需要用颜色补充，因为背景层是不透明的图层，而此处所补充显示的颜色为工具箱中的背景颜色，如图 3-79 所示；另一种情况是移动"图层"中的图像，当移动此类图像时，可以不需要添加选区就可以移动图像的位置，但移动"图层"中图像的局部位置时，也是需要添加选区才能够移动的。

图3-78　移动图片状态

图3-79　显示的背景色

3.4.2　移动复制图像

下面讲解在两个图像文件之间移动复制图像的操作方法。

在两个文件之间移动复制图像

1. 打开教学资源包素材文件中 "图库\第 03 章" 目录下的 "盘子 03.jpg" 文件。
2. 新建一个【宽度】为 "20 厘米"、【高度】为 "20 厘米"、【分辨率】为 "120 像素/英寸"、【颜色模式】为 "RGB 颜色"、【背景内容】为 "白色" 的文件。
3. 利用 工具，结合键盘上的方向箭，将 "盘子 03.jpg" 文件中的盘子选择。
4. 选择 工具，将鼠标光标移动到选区内，按下鼠标左键并向新建文件中拖曳，如图 3-80 所示。

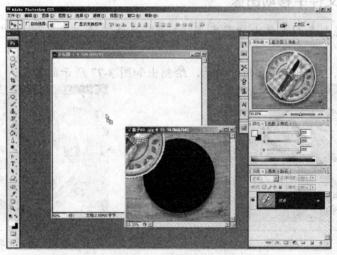

图3-80　在两个文件之间移动复制图像状态

5. 当鼠标光标变为 形状时，释放鼠标左键，所选择的图片即被移动到另一个图像文件中。

3.4.3 复制图像

利用【移动】工具 ▶️ 移动图像时，如果先按住 Alt 键再拖曳鼠标光标，释放鼠标左键后即可将图像移动复制到指定位置。在按住 Alt 键移动复制图像时又分为两种情况，一种是不添加选区直接复制图像；另一种是将图像添加选区后再进行移动复制。下面通过实例讲解这两种复制图像的具体操作方法。

🔑 复制图像

1. 新建一个【宽度】为"20 厘米"、【高度】为"20 厘米"、【分辨率】为"120 像素/英寸"、【颜色模式】为"RGB 颜色"、【背景内容】为"白色"的文件。
2. 打开教学资源包素材文件中"图库\第 03 章"目录下的"花卉.jpg"文件，如图 3-81 所示。
3. 执行【选择】/【色彩范围】命令，弹出【色彩范围】对话框，利用 🖊️ 工具在花卉文件的白色背景中单击，设置选择颜色，然后设置【颜色容差】参数如图 3-82 所示。

图3-81 打开的图片 　　　　　　　　　　　图3-82 【色彩范围】对话框

4. 单击 [　确定　] 按钮，然后执行【选择】/【反向】命令，将选区反选，如图 3-83 所示。
5. 利用 ▶️ 工具将选择的花卉移动复制到新建文件中。
6. 在属性栏中勾选 ☐显示变换控件 复选项，此时在图片的周围将显示虚线形态的自由变换框，如图 3-84 所示。

图3-83 打开的图片 　　　　　　　　　　　图3-84 显示的变换框

7. 按住 Shift 键，在变换框右上角的调节点上按下鼠标左键，虚线变换框变为实线形态的变换框，然后向左下角拖曳鼠标光标，将图片适当缩小。
8. 单击属性栏中的 ✔️ 按钮，确认图片大小的调整。
9. 按住 Alt 键，此时鼠标光标变为黑色三角形，下面重叠带有白色的三角形，如图 3-85 所示。

10. 在不释放 [Alt] 键的同时，向右上方拖曳鼠标光标，此时的鼠标光标将变为白色的三角形形状，如图 3-86 所示。

图3-85 按下 [Alt] 键状态

图3-86 移动复制图片状态

11. 释放鼠标左键后，即可完成图片的移动复制操作，在【图层】面板中将自动生成"图层 1 副本"层，如图 3-87 所示。

12. 使用相同的移动复制操作，在画面中连续复制出多个花卉图片，组成画布图案，将属性栏中的 ☐显示变换控件 勾选取消，最终效果如图 3-88 所示。

图3-87 【图层】面板

图3-88 复制出的图案

13. 按 [Shift]+[Ctrl]+[S] 组合键，将当前文件命名为"花布.psd"另存。

上面介绍的利用【移动】工具结合 [Alt] 键复制图像的方法，复制出的图像在【图层】面板中会生成独立的图层；如果将图像添加选区后再复制，复制出的图像将不会生成独立的图层。

3.4.4 变换图像

在图像处理过程中经常需要对图像进行变换操作，从而使图像的大小、方向、形状或透视符合作图要求。在 Photoshop CS3 中，变换图像的方法有两种，一是直接利用【移动】工具结合属性栏中的 ☐显示变换控件 选项来变换图像；另一种是利用菜单命令变换图像。这两种方法都可以得到相同的变换效果。

在使用【移动】工具变换图像时，若勾选属性栏中的 ☐显示变换控件 复选项，图像中将根据工作层（背景层除外）或选区内的图像显示变换框。在变换框的调节点上按住鼠标左键，变换框将由虚线变为实线，此时拖动变换框周围的调节点就可以对变换框内的图像进行变换。各种变换形态的具体操作方法如下。

一、 缩放图像

将鼠标光标放置到变换框各边中间的调节点上，待鼠标光标形状显示为 ↔ 或 ↕ 时，按下鼠标左键左右或上下拖曳，可以水平或垂直缩放图像。将鼠标光标放置到变换框 4 个角的调节点上，待鼠标光标形状显示为 ↖ 或 ↗ 时，按下鼠标左键拖曳，可以任意缩放图像；此时按住 Shift 键可以等比例缩放图像；按住 Alt+Shift 组合键可以以变换框的调节中心为基准等比例缩放图像。以不同方式缩放图像时鼠标光标的形态如图 3-89 所示。

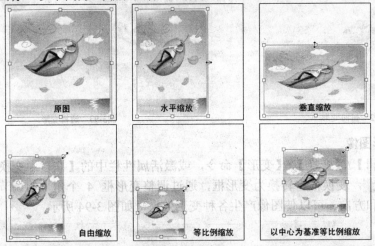

图3-89　以不同方式缩放图像时鼠标光标的形态

二、　旋转图像

将鼠标光标移动到变换框的外部，待鼠标光标形状显示为 ↙ 或 ↘ 时拖曳，可以围绕调节中心旋转图像，如图 3-90 所示。若按住 Shift 键旋转图像，可以使图像按 15° 的倍数旋转。

在【编辑】/【变换】命令的子菜单中选择【旋转 180 度】、【旋转 90 度（顺时针）】、【旋转 90 度（逆时针）】、【水平翻转】或【垂直翻转】等命令，可以将图像旋转 180°、顺时针旋转 90°、逆时针旋转 90°、水平翻转或垂直翻转。

三、　斜切图像

执行【编辑】/【变换】/【斜切】命令，或按住 Ctrl+Shift 组合键调整变换框的调节点，可以将图像斜切变换，如图 3-91 所示。

图3-90　旋转图像

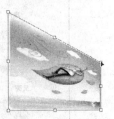

图3-91　斜切变换图像

四、　扭曲图像

执行【编辑】/【变换】/【扭曲】命令，或按住 Ctrl 键调整变换框的调节点，可以对图像进行扭曲变形，如图 3-92 所示。

五、　透视图像

执行【编辑】/【变换】/【透视】命令，或按住 Ctrl+Alt+Shift 组合键调整变换框的调节点，可以使图像产生透视变形效果，如图 3-93 所示。

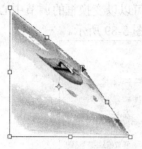

图3-92 扭曲变形

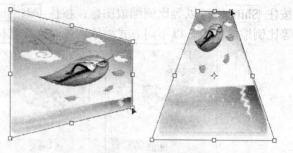

图3-93 透视变形

六、 变形图像

执行【编辑】/【变换】/【变形】命令，或激活属性栏中的【在自由变换和变形模式之间切换】按钮，变换框将转换为变形框，通过调整变形框 4 个角上的调节点的位置以及控制柄的长度和方向，可以使图像产生各种变形效果，如图 3-94 所示。

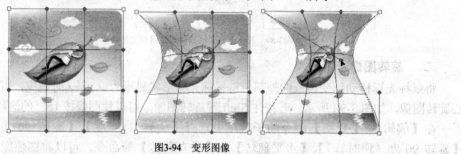

图3-94 变形图像

在属性栏中的【变形】 自定 下拉列表中选择一种变形样式，可以使图像产生各种相应的变形效果，如图 3-95 所示。

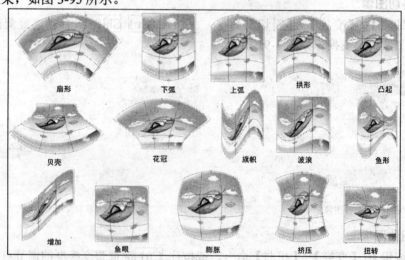

图3-95 各种变形效果

七、 变换命令属性栏

执行【编辑】/【自由变换】命令，属性栏如图 3-96 所示。

X: 250.0 px Y: 215.5 px W: 100.0% H: 100.0% 0.0 度 H: 0.0 度 V: 0.0 度

图3-96 【自由变换】属性栏

- 【参考点位置】图标▩: 中间的黑点表示调节中心在变换框中的位置，在任意白色小点上单击，可以定位调节中心的位置。另外，将鼠标光标移动至变换框中间的调节中心上，待鼠标光标形状显示为▸↓时拖曳，可以在图像中任意移动调节中心的位置。
- 【X】、【Y】: 用于精确定位调节中心的坐标。
- 【W】、【H】: 分别控制变换框中的图像在水平方向和垂直方向缩放的百分比。激活【保持长宽比】按钮⑧，可以保持图像的长宽比例来缩放。
- 【旋转】按钮◿: 用于设置图像的旋转角度。
- 【H】、【V】: 分别控制图像的倾斜角度。【H】表示水平方向，【V】表示垂直方向。
- 【在自由变换和变形之间切换】按钮▧: 激活此按钮，可以由自由变换模式切换为变形模式；取消其激活状态，可再次切换到自由变换模式。

3.5　综合案例——绘制 POP 挂旗

下面运用本章讲解的工具和命令来绘制 POP 挂旗。在绘制过程中，要注意【椭圆选框】工具、【矩形选框】工具、【移动】工具、【渐变】工具和【图层样式】命令的应用。

🔑 绘制 POP 挂旗

1. 新建一个【宽度】为 "12 厘米"、【高度】为 "13 厘米"、【分辨率】为 "150 像素/英寸"、【颜色模式】为 "RGB 颜色"、【背景内容】为 "白色" 的文件。
2. 给背景层填充灰色（R:167,G:170,B:172），然后新建 "图层 1"。
3. 选择 ○ 工具，在属性栏中的【样式】下拉列表中选择【固定大小】选项，并将【宽度】和【高度】均设置为 "420 像素"，然后在文件中单击，创建一个圆形选区。给选区填充绿色（R:70,G:153,B:42），如图 3-97 所示。
4. 按 D 键将前景色和背景色设置分别为默认的黑色和白色。
5. 选择 ▣ 工具，然后在属性栏的【样式】下拉列表中选择【固定大小】选项，并将【宽度】和【高度】均设置为 "420 像素"。然后在文件中单击，创建一个正方形选区，按 Ctrl+Delete 组合键为选区填充白色，如图 3-98 所示。按 Ctrl+D 组合键去除选区。

图3-97　绘制的绿色圆形

图3-98　绘制的白色正方形

6. 执行【图层】/【图层样式】/【投影】命令，弹出【图层样式】对话框，参数设置如图 3-99 所示。单击 ▢ 确定 ▢ 按钮，为图形添加投影后的效果如图 3-100 所示。

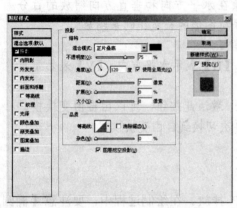

图3-99 【图层样式】对话框

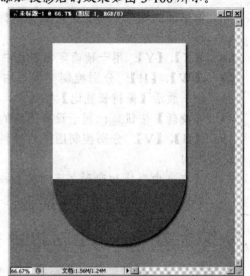

图3-100 添加投影后的效果

7. 新建 "图层 2"，然后利用 ▢ 工具绘制如图 3-101 所示的选区。

8. 选择 ▢ 工具，按住 Shift 键，在矩形选区内由下向上拖曳鼠标光标，填充如图 3-102 所示的渐变色，然后按 Ctrl+D 组合键去除选区。

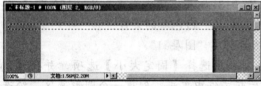

图3-101 绘制的矩形选区

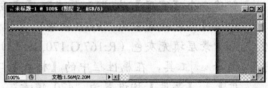

图3-102 填充渐变色效果

9. 在【图层】面板中单击 "图层 1"，将其设置为工作层，然后执行【图层】/【图层样式】/【拷贝图层样式】命令。

10. 单击 "图层 2"，将其设置为工作层，然后执行【图层】/【图层样式】/【粘贴图层样式】命令，粘贴图层样式后的效果如图 3-103 所示。

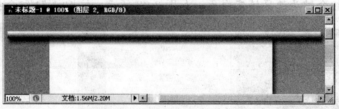

图3-103 粘贴图层样式后的效果

11. 打开教学资源包素材文件中 "图库\第 03 章" 目录下的 "标志.psd" 文件，如图 3-104 所示。

12. 利用 ▢ 工具将标志移动复制到 "未标题-1" 文件中，如图 3-105 所示。

13. 在属性栏中勾选 ▢显示变换控件 复选项，然后在出现的虚线变换框上单击，虚线变换框变为实线变换框，如图 3-106 所示。

图3-104　打开的图片

图3-105　复制到当前文件中的标志

图3-106　调整图形大小状态

14.　在属性栏中激活 ▧ 按钮，设置 W:80.0%　▧ H:80.0% 参数均为 "80%"，单击 ✔ 按钮。至此，POP 挂旗绘制完成，最终效果如图 3-107 所示。

图3-107　POP 挂旗最终效果

15.　按 Ctrl+S 组合键，将此文件命名为 "POP 挂旗.psd" 保存。

小结

　　本章主要学习了选择工具、选择命令、填充工具和移动工具的使用方法，包括选区的创建和编辑、图像的移动和复制等知识点。希望同学们在掌握这些基本工具和命令的前提下，熟悉各工具的属性栏以及各功能之间的联系和区别，以便在以后的绘图过程中运用自如。另外，【移动】工具的应用是本章的重点内容，特别是图像的变换操作，它可以将图像进行随意缩放、旋转、斜切、扭曲或透视处理，从而制作出各种形态的图像效果。

习题

1.　打开教学资源包素材文件中 "图库\第 03 章" 目录下的 "童裤.jpg" 文件，利用【魔棒】工具将背景选择并去除，得到如图 3-108 所示的背景透明效果。作品参见教学资源包素材文件中 "作品\第 03 章" 目录下的 "操作题 03-1.psd" 文件。

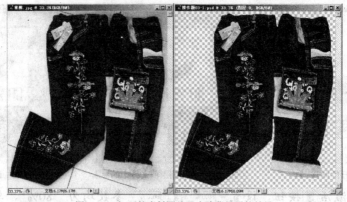

图3-108　打开的素材图片及去除背景后的效果

2. 打开教学资源包素材文件中"图库\第 03 章"目录下的"花布 01.jpg"和"花布 02.jpg"文件，利用【移动】工具的复制操作，制作出如图 3-109 所示的花布效果。作品参见教学资源包素材文件中"作品\第 03 章"目录下的"操作题 03-2.psd"文件。

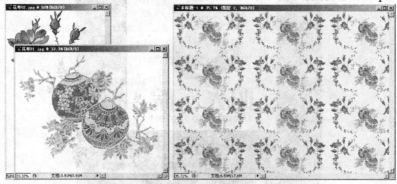

图3-109　打开的素材图片及复制得到的花布效果

3. 根据第 3.5 节所学习的绘制 POP 案例，自己动手练习绘制如图 3-110 所示的 POP 挂旗。作品参见教学资源包素材文件中"作品\第 03 章"目录下的"操作题 03-3.psd"文件。

图3-110　绘制的 POP 挂旗

第4章 绘画和编辑图像

绘画工具、编辑工具以及编辑图像命令，是 Photoshop 操作中使用频繁也是绘制图形和处理图像最主要的工具和命令。绘画工具主要包括【画笔】工具、【铅笔】工具、【颜色替换】工具和【渐变】工具；编辑工具主要包括擦除图像工具、历史记录工具、各种图像修复工具、各种编辑和测量工具以及编辑图像菜单命令。熟练掌握这些工具和命令的应用，对于提高图像处理工作效率是非常有必要的。希望同学们认真学习本章内容。

4.1 绘画

【画笔】工具 ✎ 和【铅笔】工具 ✐ 是绘画工具中的主要工具，利用这两种工具可以绘制出想要表现的任意绘画作品和图形。

4.1.1 使用绘画工具

绘画工具的工作原理如同实际绘画中的画笔和铅笔一样，其基本使用方法介绍如下。
(1) 在工具箱中选择相应的绘画工具。
(2) 设置前景色。
(3) 在【画笔】工具的属性栏中设置画笔笔尖大小和形状，或单击属性栏中的 📄 按钮在弹出的【画笔】面板中编辑、设置画笔。
(4) 在属性栏中设置画笔的绘制属性。
(5) 新建所要绘制图形的图层，这样可以方便后期修改和编辑。
(6) 在图像文件中按下鼠标左键拖动，即可绘制想要表现的画面了，如图4-1 所示。

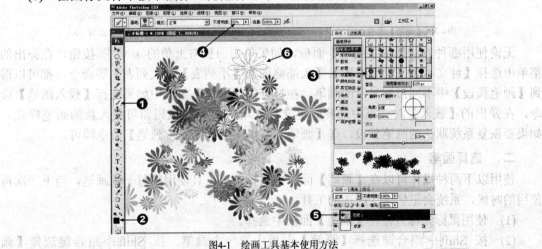

图4-1 绘画工具基本使用方法

4.1.2 选择画笔

在开始绘画前首先要确定选择使用的画笔工具。本节讲解有关选择画笔工具的方法。

一、 显示【画笔】面板

显示【画笔】面板的方法有以下两种。

(1) 在工具箱中选择画笔工具后，在属性栏中即可显示所选择的画笔及相关设置的属性，单击【画笔】按钮，弹出如图 4-2 所示的【画笔】面板。

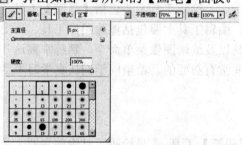

图4-2 画笔工具属性栏中弹出式面板

(2) 执行【窗口】/【画笔】命令（或按 F5 键或单击属性栏中的 按钮），打开如图 4-3 所示的【画笔】面板。单击面板左侧的【画笔笔尖形状】选项，在面板右侧会出现当前画笔设置的属性，如图 4-4 所示。

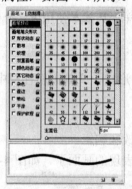

图4-3 【画笔】面板

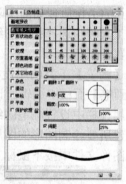

图4-4 【画笔】面板

无论使用哪种方法显示【画笔】面板，如果单击面板右上角的 或 按钮，在弹出的菜单中选择【纯文本】、【小缩略图】、【大缩略图】、【小列表】、【大列表】等命令，都可以得到【画笔预设】中不同形态显示的画笔。在打开的【画笔】菜单中如果选择【载入画笔】命令，在弹出的【载入】对话框中选择画笔文件，单击 载入(L) 按钮即可载入新的画笔样式。如果要恢复系统默认的画笔预设，在【画笔】菜单中选择【复位画笔】命令即可。

二、 选择画笔

使用以下两种操作可以在【画笔】面板中选择画笔，且使用的每一种画笔，当下一次再使用的时候，系统会记忆这次所选的工具。

(1) 使用鼠标光标直接在【画笔】面板中选择。

(2) 按 Shift+ 组合键选择【画笔】面板中第一个画笔，按 Shift+ 组合键选择【画笔】面板中最后一个画笔。

4.1.3　设置画笔

一、　设置画笔直径

设置画笔直径的方法有以下 3 种。

(1)　在工具箱中选择画笔工具后，单击属性栏中的【画笔】按钮，在弹出的【画笔】面板中直接修改【主直径】参数。

(2)　使用【画笔】工具绘图时，在图像文件中单击鼠标右键，也可以弹出【画笔】面板。单击属性栏中的按钮，在弹出的【画笔】面板中直接修改【直径】参数。

(3)　选择画笔工具后，直接按键盘上的键可以减小画笔【主直径】大小，按键可以增大画笔【主直径】大小。

在工具箱中，其他的一些图像修饰和编辑工具与画笔工具共用【画笔】面板，其直径大小设置方法与画笔工具相同，例如【铅笔】工具、【橡皮擦】工具、【模糊】工具、【锐化】工具、【涂抹】工具、【减淡】工具、【加深】工具和【海绵】工具等。

二、　设置画笔笔尖形状

在如图 4-5 所示的【画笔】面板左侧的画笔属性设置区域中选择一种属性选项，所选属性的参数设置即会出现在面板的右侧，如只单击选项左侧的复选项，可以在不查看其参数的情况下启用或停用此属性。

下面来讲解【画笔】面板中的属性选项及参数设置。

(1)　【画笔预设】选项。

【画笔预设】用于查看、选择和载入预设画笔。拖动画笔笔尖形状窗口右侧的滑块可以浏览其他形状。

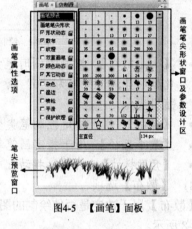

图4-5　【画笔】面板

(2)　【画笔笔尖形状】选项。

【画笔笔尖形状】主要用于选择和设置画笔笔尖的形状，如图 4-6 所示。

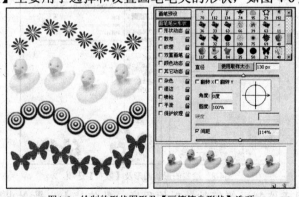

图4-6　绘制的形状图形及【画笔笔尖形状】选项

- 【翻转 X】和【翻转 Y】：将画笔笔尖的形状在水平或垂直方向上翻转。
- 【角度】：用于设置当前画笔笔尖旋转的角度。

- **【圆度】**：决定画笔笔尖高度和宽度的比例。当数值为 "100%" 时，画笔笔尖为圆形；当数值小于 "100%" 时，笔尖在高度方向上被压扁，变为椭圆形。
- **【间距】**：用于决定画笔每两笔之间跨越的距离。数值越大，跨越的距离越大。如果不勾选此项，所画线的形态将与拖曳鼠标光标的速度有关。拖曳的速度越快，画笔每两笔之间的距离跨度就越大。

(3) **【形状动态】** 选项。

【形状动态】 用于设置随着画笔的移动笔尖形状的变化情况，绘制的图形及选项面板如图 4-7 所示。

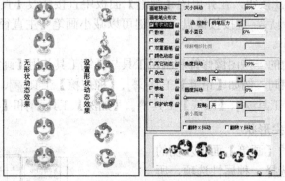

图4-7　绘制的形状图形及【形状动态】选项

- **【大小抖动】**：控制绘图时笔尖大小的随机变化情况。数值越大，笔尖大小变化越明显；该数值为 "0" 或【最小直径】为 "100%" 时，笔尖大小将不产生随机变化。
- **【控制】**：用于指定控制笔尖变化的方法。
- **【最小直径】**：用于指定画笔笔尖大小抖动时的最小直径。
- **【角度抖动】和【圆度抖动】**：分别控制画笔动态角度和圆度的随机变化情况。

(4) **【散布】** 选项。

【散布】 用于决定是否使绘制的图形或线条产生一种笔触散射效果。散布效果及选项面板如图 4-8 所示。

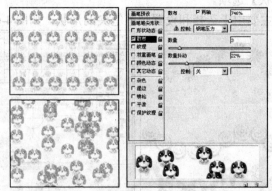

图4-8　绘制的形状图形及【散布】选项

- **【散布】**：用于控制画笔笔触散射的程度。数值越大，散射出的笔触偏离原位置越远，效果越明显。勾选右侧的【两轴】复选项，画笔笔触可以向四周散射；若不勾选此项，则只能在垂直方向上散射。

- 【数量】：用于控制散射出的画笔笔触的数量。
- 【数量抖动】：用于控制每个间隔处散射出笔触数量的变化情况。

(5) 【纹理】选项。

【纹理】可以使【画笔】工具产生图案纹理效果。纹理效果及选项面板如图 4-9 所示。

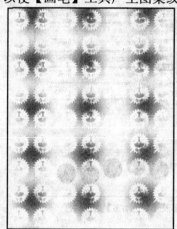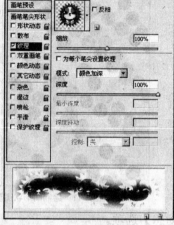

图4-9 绘制的形状图形及【纹理】选项

- 【缩放】：用于调整所选图案纹理的缩放比例。
- 【为每个笔尖设置纹理】：勾选此复选项，可以在每个画笔笔触上应用纹理；否则，将对整个画笔应用统一的纹理。
- 【模式】：用于设置图案纹理和画笔颜色（前景色）的混合模式。
- 【深度】：用于设置图案纹理和画笔颜色混合的程度，数值为 "0" 时，不产生纹理效果。

(6) 【双重画笔】选项。

【双重画笔】可以设置两种不同形状的画笔来绘制图形，首先通过【画笔笔尖形状】设置主笔刷的形状，再通过【双重画笔】设置次笔刷的形状。利用普通画笔和双重画笔绘制的效果及选项面板如图 4-10 所示。

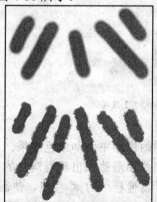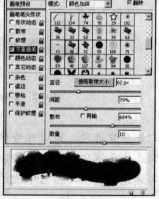

图4-10 绘制的形状图形及【双重画笔】选项

- 【模式】：用于设置两种画笔的混合模式。
- 【直径】、【间距】、【散布】和【数量】：分别用于设置次画笔笔刷的直径大小、两笔触之间的距离、画笔的分散程度和分散数量。

(7) 【颜色动态】选项。

【颜色动态】可以将前景色和背景色进行不同程度的混合，通过调整颜色在前景色和背景色之间的变化情况以及色相、饱和度和亮度的变化，绘制出具有各种颜色混合效果的图形。绘制的效果及选项面板如图 4-11 所示。

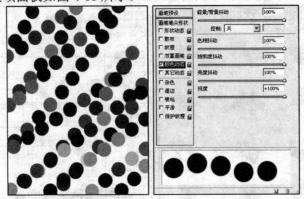

图4-11　绘制的形状图形及【颜色动态】选项

(8) 【其他动态】选项。

【其他动态】用于设置画笔的不透明度和流量的动态效果，选项面板如图 4-12 所示。其中【不透明度抖动】用于设置画笔在绘制图形时颜色不透明度的变化程度，【流量抖动】用于设置画笔在绘制图形时颜色流量的变化程度。

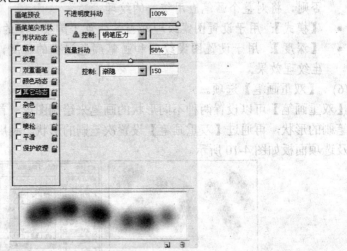

图4-12　【其他动态】选项

(9) 其他选项。

- 【杂色】：勾选此复选项，可以在绘制的图形中添加杂色效果。
- 【湿边】：勾选此复选项，可以在绘制的图形边缘出现湿润边的效果。
- 【喷枪】：勾选此复选项，相当于激活属性栏中的 按钮，使画笔具有喷枪的性质。
- 【平滑】：勾选此复选项，可以使画笔绘制的颜色边缘较平滑。
- 【保护纹理】：此选项可以对所有的画笔执行相同的纹理图案和缩放比例。勾选此选项后，当使用多个画笔时，可模拟一致的画布纹理。

4.1.4　设置画笔属性

在利用【画笔】工具绘制图像时，在属性栏中设置画笔的属性是不可缺少的步骤。【画笔】工具属性栏如图 4-13 所示。

图4-13　【画笔】工具属性栏

- 【画笔】：用来设置画笔笔尖的形状及大小。单击 按钮，会弹出如图 4-14 所示的【画笔】面板。

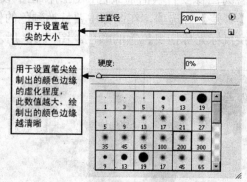

图4-14　【画笔】面板

- 【模式】：可以设置绘制的图形与原图像的混合模式。
- 【不透明度】：用来设置画笔绘制颜色的不透明度。可以直接输入数值，也可以通过单击此选项右侧的三角按钮，再拖动弹出的滑块来调节。

在输入法为英文输入状态下，可以通过按键盘上的数字键来改变画笔的不透明度参数，1～9 分别指 10%～90%，0 代表 100%，也就是说，当按键盘上的数字键"3"时，可以将画笔的不透明度设置为 30%。

- 【流量】：决定画笔在绘画时的压力大小。数值越大，画出的颜色越深。
- 【喷枪】按钮：激活此按钮，使用画笔绘画时，绘制的颜色会因鼠标光标的停留而向外扩展。画笔笔尖的硬度越小，效果越明显。
- 【选项】按钮：单击此按钮，弹出【画笔】面板，用于设置画笔的更多选项功能。

【铅笔】工具的属性栏中有一个【自动抹掉】复选项，这是【铅笔】工具所具有的特殊功能。勾选了此选项在图像内绘制颜色，如果在与前景色相同的颜色区域绘画时，铅笔会自动擦除此处的颜色而显示工具箱中背景的颜色；如在与前景色不一样的颜色区绘画，绘制出的是前景色。

4.1.5　定义画笔

除了上面介绍的【画笔】工具自带的笔尖形状外，还可以将自己喜欢的图像或图形定义为画笔笔尖。下面介绍定义画笔笔尖的方法。

(1)　使用选区工具在图像中选择要用来作为画笔的图像区域，如果希望创建的画笔带有锐边，则应当将选区工具属性栏中【羽化】参数设置为"0 像素"；如果要定义具有柔边的画笔，可适当设置选区的【羽化】参数。

(2) 执行【编辑】/【定义画笔预设】命令，在弹出的【画笔名称】对话框中设置画笔的名称，单击 确定 按钮。此时在【画笔笔尖】面板的最后即可查看到定义的画笔笔尖。

4.1.6 替换图像颜色

【颜色替换】工具 是一个非常不错的对图像颜色进行替换的工具。其使用方法为：在工具箱中选择该工具，设置为图像要替换的前景色，在属性栏中设置【画笔】笔尖、【模式】、【取样】、【限制】以及【容差】等选项，在图像中要替换颜色的位置按住鼠标左键并拖曳，即可用设置的前景色替换鼠标光标拖曳位置的颜色。图 4-15 所示为照片原图与替换颜色后的效果。

图4-15 图像原图与替换颜色后的效果

【颜色替换】工具的属性栏如图 4-16 所示。

图4-16 【颜色替换】工具属性栏

- 【取样】按钮：用于指定替换颜色取样区域的大小。激活【连续】按钮 ，将连续取样来对鼠标光标经过的位置替换颜色；激活【一次】按钮 ，只替换第一次单击取样区域的颜色；激活【背景色板】按钮 ，只替换画面中包含背景色的图像区域。
- 【限制】：用于限制替换颜色的范围。选择【不连续】选项，将替换出现在鼠标光标下任何位置的颜色；选择【连续】选项，将替换与紧挨鼠标光标的颜色邻近的颜色；选择【查找边缘】选项，将替换包含取样颜色的连接区域，同时更好地保留图像边缘的锐化程度。
- 【容差】：指定替换颜色的精确度。此值越大，替换的颜色范围越大。
- 【消除锯齿】：可以为替换颜色的区域指定平滑的边缘。

4.1.7 面部化彩妆

下面利用【画笔】工具 为女孩面部化彩妆，学习【画笔】工具的使用方法。

面部化彩妆

1. 打开教学资源包素材文件中"图库\第 04 章"目录下的"照片 04-2.jpg"文件。
2. 将前景色设置为紫色（R:137,G:87,B:160），然后利用 🔍 工具将嘴部位置放大显示。
3. 选择 ✏ 工具，在属性栏中设置【画笔】大小为"100 像素"，【模式】选项设置为【颜色】，【不透明度】参数设置为"30%"，将鼠标光标移动到嘴唇位置拖曳，给嘴唇上色，如图 4-17 所示。

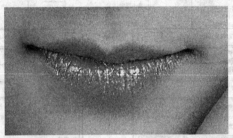

图4-17 给嘴唇上色效果

4. 用相同的方法对女孩的"眼"部位置放大显示，绘制上眼影效果。然后再在人物的脸颊位置喷绘红色，得到面部腮红的红润效果。处理前后的对比效果如图 4-18 所示。

图4-18 绘制的眼影及腮红

5. 按 Shift+Ctrl+S 组合键，将此文件命名为"彩妆.jpg"另存。

4.1.8 绘制梅花国画

本节通过绘制梅花国画来进一步练习【画笔】工具的使用方法。

一、 绘制梅花瓣

下面先定义画笔笔尖参数，绘制出几个单独的梅花图形，然后将其定义为预设画笔。

 绘制梅花

1. 新建一个【宽度】为"10 厘米"、【高度】为"7.5 厘米"、【分辨率】为"200 像素/英寸"、【模式】为"RGB 颜色"、【背景内容】为"白色"的文件。
2. 选择 ✏ 工具，单击属性栏中的 📋 按钮，在弹出的【画笔】面板中设置各选项及参数如图 4-19 所示。

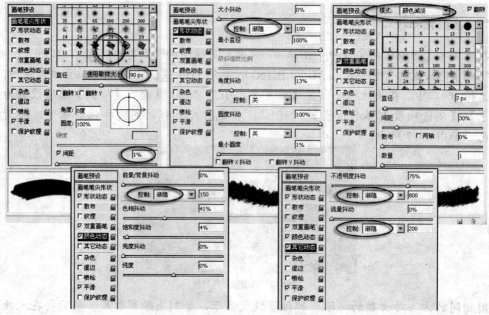

图4-19 【画笔】面板各选项及参数设置

3. 新建"图层 1"，将前景色设置为黑色，然后根据如图 4-20 所示的流程图绘制出右边的梅花图形。

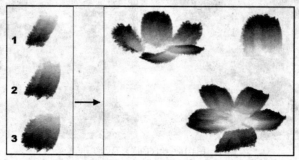

图4-20 梅花花瓣绘制流程图

4. 选择 ▭ 工具，绘制选区将如图 4-21 所示的梅花选择。

5. 执行【编辑】/【定义画笔预设】命令，弹出【画笔名称】对话框，设置名称如图 4-22 所示，单击 确定 按钮，将梅花定义为画笔笔尖。

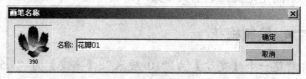

图4-21 选择的梅花　　　　　　　　　　　　图4-22 【画笔名称】对话框

6. 使用相同的定义方法，将另外两组梅花也分别定义为画笔笔尖。

7. 按 Ctrl+S 组合键，将此文件命名为"梅花.psd"保存。

二、　绘制梅花枝杆及梅花

下面利用定义的梅花笔尖来绘制国画中连成一片的梅花，首先绘制梅花的枝杆。

绘制梅花枝杆及梅花

1. 新建一个【宽度】为 "12 厘米"、【高度】为 "20 厘米"、【分辨率】为 "150 像素/英寸"、【颜色模式】为 "RGB 颜色"、【背景内容】为 "白色" 的文件。
2. 将前景色设置为黑色，新建 "图层 1"。
3. 选择 ✐ 工具，单击属性栏中的 ▦ 按钮，在弹出的【画笔】面板中设置各选项及参数如图 4-23 所示。

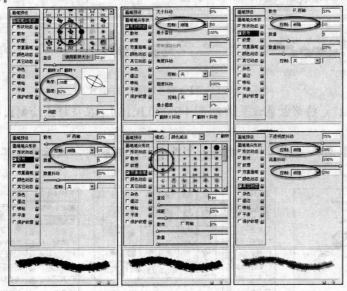

图4-23　【画笔】面板各选项及参数设置

4. 利用设置的画笔笔尖，根据梅花枝干的生长规律，依次绘制出如图 4-24 所示的梅花枝杆。注意，在绘制时可以结合键盘上的 [键和] 键随时修改笔尖的大小。

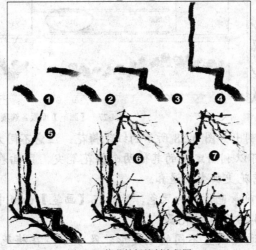

图4-24　梅花枝杆绘制流程图

5.　打开【画笔】面板，选择前面定义的梅花笔尖并分别设置各选项及参数，如图 4-25 所示。

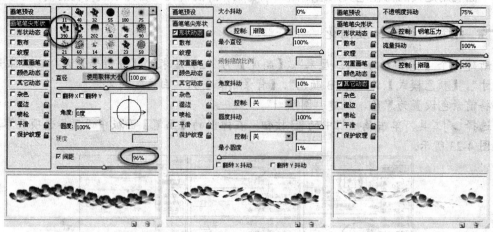

图4-25　【画笔】面板各选项及参数设置

6.　新建"图层 2"，将前景色设置为红色（R:230,B:18），在枝杆上绘制出如图 4-26 所示的浅色梅花。

7.　打开【画笔】面板，将【其他动态】复选项的勾选取消，然后修改其他选项及参数如图 4-27 所示。

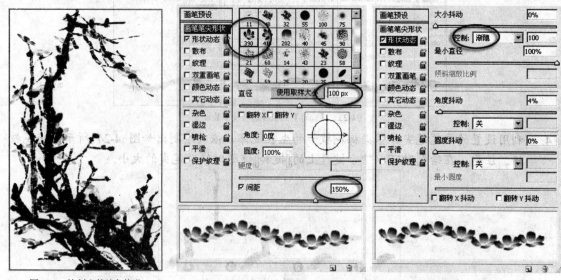

图4-26　绘制出的浅色梅花　　　　　　　　　　图4-27　【画笔】面板各选项及参数设置

8.　新建"图层 3"，绘制出如图 4-28 所示的红色梅花。注意不同大小笔尖的设置以及梅花疏密组合，同时还可以利用定义的其他两个梅花笔尖，穿插着绘制一些不同形态的梅花，这样绘制出的梅花更加生动逼真。

9.　新建"图层 4"，将前景色设置为黑色，然后在【画笔】面板中选择合适的笔尖，在梅花上面绘制出如图 4-29 所示的花蕊。

10.　在【画笔】面板中通过设置不同的笔尖形状及参数，在梅花上面分别绘制黑色的花蕊，绘制完成的梅花最终效果如图 4-30 所示。

图4-28　绘制出的红色梅　　　　图4-29　绘制出的花蕊　　　　图4-30　绘制完成的梅花最终效果

11. 选择 |T| 工具，在画面中依次输入如图 4-31 所示的文字。

12. 打开教学资源包素材文件中"图库\第 04 章"目录下的"图章.psd"文件，将图章分别移动复制到国画中，调整大小后放置到如图 4-32 所示的画面位置，完成梅花的绘制。

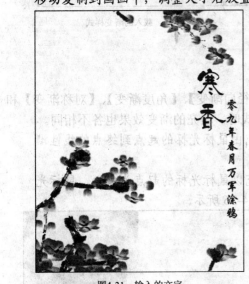

图4-31　输入的文字　　　　　　　　　　　图4-32　加入图章后的效果

13. 按 |Ctrl|+|S| 组合键，将此文件命名为"寒香.psd"保存。

4.2　渐变颜色

【渐变】工具 是一个非常不错的向图像文件填充渐变色的工具，其使用方法非常简单。使用该工具的基本操作步骤介绍如下。

(1)　在工具箱中选择【渐变】工具。

(2)　在图像文件中设置需要填充的图层或创建选区。

(3) 在属性栏中设置渐变方式和渐变属性。

(4) 打开【渐变编辑器】对话框，选择渐变样式或编辑渐变样式。

(5) 将鼠标光标移动到图像文件中，按下鼠标左键拖曳，释放鼠标左键后即可完成渐变颜色填充。

4.2.1 设置渐变样式

单击属性栏中████████████右侧的█按钮，弹出如图 4-33 所示的【渐变样式】面板。在该面板中显示了许多渐变样式的缩略图，在缩略图上单击即可将该渐变样式选择。

单击【渐变样式】面板右上角的 ⊙ 按钮，弹出菜单列表。该菜单中有一部分命令与【画笔】工具的菜单列表相同，在此不再赘述。在该菜单中下面的部分命令是系统预设的一些渐变样式，选择后即可载入【渐变样式】面板中，如图4-34 所示。

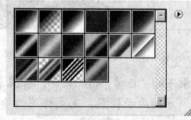

图4-33 【渐变样式】面板

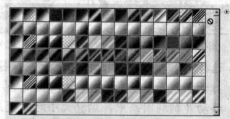

图4-34 载入的渐变样式

4.2.2 设置渐变方式

【渐变】工具的属性栏中包括【线性渐变】、【径向渐变】、【角度渐变】、【对称渐变】和【菱形渐变】5 种渐变方式。当选择不同的渐变方式时，填充的渐变效果也各不相同。

- 【线性渐变】按钮█：可以在画面中填充由鼠标光标的起点到终点的线性渐变效果，如图 4-35 所示。
- 【径向渐变】按钮█：可以在画面中填充以鼠标光标的起点为中心、鼠标光标拖曳距离为半径的环形渐变效果，如图 4-36 所示。

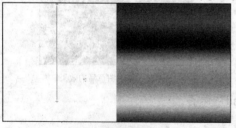

图4-35 线性渐变的效果

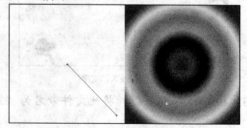

图4-36 径向渐变的效果

- 【角度渐变】按钮█：可以在画面中填充以鼠标光标起点为中心、自鼠标光标拖曳方向起旋转一周的锥形渐变效果，如图 4-37 所示。
- 【对称渐变】按钮█：可以产生由鼠标光标起点到终点的线性渐变效果，且以经过鼠标光标起点与拖曳方向垂直的直线为对称轴的轴对称直线渐变效果，如图 4-38 所示。

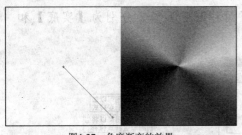

图4-37　角度渐变的效果

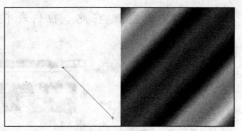

图4-38　对称渐变的效果

- 【菱形渐变】按钮：可以在画面中填充以鼠标光标的起点为中心，鼠标光标拖曳的距离为半径的菱形渐变效果，如图 4-39 所示。

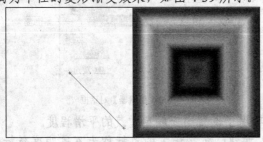

图4-39　菱形渐变的效果

4.2.3　设置渐变选项

合理地设置【渐变】工具属性栏中的渐变选项，可以达到根据要求填充的渐变颜色效果。【渐变】工具的属性栏如图 4-40 所示。

图4-40　【渐变】工具属性栏

- 【点按可编辑渐变】按钮<!-- -->：单击颜色条部分，将弹出【渐变编辑器】对话框，用于编辑渐变色；单击右侧的按钮，将弹出【渐变选项】面板，用于选择已有的渐变选项。
- 【模式】：与其他工具相同，用来设置填充颜色与原图像所产生的混合效果。
- 【不透明度】：用来设置填充颜色的不透明度。
- 【反向】：勾选此复选项，在填充渐变色时颠倒填充的渐变排列顺序。
- 【仿色】：勾选此复选项，可以使渐变颜色之间的过渡更加柔和。
- 【透明区域】：勾选此复选项，【渐变编辑器】对话框中渐变选项的不透明度才会生效。否则，将不支持渐变选项中的透明效果。

4.2.4　编辑渐变颜色

在【渐变】工具属性栏中单击【点按可编辑渐变】按钮<!-- -->的颜色条部分，将会弹出【渐变编辑器】对话框，如图 4-41 所示。

- 【预设窗口】：在预设窗口中提供了多种渐变样式，单击某一渐变样式缩略图即可选择该渐变样式。

- 【渐变类型】: 在此下拉列表中提供了两种渐变类型, 分别为【实底】和【杂色】。

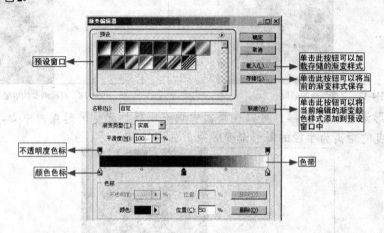

图4-41 【渐变编辑器】对话框

- 【平滑度】: 此选项用于设置渐变颜色过渡的平滑程度。
- 【不透明度色标】按钮: 色带上方的色标称为不透明度色标, 它可以根据色带上该位置的透明效果显示相应的灰色。当色带完全不透明时, 不透明度色标显示为黑色; 色带完全透明时, 不透明度色标显示为白色。
- 【颜色色标】按钮: 左侧的色标 🏠, 表示该色标使用前景色; 右侧的色标 🏠, 表示该色标使用背景色; 当色标显示为 🏠 状态时, 则表示使用自定义的颜色。
- 【不透明度】: 当选择一个不透明度色标后, 下方的【不透明度】选项可以设置该色标所在位置的不透明度;【位置】用于控制该色标在整个色带上的百分比位置。
- 【颜色】: 当选择一个颜色色标后,【颜色】色块显示的是当前使用的颜色, 单击该颜色块或在色标上双击, 可在弹出的【拾色器】对话框中设置色标的颜色; 单击颜色块右侧的 ▶ 按钮, 可以在弹出的菜单中将色标设置为前景色、背景色或自定颜色。
- 【位置】: 可以设置色标按钮在整个色带上的百分比位置; 单击 [删除(D)] 按钮, 可以删除当前选择的色标。

4.2.5 绘制苹果

本节通过苹果的绘制来进一步学习和掌握【渐变】工具的使用方法。

🔑 绘制苹果

1. 新建一个【宽度】为 "35厘米"、【高度】为 "18厘米"、【分辨率】为 "150像素/英寸"、【颜色模式】为 "RGB 颜色"、【背景内容】为 "白色" 的文件。
2. 新建 "图层1", 选择 ◯ 工具, 按住 Shift 键绘制圆形选区。

3. 选择▦工具，单击属性栏中▦▦▦▦▦按钮的颜色条部分，弹出【渐变编辑器】对话框，选择预设窗口中如图 4-42 所示的"前景到背景"渐变颜色样式。

4. 选择色带下方左侧的色标，如图 4-43 所示，然后单击【颜色】色块▦▦▶，在弹出的【拾色器】对话框中将颜色设置为深绿色（R:56,G:70,B:30）。

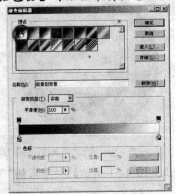

图4-42 选择渐变样式

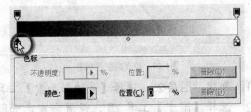

图4-43 设置颜色后的形态

5. 选择右侧的色标，然后将颜色设置为绿色（R:100,G:148,B:26），如图 4-44 所示。

6. 在色带下面如图 4-45 所示的位置单击，添加如图 4-46 所示的色标。

7. 将色标的【位置】参数设置为"50％"，然后将颜色设置为淡绿色（R:155,G:213,B:30），如图 4-47 所示。

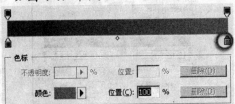

图4-44 设置的色标颜色

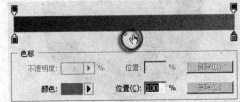

图4-45 添加色标位置

图4-46 添加的色标

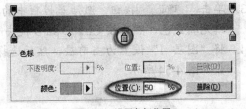

图4-47 设置色标位置

8. 使用相同的设置方法，在色带中再添加 3 个色标，分别设置不同的【位置】和【颜色】参数，如图 4-48 所示，然后单击 确定 按钮。

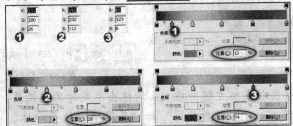

图4-48 添加的色标及设置的颜色参数

9. 激活属性栏中的 ■ 按钮，在选区的右上方按下鼠标左键并向左下方拖曳填充渐变色，如图 4-49 所示。

10. 释放鼠标左键，填充径向渐变后的效果如图 4-50 所示，然后按 Ctrl+D 组合键去除选区。

图4-49　填充渐变色状态

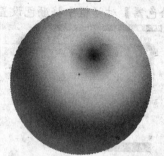

图4-50　填充的渐变色

11. 新建"图层 2"，选择【多边形套索】工具 ，绘制出如图 4-51 所示的"苹果柄"选区。

12. 选择【渐变】工具 ，设置渐变色如图 4-52 所示。

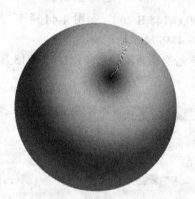

图4-51　绘制的选区

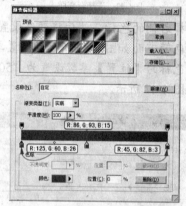

图4-52　【渐变编辑器】对话框

13. 单击　确定　按钮，激活属性栏中的 ■ 按钮，在选区的上方按下鼠标左键向下方拖曳填充渐变色，然后按 Ctrl+D 组合键去除选区，填充的渐变色效果如图 4-53 所示。

14. 将"图层 1"设置为当前层，然后选择【减淡】工具 ，并设置属性栏中各选项及参数如图 4-54 所示。

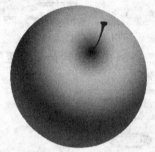

图4-53　填充的渐变色

图4-54　【减淡】工具的属性栏

15. 在苹果的受光位置按住鼠标左键并拖曳，涂抹出苹果的高光效果，如图 4-55 所示。

16. 利用【加深】工具 ，在"苹果窝"和"苹果柄"位置涂抹，制作出阴影及立体效果，在涂抹过程中要注意虚实变化，不要全部涂抹成黑色，效果如图 4-56 所示。

图4-55　绘制出的高光效果

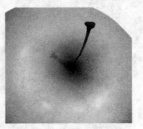

图4-56　绘制的阴影

17. 将"图层 2"设置为当前层，然后利用【减淡】工具 <img>涂抹出"苹果柄"上面的高光，如图 4-57 所示。

18. 将"图层 1"设置为当前层，执行【滤镜】/【杂色】/【添加杂色】命令，弹出【添加杂色】对话框，设置各选项及参数如图 4-58 所示，单击 确定 按钮。

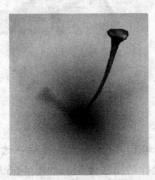

图4-57　绘制出的高光

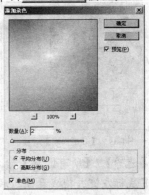

图4-58　【添加杂色】对话框

19. 新建"图层 3"，并将其放置到"图层 1"的下方，然后按 D 键，将前景色和背景色分别设置为默认的黑色和白色。

20. 利用 <img>工具绘制出如图 4-59 所示的椭圆形选区。

21. 选择 <img>工具，在【渐变编辑器】对话框中选择如图 4-60 所示的"前景到透明"渐变样式，单击 确定 按钮。

图4-59　绘制的选区

图4-60　【渐变编辑器】对话框

22. 激活属性栏中的 <img>按钮，在选区的右下方按下鼠标左键向左上方拖曳填充渐变色，状态如图 4-61 所示。填充线性渐变后的效果如图 4-62 所示，然后按 Ctrl+D 组合键去除选区。

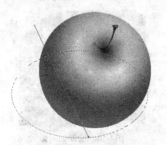

图4-61　填充渐变色状态

图4-62　填充的渐变色

23. 执行【滤镜】/【模糊】/【高斯模糊】命令，弹出【高斯模糊】对话框，设置各选项及参数如图 4-63 所示。单击 确定 按钮，模糊后的投影效果如图 4-64 所示。

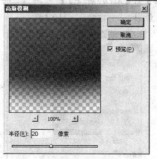

图4-63　【高斯模糊】对话框

图4-64　模糊后的投影效果

24. 执行【选择】/【所有图层】命令，将所有图层选择，如图 4-65 所示，然后在选择的图层上按下鼠标左键并拖曳至面板底部的 按钮上，将选择的图层复制，如图 4-66 所示。

图4-65　选择的图层

图4-66　复制出的图层

25. 选择 工具，按住 Shift 键将复制出的苹果水平向右移动至如图 4-67 所示的位置。

26. 按住 Ctrl 键，在【图层】面板中单击"图层 3 副本"，将其图层的选择取消，按 Ctrl+T 组合键为选择的图层内容添加自由变换框，然后将其旋转至如图 4-68 所示的形态。

图4-67　复制出的苹果

图4-68　旋转苹果角度

27. 按 Enter 键，确认图形的旋转操作，然后将"背景"层设置为工作层。

28. 利用工具为"背景"层自上至下填充由黑到白的渐变色，完成苹果的绘制，最终效果如图 4-69 所示。

图4-69 绘制完成的苹果

29. 按 Ctrl+S 组合键，将此文件命名为"苹果.psd"保存。

4.3 擦除图像

擦除图像工具主要是用来擦除图像中不需要的区域，共有 3 种工具，分别为【橡皮擦】工具 ⌗、【背景橡皮擦】工具 ⌗ 和【魔术橡皮擦】工具 ⌗。

擦除图像工具的使用方法非常简单，只需在工具箱中选择相应的擦除工具，并在属性栏中设置合适的笔头大小及形状，然后在画面中要擦除的图像位置拖曳鼠标光标或单击即可。

4.3.1 【橡皮擦】工具

利用【橡皮擦】工具 ⌗ 擦除图像，当在背景层或被锁定透明的普通层中擦除时，被擦除的部分将被工具箱中的背景色替换；当在普通层擦除时，被擦除的部分将显示为透明色，效果如图 4-70 所示。

图4-70 两种不同图层的擦除效果

【橡皮擦】工具的属性栏如图 4-71 所示。

图4-71 【橡皮擦】工具属性栏

- 【模式】: 用于设置橡皮擦擦除图像的方式, 包括【画笔】、【铅笔】和【块】
  3 个选项。
- 【抹到历史记录】: 勾选此复选项, 【橡皮擦】工具就具有【历史记录画笔】
  工具的功能。

4.3.2 【背景橡皮擦】工具

利用【背景橡皮擦】工具 擦除图像, 无论是在背景层还是在普通层上, 都可以将图像中的特定颜色擦除为透明色, 并且将背景层自动转换为普通层, 效果如图 4-72 所示。

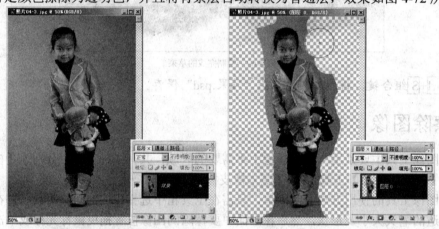

图4-72　使用【背景橡皮擦】工具擦除后的效果

【背景橡皮擦】工具的属性栏如图 4-73 所示。

图4-73　【背景橡皮擦】工具属性栏

- 【取样】: 用于控制背景橡皮擦的取样方式。激活【连续】按钮 , 拖曳鼠标光标擦除图像时, 将随着鼠标光标的移动随时取样; 激活【一次】按钮 , 只替换第一次取样的颜色, 在拖曳过程中不再取样; 激活【背景色板】按钮 , 不在图像中取样, 而是由工具箱中的背景色决定擦除的颜色范围。
- 【限制】: 用于控制背景橡皮擦擦除颜色的范围。选择【不连续】选项, 可以擦除图像中所有包含取样的颜色; 选择【连续】选项, 只能擦除所有包含取样颜色且与取样点相连的颜色; 选择【查找边缘】选项, 在擦除图像时将自动查找与取样点相连的颜色边缘, 以便更好地保持颜色边界。
- 【保护前景色】: 勾选此复选项, 将无法擦除图像中与前景色相同的颜色。

4.3.3 【魔术橡皮擦】工具

【魔术橡皮擦】工具 具有【魔棒】工具识别取样颜色的特征。当图像中含有大片相同或相近的颜色时, 利用【魔术橡皮擦】工具在要擦除的颜色区域内单击, 可以一次性擦除所有与取样位置相同或相近的颜色, 同样也会将背景层自动转换为普通层。通过【容差】值还可以控制擦除颜色面积的大小。

4.4 历史记录

历史记录工具包括【历史记录画笔】工具和【历史记录艺术画笔】工具。

4.4.1 【历史记录画笔】工具

【历史记录画笔】工具是一个恢复图像历史记录的工具，可以将编辑后的图像恢复到在【历史记录】面板中设置的历史恢复点位置。当图像文件被编辑后，选择工具，在属性栏中设置好笔尖大小、形状和【历史记录】面板中的历史恢复点，将鼠标光标移动到图像文件中按下鼠标左键拖曳，即可将图像恢复至历史恢复点所在位置时的状态。注意，在使用此工具之前，不能对图像文件进行图像大小的调整。

4.4.2 【历史记录艺术画笔】工具

利用【历史记录艺术画笔】工具可以给图像加入绘画风格的艺术效果，表现出一种画笔的笔触质感。选用此工具，只需在图像上拖曳鼠标光标即可完成非常漂亮的艺术图像制作。该工具的属性栏如图 4-74 所示。

画笔:
21
模式:
正常
不透明度:
100%
样式:
绷紧短
区域:
50 px
容差:
0%

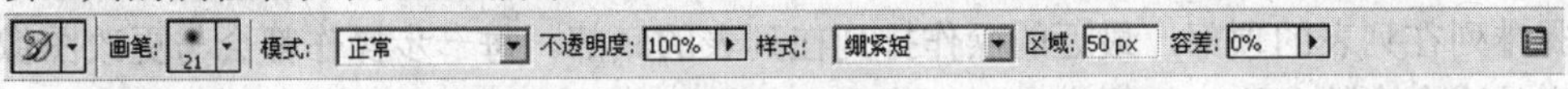

图4-74　【历史记录艺术画笔】工具属性栏

- 【样式】：设置【历史记录艺术画笔】工具的艺术风格。选择各种艺术风格选项所绘制的图像效果如图 4-75 所示。
- 【区域】：指【历史记录艺术画笔】工具所产生艺术效果的感应区域。数值越大，产生艺术效果的区域越大；反之，区域越小。
- 【容差】：限定原图像色彩的保留程度。数值越大，图像色彩与原图像越接近。

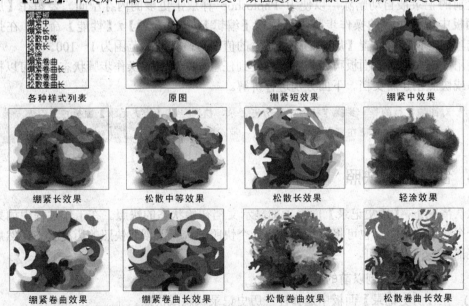

绷紧短
绷紧中
绷紧长
松散中等
松散长
轻涂
绷紧卷曲
绷紧卷曲长
松散卷曲
松散卷曲长
各种样式列表
原图
绷紧短效果
绷紧中效果
绷紧长效果
松散中等效果
松散长效果
轻涂效果
绷紧卷曲效果
绷紧卷曲长效果
松散卷曲效果
松散卷曲长效果

图4-75　选择不同的样式产生的不同效果

4.4.3 设置【历史记录】面板

在 Photoshop CS3 中创建或编辑图像时，对图像执行的每一步操作，系统都将其记录在【历史记录】面板中。注意，在此面板中并不记录对参数设置面板、颜色或保存等操作。在进行图像处理操作失误或需要取消操作时，使用【历史记录】面板可以快速地恢复到指定的任意编辑步骤位置，并且还可以根据一个状态或快照创建新的文档。

例如，新建一个图像文件，利用【画笔】工具绘制一个图形，然后利用选区工具添加选区，并为其填充颜色，这些操作步骤都会按照顺序单独排列记录在【历史记录】面板中，如图 4-76 所示。

图4-76　选择不同的样式产生的不同效果

在【历史记录】面板中将按从上到下的顺序排列每一步操作步骤，也就是说，最早的操作步骤排列在列表的顶部，最近的操作排列在列表的底部。每一步操作都会与更改图像所使用的工具或命令的名称一起列出。

 如果【历史记录】面板没有在工作区中显示，可执行【窗口】/【历史记录】命令使其显示出来。关闭并重新打开文档后，上次工作过程中的所有操作和快照都将从【历史记录】面板中清除。

默认情况下，【历史记录】面板中只记录 20 个操作步骤。当操作步骤超过 20 个之后，在此之前的记录被自动删除，以便为 Photoshop 释放出更多的内存空间。要想在【历史记录】面板中记录更多的操作步骤，可执行【编辑】/【首选项】/【性能】命令，在弹出的【首选项】对话框中设置【历史记录状态】的值即可，其取值范围为 1～100。

使用【历史记录】面板可以将图像恢复到任意一个位置的操作步骤状态，还可以根据一个状态或快照创建新文档。下面分别进行讲解。

 对图像执行的每一步操作称为一个历史记录，快照是在【历史记录】面板中保存某一步操作的图像状态，以便在需要时快速回到这一步。

4.4.4 创建图像快照

默认情况下，【历史记录】面板顶部显示文档初始状态的快照。在工作过程中如果要保留某一个特定的状态，也可将该状态创建一个快照，选择要创建快照的历史状态，然后单击面板底部的 按钮即可。

一、将图像恢复到以前的状态

(1) 在【历史记录】面板中选择任一历史记录状态或快照。

(2) 用鼠标光标将历史记录状态滑块或快照滑块向上或向下拖曳。

当图像恢复到以前的状态后，其下的操作将不在图像文件中显示，如果此时再对图像进行其他操作，则后面的所有状态将被消除。

二、　根据图像的所选状态或快照创建新文档

选择任意历史状态或快照，单击面板底部的 按钮；或用鼠标光标将选择的历史状态或快照拖曳到 按钮上即可。

三、　删除图像的历史状态或快照

选择历史状态或快照，单击面板底部的 按钮；或用鼠标光标将选择的历史状态或快照拖曳至 按钮上即可。

四、　设置历史恢复点

在【历史记录】面板中任意快照或历史记录状态左侧的空白图标位置单击，即可将此步操作设置为历史恢复点。当使用【历史记录画笔】工具 恢复图像时，即可将图像恢复至这一步的操作状态。

4.5　修复、修饰图像

修复图像工具包括【污点修复画笔】工具 、【修复画笔】工具 、【修补】工具 、【红眼】工具 、【仿制图章】工具 和【图案图章】工具 ，这 6 种工具可用来修复有缺陷的图像。

4.5.1　【污点修复画笔】工具

利用【污点修复画笔】工具 可以快速去除照片中的污点，尤其是对人物面部的疤痕、雀斑等小面积内的缺陷修复最为有效。其修复原理是：在所修饰图像位置的周围自动取样，然后将其与所修复位置的图像融合，得到理想的颜色匹配效果。其使用方法非常简单，选择 工具，在属性栏中设置合适的画笔大小和选项后，在图像的污点位置单击即可去除污点。如图 4-77 所示为图像去除红痘前后的对比效果。

图4-77　去除红痘前后的对比效果

【污点修复画笔】工具 的属性栏如图 4-78 所示。

图4-78　【污点修复画笔】工具属性栏

- 【类型】：单击【近似匹配】单选按钮，将自动选择相匹配的颜色来修复图像的缺陷；单击【创建纹理】单选按钮，在修复图像缺陷后会自动生成一层纹理。
- 【对所有图层取样】：勾选此选项，可以在所有可见图层中取样；不勾选此选项，将只能在当前层中取样。

4.5.2 【修复画笔】工具

【修复画笔】工具 与【污点修复画笔】工具 的修复原理基本相似，都是将没有缺陷的图像部分与被修复位置有缺陷的图像进行融合，得到理想的匹配效果。但使用【修复画笔】工具 时需要先设置取样点，即按住 Alt 键，用鼠标光标在取样点位置单击（单击处的位置为复制图像的取样点），松开 Alt 键，然后在需要修复的图像位置按住鼠标左键拖曳，即可对图像中的缺陷进行修复，并使修复后的图像与取样点位置图像的纹理、光照、阴影和透明度相匹配，从而使修复后的图像不留痕迹地融入图像中。

此工具对于较大面积的图像缺陷修复也非常有效。例如，利用 工具去除图像上面的日期前后的对比效果如图 4-79 所示。

图4-79　原图与去除日期后的效果

【修复画笔】工具 的属性栏如图 4-80 所示。

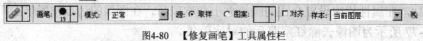

图4-80　【修复画笔】工具属性栏

- 【源】：单击【取样】单选按钮，然后按住 Alt 键在适当位置单击，可以将该位置的图像定义为取样点，以便用定义的样本来修复图像；单击【图案】单选按钮，可以在其右侧打开的图案列表中选择一种图案来与图像混合，得到图案混合的修复效果。
- 【对齐】：勾选此复选项，将进行规则图像的复制，即多次单击或拖曳鼠标光标，最终将复制出一个完整的图像，若想再复制一个相同的图像，必须重新取样；若不勾选此项，则进行不规则复制，即多次单击或拖曳鼠标光标，每次都会在相应位置复制一个新图像。
- 【样本】：设置从指定的图层中取样。选择【当前图层】选项时，是在当前图层中取样；选择【当前和下方图层】选项时，是从当前图层及其下方图层中的所有可见图层中取样；选择【所有图层】选项时，是从所有可见图层中取样。如激活右侧的【忽略调整图层】按钮 ，将从调整图层以外的可见图层中取样。选择【当前图层】选项时，此按钮不可用。

4.5.3 【修补】工具

利用【修补】工具 ◈ 可以用图像中相似的区域或图案来修复有缺陷的部位或制作合成效果。与【修复画笔】工具 ✐ 一样，【修补】工具会将设定的样本纹理、光照和阴影与被修复图像区域进行混合，从而得到理想的效果。利用此工具去除照片中多余人物的前后对比效果如图 4-81 所示。

图4-81　原图与去除多余人物后的效果

【修补】工具 ◈ 的属性栏如图 4-82 所示。

图4-82　【修补】工具属性栏

- 【修补】：单击【源】单选按钮，将用图像中指定位置的图像来修复选区内的图像。即将鼠标光标放置在选区内，将其拖曳到用来修复图像的指定区域，释放鼠标左键后会自动用指定区域的图像来修复选区内的图像。单击【目标】单选按钮，将用选区内的图像修复图像中的其他区域。即将鼠标光标放置在选区内，将其拖曳到需要修补的位置，释放鼠标左键后会自动用选区内的图像来修补鼠标光标停留处的图像。

- 【透明】：勾选此复选项，在复制图像时，复制的图像将产生透明效果；不勾选此选项，复制的图像将覆盖原来的图像。

- 使用图案 按钮：创建选区后，在右侧的图案列表 中选择一种图案类型，然后单击此按钮，可以用指定的图案修补原图像。

4.5.4 【红眼】工具

在夜晚或光线较暗的房间里拍摄人物照片时，由于视网膜的反光作用，往往会出现红眼效果。利用【红眼】工具 ● 可以迅速地修复这种红眼效果。其使用方法非常简单，选择 ● 工具，在属性栏中设置合适的【瞳孔大小】和【变暗量】参数后，在人物的红眼位置单击即可校正红眼。如图 4-83 所示为去除红眼前后的对比效果。

图4-83　去除红眼前后的对比效果

【红眼】工具 的属性栏如图 4-84 所示。

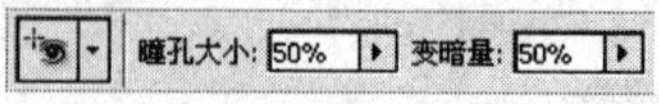

图4-84 【红眼】工具属性栏

- 【瞳孔大小】：用于设置增大或减小受【红眼】工具影响的区域。
- 【变暗量】：用于设置校正的暗度。

4.5.5 【仿制图章】工具

【仿制图章】工具的功能是复制和修复图像，它通过在图像中按照设定的取样点来覆盖原图像或应用到其他图像中来完成图像的复制操作。【仿制图章】工具的使用方法为：选择 工具后，先按住 Alt 键，在图像中的取样点位置单击（单击处的位置为复制图像的取样点），然后松开 Alt 键，将鼠标光标移动到需要修复的图像位置拖曳，即可对图像进行修复。如要在两个文件之间复制图像，两个图像文件的颜色模式必须相同，否则将不能执行复制操作。修复的图像及合成的图像效果分别如图 4-85 所示。

图4-85 修复的图像及合成的图像效果

4.5.6 【图案图章】工具

【图案图章】工具的功能是快速地复制图案，使用的图案素材可以从属性栏中的【图案】选项面板中选择，用户也可以将自己喜欢的图像定义为图案后再使用。【图案图章】工具的使用方法为：选择 工具后，根据用户需要在属性栏中设置【画笔】、【模式】、【不透明度】、【流量】、【图案】、【对齐】和【印象派效果】等选项与参数，然后在图像中拖曳鼠标光标即可。如图 4-86 所示为使用 工具绘制的图案效果。

图4-86 绘制的图案

【图案图章】工具 的属性栏如图 4-87 所示。

图4-87 【图案图章】工具属性栏

- 【图案】按钮：单击此按钮，弹出【图案】选项面板。
- 【印象派效果】：勾选此复选项，可以绘制随机产生的印象色块效果。

4.6 编辑、测量图像工具

编辑、测量工具包括【模糊】工具 、【锐化】工具 、【涂抹】工具 、【减淡】工具 、【加深】工具 、【海绵】工具 和【标尺】工具 。本节讲解这些工具的使用方法及属性设置。

4.6.1 【模糊】工具、【锐化】工具和【涂抹】工具

利用【模糊】工具 可以降低图像色彩反差来对图像进行模糊处理，从而使图像边缘变得模糊；【锐化】工具 恰好相反，它是通过增大图像色彩反差来锐化图像，从而使图像色彩对比更强烈；【涂抹】工具 主要用于涂抹图像，使图像产生类似于在未干的画面上用手指涂抹的效果。原图像和经过模糊、锐化、涂抹后的效果如图 4-88 所示。

图4-88　原图像和经过模糊、锐化、涂抹后的效果

这 3 个工具的属性栏基本相同，只是【涂抹】工具的属性栏多了一个【手指绘画】选项，如图 4-89 所示。

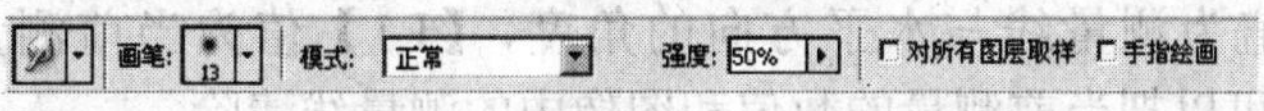

图4-89　【涂抹】工具属性栏

- 【模式】：用于设置色彩的混合方式。
- 【强度】：用于调节对图像进行涂抹的程度。
- 【对所有图层取样】：若不勾选此复选项，只能对当前图层起作用；若勾选此选项，可以对所有图层起作用。
- 【手指绘画】：不勾选此复选项，对图像进行涂抹只是使图像中的像素和色彩进行移动；勾选此选项，则相当于用手指蘸着前景色在图像中进行涂抹。

4.6.2 【减淡】和【加深】工具

利用【减淡】工具 可以对图像的阴影、中间色和高光部分进行提亮和加光处理，从而使图像变亮；【加深】工具 则可以对图像的阴影、中间色和高光部分进行遮光变暗处理。这两个工具的属性栏完全相同，如图 4-90 所示。

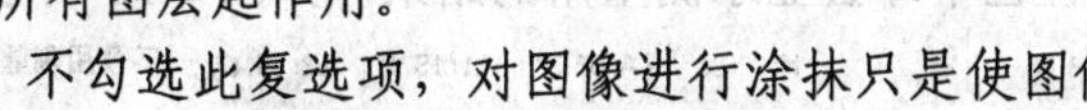

图4-90　【减淡】和【加深】工具属性栏

- 【范围】：包括【阴影】、【中间调】和【高光】3 个选项，用于设置减淡或加深处理的图像范围。
- 【曝光度】：用于设置对图像减淡或加深处理时的曝光强度。

4.6.3 【海绵】工具

【海绵】工具 可以对图像进行变灰或提纯处理，从而改变图像的饱和度。该工具的属性栏如图 4-91 所示。

图4-91 【海绵】工具属性栏

- 【模式】：主要用于控制【海绵】工具的作用模式，包括【去色】和【加色】两个选项。选择【去色】选项，可以降低图像的饱和度；选择【加色】选项，可以增加图像的饱和度。
- 【流量】：用于控制去色或加色处理时的强度。数值越大，效果越明显。

4.6.4 【标尺】工具

【标尺】工具 是测量图像中两点之间的距离、角度等数据信息的工具。

一、 测量长度

在图像中的任意位置拖曳鼠标光标，创建测量线，属性栏中即会显示测量的结果，如图 4-92 所示。

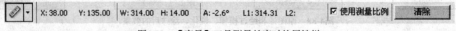

图4-92 【度量】工具测量长度时的属性栏

【X】值、【Y】值为测量起点的坐标值，【W】值、【H】值为测量起点与终点的水平、垂直距离，【A】值为测量线与水平方向的角度，【L1】值为当前测量线的长度。单击 清除 按钮，可以把当前测量的数值和图像中的测量线清除。

二、 测量角度

在图像中的任意位置拖曳鼠标光标，创建一测量线，按住 Alt 键，将鼠标光标移动至刚才创建的测量线的端点处，当鼠标光标显示为带加号的角度符号时，拖曳鼠标光标创建第二条测量线。此时，在属性栏中即会显示测量角的结果，如图 4-93 所示。

图4-93 【度量】工具测量角度时的属性栏

【X】值、【Y】值为两条测量线的交点，即测量角的顶点坐标，【A】值为测量角的角度，【L1】值为第一条测量线的长度，【L2】值为第二条测量线的长度。

> **要点提示** 按住 Shift 键，在图像中拖曳鼠标光标，可以创建水平、垂直或成 45° 倍数的测量线。按住 Shift+Alt 组合键，可以测量以 45° 为单位的角度。

4.7 编辑图像命令

本节讲解菜单中的【编辑】命令。部分命令在前面章节中已经介绍了，而对于图像处理过程中要恢复和撤消操作、复制粘贴图像、给图像描边、定义填充图案以及图像的变换等是要重点掌握的命令。熟练掌握这些命令是进行图像特殊艺术效果处理的关键。

4.7.1 中断操作

在处理图像过程中，有时需要花费较长的时间等待计算机对执行命令的处理，这时在状态栏中会显示操作过程的状态。在计算机未完成对执行命令的处理之前，可以按 Esc 键中断正在进行的操作。

4.7.2 恢复上一步的操作

在图像文件中执行任一操作后，【编辑】/【还原…】命令即显示为可用状态，当出现了错误的操作时，该命令允许恢复上一步的操作。

执行【还原…】命令后，该命令将变为【重做…】命令，该命令可将刚才还原的操作恢复。按 Ctrl+Z 组合键可在【还原…】与【重做…】命令之间进行切换。

4.7.3 多次还原与重做

当对图像文件进行多步操作后，又想将其后退到原先的画面，可连续执行【编辑】/【后退一步】命令，每执行一次将逐一后退到每一个画面；反复按 Alt+Ctrl+Z 组合键也可以后退。在此过程中，如依次连续执行【编辑】/【前进一步】命令，每执行一次将逐一前进到每一个画面。

默认情况下，【后退一步】和【前进一步】命令的可操作步数为 20 步，执行【编辑】/【首选项】/【性能】命令，在弹出的【首选项】对话框中修改【历史记录状态】选项的参数，可重定【前进一步】和【后退一步】的步数。

4.7.4 恢复到最近一次存盘

对于打开的图像文件，执行了错误的操作后，执行【文件】/【恢复】命令或按 F12 键，可将图像文件快速恢复到最近一次存盘的图像内容。

4.7.5 渐隐恢复不透明度和模式

执行【编辑】/【渐隐…】命令，可对刚执行的一步操作的不透明度或模式按照指定的百分比参数渐渐地消退，它能作用于【画笔】、【图章】、【历史记录画笔】、【橡皮擦】、【渐变】、【模糊】、【锐化】、【涂抹】、【减淡】、【加深】和【海绵】等工具。

4.7.6 复制和粘贴图像

第 3 章讲解了利用【移动】工具并结合键盘操作可以复制图像，利用【编辑】菜单栏中的【剪切】、【拷贝】和【合并拷贝】命令也可以复制图像。这 3 个命令所复制的图像是以计算机内存记忆的形式暂存在剪贴板中，而再通过执行【粘贴】或【贴入】命令，将剪贴板上的图像粘贴到指定的位置，这样才能够完成一个复制图像的操作过程。

剪贴板是剪切或复制图像后临时存储图像的计算机系统内存区域，每次将指定的图像剪切或复制到剪贴板中，此图像将会覆盖前面已经剪切或复制的图像，即剪贴板中只能保存最后一次剪切或复制的图像。执行【编辑】/【清理】/【剪贴板】或【全部】命令，可以清除剪贴板中存储的图像。

一、 复制图像

复制图像的操作方法如下。

(1) 执行【编辑】/【剪切】命令（快捷键为 Ctrl+X 组合键），可以将当前层或选区中的图像剪切到剪贴板中，此时原图像文件遭到破坏。

(2) 执行【编辑】/【拷贝】命令（快捷键为 Ctrl+C 组合键），可以将当前层或选区中的图像复制到剪贴板中，此时原图像文件不会遭到破坏。

(3) 当图像文件中有两个以上的图层时，执行【编辑】/【合并拷贝】命令（快捷键为 Shift+Ctrl+C 组合键），可以将当前层与其下方层选区内的图像合并复制到剪贴板中。

 【剪切】命令的功能与【拷贝】命令相似，只是这两种命令复制图像的方法不同。【剪切】命令是将所选择的图像在原图像中剪掉后复制到剪贴板中，原图像被破坏；【拷贝】命令是在原图像不被破坏的情况下，将选择的图像复制到剪贴板中。

二、 粘贴图像

执行下面的操作，可以将剪贴板中的图像粘贴到当前文件中。

(1) 执行【编辑】/【粘贴】命令（快捷键为 Ctrl+V 组合键），可以将剪贴板中的图像粘贴到当前文件中，此时在【图层】面板中会自动生成一个新的图层。

(2) 创建了选区后，执行【编辑】/【贴入】命令（快捷键为 Shift+Ctrl+V 组合键），可将剪贴板中的图像粘贴到当前选区内。

4.7.7 删除所选图像

删除所选图像的操作有以下 4 种方法。

一、 菜单法

(1) 利用选框工具选择所要删除的图像。

(2) 执行【编辑】/【清除】命令，选区内的图像将被清除。如果是背景层中的图像，图像删除后，选区内将由背景色填充。

二、 快捷键法

(1) 利用选框工具选择所要删除的图像。

(2) 按 Delete 或 Backspace 键，选区内的图像将被清除。如果是背景层中的图像，删除图像后，选区内将由背景色填充。

(3) 按 Shift+Alt+Delete 组合键或 Shift+Alt+ Backspace 组合键，选区内的图像将被清除，选区内将由前景色填充。

4.7.8 图像描边

Photoshop 中给图像描边的方法有两种，一种是使用【图层】/【图层样式】/【描边】

命令，这个命令只能给普通图层中的整个图像添加描边效果，可参见第 6.1.21 节相关图层样式内容；另一种方法是执行【编辑】/【描边】命令，它既可以应用于选区，又可以应用于普通图层中的整个图像，也可以对栅格化后的文字进行描边。执行【编辑】/【描边】命令后会弹出图 4-94 所示的【描边】对话框。

图4-94　【描边】对话框

- 【宽度】：用于设置描边的宽度。
- 【颜色】：单击颜色色块，可以设置描边的颜色。
- 【位置】：包括【内部】、【居中】和【居外】3 个选项，分别决定描边的位置是以边缘向内、边缘两边还是从边缘向外描绘。
- 【模式】：决定描边后颜色的混合模式。
- 【不透明度】：决定描边的不透明程度。
- 【保留透明区域】：勾选此复选项，将锁定当前层的透明区域，在进行描边时，只能在不透明区域内进行。当选择背景层时，此选项不可用。

如图 4-95 所示为文字原图与选择不同位置的描边效果。

图4-95　文字原图与选择不同位置的描边效果

4.7.9　定义和填充图案

利用【编辑】菜单中的【定义图案】和【填充】命令，可以把已有的图案定义为图案样本进行填充，得到单个样本图案平铺的效果，如图 4-96 所示。

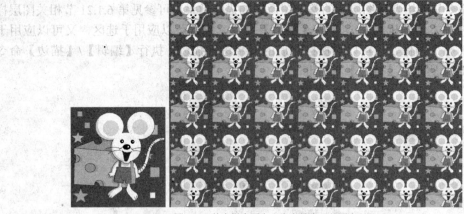

图4-96　单个样本图案和定义填充后的图案

一、　定义图案

定义图案操作步骤如下。

(1)　准备单个样本图案，可以是打开的任意的图像文件，也可以使用【矩形选框】工具选择图像的局部。注意，在使用【矩形选框】工具选择图像时，属性栏中的【羽化】值设置必须为 "0"，如果此选项具有羽化值，则【定义图案】命令将不能执行。

(2)　执行【编辑】/【定义图案】命令。

(3)　在弹出的【图案名称】对话框中输入图案的名称。

(4)　单击 确定 按钮，即可将图层中的图像或添加选区的图像定义为图案，此时在【图案样式】面板的最后显示定义的新图案，如图 4-97 所示。

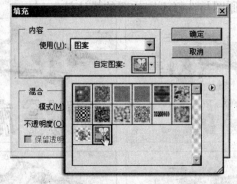

图4-97　定义的图案

二、　填充图案

填充图案的方法有以下 3 种。

(1)　选择 工具，单击属性栏中的 按钮，在弹出的【图案样式】面板中选择图案，然后在图像文件中按下鼠标左键拖曳即可绘制出图案。

(2)　选择 工具，在属性栏的最左侧设置【图案】选项，单击 按钮，在弹出的【图案样式】面板中选择图案，然后在图像文件中单击即可填充出图案。

(3)　执行【编辑】/【填充】命令，弹出【填充】对话框，在【使用】下拉列表中选择【图案】选项，然后单击【自定图案】按钮 ，在弹出的【图案样式】面板中选择图案，单击 确定 按钮，完成填充图案操作。

4.7.10 消除图像黑边或白边

在利用选框工具选择并移动图像位置或复制图像的操作过程中，当从黑色背景的图像中选择了图像，移动复制到白色背景中，或从白色背景中选择图像，移动复制到黑色背景中时，往往会出现令人不满意的黑边或白边，如图 4-98 所示。

执行【图层】/【修边】命令，弹出【修边】子菜单，根据图像边缘留下的杂色情况执行相应的命令，即可移除图像边缘的黑边或白边，如图 4-99 所示。如果选择执行【去边】命令，在弹出的【去边】对话框中，【宽度】参数最好不要超过数值"2"；如果超过数值"2"，建议最好重新选择图像，以保证图像的质量。

图4-98　未去除的黑边

图4-99　去除黑边后的效果

4.8 综合案例——绘制小蜜蜂

本节通过一个简单的小蜜蜂图形的绘制，练习所学工具的使用方法。

🔑 绘制小蜜蜂

1. 新建一个【宽度】为"12 厘米"、【高度】为"11 厘米"、【分辨率】为"150 像素/英寸"、【颜色模式】为"RGB 颜色"、【背景内容】为"白色"的文件。
2. 新建"图层 1"，选择 ◯ 工具绘制一个如图 4-100 所示大小的圆形选区。
3. 设置前景色为红色（R:255,G:85），设置背景色为黄色（R:255,G:255）。
4. 选择 ▨ 工具，激活属性栏中的 ▨ 按钮，在选区内填充渐变颜色，效果如图 4-101 所示。

图4-100　绘制的选区

图4-101　填充的渐变颜色

5. 执行【图层】/【新建】/【通过拷贝的图层】命令，将"图层 1"复制为"图层 1 副本"层。
6. 按 Ctrl + T 组合键，给图形添加变换框，然后将图形调整到如图 4-102 所示的大小。
7. 将鼠标光标移动到变换框的外面，按下鼠标左键拖曳，旋转图形的角度，如图 4-103 所示，按 Enter 键确定变换操作。

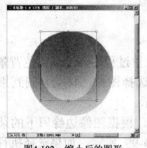

图4-102　缩小后的图形

图4-103　旋转图形角度

8. 激活【图层】面板左上角的▣按钮，锁定图层透明像素。

9. 选择✐工具，将前景色设置为白色，然后设置属性栏中各选项及参数如图 4-104 所示。

图4-104　【画笔】工具属性栏设置

10. 在图形上面部分绘制白色，如图 4-105 所示。

11. 单击【图层】面板左上角的▣按钮，取消该按钮的激活状态。

12. 执行【滤镜】/【模糊】/【高斯模糊】命令，弹出【高斯模糊】对话框，参数设置如图 4-106 所示。

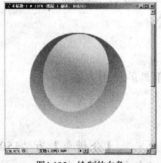

图4-105　绘制的白色

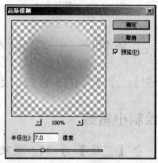

图4-106　【高斯模糊】对话框

13. 单击 ▢确定 按钮，模糊后的图形效果如图 4-107 所示。

14. 新建"图层 2"，利用◯工具绘制一个圆形选区并填充深红色（R:162,G:47），如图 4-108 所示。

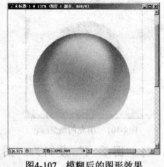

图4-107　模糊后的图形效果

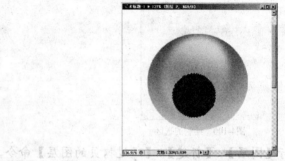

图4-108　绘制的图形

15. 将鼠标光标移动到选区内，按下鼠标左键拖曳，将选区向上移动到如图 4-10 所示的位置，按 Delete 键删除选区内的颜色，得到如图 4-110 所示的形态，再按 Ctrl+D 组合键去除选区。

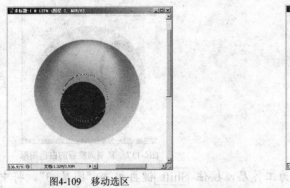

图4-109 移动选区 图4-110 删除颜色后的效果

16. 选择【橡皮擦】 ✐ 工具，设置属性栏中各选项及参数如图 4-111 所示。

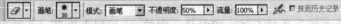

图4-111 【橡皮擦】工具属性栏设置

17. 在"嘴"图形的上边缘位置轻轻地擦除，得到如图 4-112 所示与下面颜色融合的效果。

18. 新建"图层 3"，利用 ◯ 工具绘制一个圆形选区并填充蓝色（R:16,G:17,B:173），如图 4-113 所示。

图4-112 擦除后的"嘴"效果 图4-113 绘制的图形

19. 按 Ctrl+T 组合键，给图形添加自由变换框后将图形旋转角度，如图 4-114 所示，按 Enter 键确定旋转操作。

20. 将"图层 3"复制为"图层 3 副本"层，然后激活【图层】面板左上角的 ⊠ 按钮，锁定图层透明像素。

21. 设置前景色为白色，设置背景色为蓝色（R:110,G:213,B:245）。

22. 选择 ▇ 工具，给图形填充渐变颜色，效果如图 4-115 所示。

图4-114 旋转图形角度 图4-115 填充的渐变颜色

23. 将"图层 3 副本"层复制为"图层 3 副本 2"层，缩小并旋转角度后填充蓝色（R:7,G:130,B:184），如图 4-116 所示。

24. 再复制"图层 3 副本 2"层为"图层 3 副本 3"层，缩小并旋转角度后填充白色，如图 4-117 所示。

图4-116　复制调整后的蓝色图形

图4-117　复制调整后的白色图形

25. 确认当前"图层 3 副本 3"层为工作层，按住 Shift 键再单击"图层 3"，将中间的图层全部选择，再单击【图层】面板下面的 ∞ 图标，将选择的图层设置为链接层，如图 4-118 所示。

26. 在选择的图层上按下鼠标左键，向面板下面的 🔲 按钮上拖曳，复制出如图 4-119 所示的图层。

27. 选择 ✛ 工具，将复制出的图形向右移动位置，然后调整其大小和角度，得到小蜜蜂右边的眼睛图形，如图 4-120 所示。

图4-118　选择的图层

图4-119　复制出的图层

图4-120　复制出的眼睛

28. 新建"图层 4"，利用 ◯ 工具绘制一个圆形选区，如图 4-121 所示。

29. 选择 ▊ 工具，激活属性栏中的 ▊ 按钮，再单击属性栏中 ▬▬▬ 的颜色条部分，弹出【渐变编辑器】对话框，选择预设窗口中如图 4-122 所示的渐变样式。

图4-121　绘制的选区

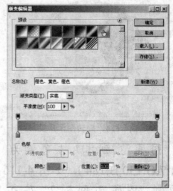

图4-122　【渐变编辑器】对话框

30. 选择色带下方右侧的色标，然后单击【颜色】色块，在弹出的【选择色标颜色】对话框中设置颜色为褐色（R:230,G:145,B:7），单击 确定 按钮后在选区内填充渐变色，效果如图 4-123 所示。
31. 执行【图层】/【排列】/【置为底层】命令，将“图层 4”调整到所有图层的下面，如图 4-124 所示。

图4-123　填充的渐变色

图4-124　调整图层位置

32. 新建“图层 5”，用与绘制“嘴”图形相同的方法，在蜜蜂的“肚皮”上绘制出两个绿色（R:130,G:203,B:90）图形，如图 4-125 所示。
33. 在【图层】面板的最上面新建“图层 6”，然后绘制出如图 4-126 所示的选区。
34. 将前景色设置为橘红色（R:255,G:155,B:40）。执行【编辑】/【描边】命令，弹出【描边】对话框，设置属性栏中各选项及参数如图 4-127 所示。

图4-125　绘制的图形

图4-126　绘制的选区

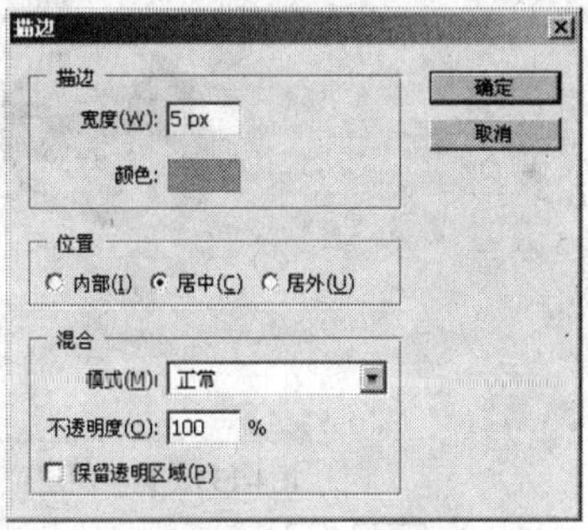

图4-127　【描边】对话框

35. 单击 确定 按钮，描边后的效果如图 4-128 所示。
36. 选择工具，绘制选区并按 Delete 键删除得到如图 4-129 所示的效果。
37. 使用相同的绘制方法，再绘制出一条线形，如图 4-130 所示。

图4-128　描边后的效果

图4-129　删除后的效果

图4-130　绘制出的线

38. 新建"图层 7"，绘制圆形选区并填充黄绿色（R:240,G:237），如图 4-131 所示。

39. 新建"图层 8"，绘制圆形选区并填充亮灰色（R:244,G:245,B:245）。

40. 将前景色设置为灰色（R:187,G:187,B:187），执行【编辑】/【描边】命令，在弹出【描边】对话框中设置【宽度】参数为"3 像素"，单击 确定 按钮，描边后的效果如图 4-132 所示。

图4-131 绘制的图形

图4-132 描边效果

41. 将"图层 8"调整到底层，然后利用自由变换框将图形旋转一定角度，如图 4-133 所示。

42. 复制"图层 8"，执行【编辑】/【变换】/【水平翻转】命令，将图形水平翻转，稍微调整一定角度，放置到如图 4-134 所示的位置，完成小蜜蜂的绘制。

图4-133 调整图层位置

图4-134 绘制完成的小蜜蜂

43. 按 Ctrl+S 组合键，将此文件命名为"小蜜蜂.psd"保存。

小结

本章主要讲解了绘画、修复图像、编辑图像工具和编辑图像菜单命令。掌握这些工具和命令对于是否能够学好 Photoshop 的应用是至关重要的，希望同学们在深刻理解每一工具和命令的功能和使用方法的前提下，要动手多做一些练习，这样才能牢固掌握这些工具和命令。

习题

1. 利用【定义画笔预设】命令将输入的文字定义为画笔笔尖，然后利用【画笔】工具绘制出如图 4-135 所示的纹理效果。作品参见教学资源包素材文件中"作品\第 04 章"目录下的"操作题 04-1.jpg"文件。

2. 根据本章学习的有关【画笔】工具的使用方法，自己动手绘制出如图 4-136 所示的"玉兔迎春"水墨国画效果。作品参见教学资源包素材文件中"作品\第 04 章"目录下的"操作题 04-2.jpg"文件。

图4-135　绘制的纹理效果

图4-136　绘制的国画

3. 利用选框工具以及【渐变】工具绘制出如图 4-137 所示的几何体。作品参见教学资源包素材文件中"作品\第 04 章"目录下的"操作题 04-3.psd"文件。

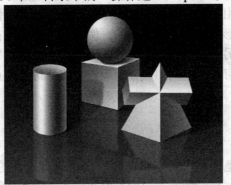

图4-137　绘制的几何体

4. 打开教学资源包素材文件中"图库\第 04 章"目录下的"照片 04-3.jpg"文件，如图 4-138 所示。利用【修复画笔】工具去除人物脸部的红痘，效果如图 4-139 所示。作品参见教学资源包素材文件中"作品\第 04 章"目录下的"操作题 04-4.jpg"文件。

图4-138　打开的图片

图4-139　去除红痘后的效果

第5章 绘制路径与图形

利用路径工具除了绘制图形外，还可以精确地选择背景中的图像。创建和编辑路径的工具包括【钢笔】工具、【自由钢笔】工具、【添加锚点】工具、【删除锚点】工具、【转换点】工具、【路径选择】工具、【直接选择】工具以及各种矢量形状工具。本章分别讲解这些工具的使用方法。

5.1 绘制路径

路径是 Photoshop 提供的一种通过矢量绘图的方法绘制的形状，或者进行图像区域选择的手段。前面章节介绍的用于选择图像的选区工具，针对的都是位图，它是由图像像素组成的。而"矢量图"是由图形的基本元素组成的。例如，一条直线在"矢量图"中是由直线一端的顶点、中间的线段、另一端的顶点组成的。因此在"矢量图"中，要改变图形的形状，只需调整它的组成元素就可以了。例如，分别调整直线两边的顶点，就可将直线修改成其他长度的直线或曲线。

5.1.1 路径的构成

Photoshop 中的路径是根据"贝塞尔曲线"理论进行设计的。贝塞尔曲线上的每个点（锚点）都有两条控制柄，控制柄的方向和长度决定了与它所连接的曲线的形状。移动锚点的位置同样也可以修改曲线的形状。如图 5-1 所示为路径构成说明图，其中角点和平滑点都属于路径的锚点，角点通过调整可以变为平滑点，平滑点通过调整也可以变为角点，选中的锚点显示为实心方形，而未选中的锚点显示为空心方形。

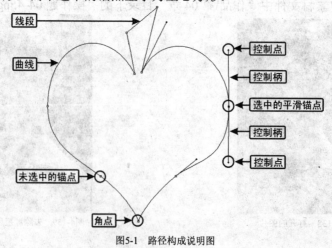

图5-1 路径构成说明图

闭合的路径没有起点或终点；开放的路径有明显的终点，如图 5-2 所示。

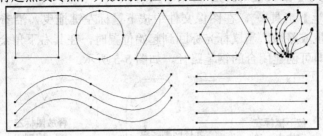

图5-2　闭合路径与开放路径说明图

5.1.2　使用路径工具

通过使用"路径"，可以在 Photoshop 中作为矢量蒙版隐藏图层区域从而得到矢量图形，能够通过"路径"精确、灵活地得到选区，还可以利用"矢量图"的特性随时修改路径形状得到新的选区。本节讲解工具箱中路径工具的使用方法。

一、【钢笔】工具使用方法

选择【钢笔】工具 ，在图像文件中依次单击，可以创建直线形态的路径；拖曳鼠标光标，可以创建平滑流畅的曲线路径。将鼠标光标移动到第一个锚点上，当笔尖旁出现小圆圈时单击可创建闭合路径。在未闭合路径之前按住 Ctrl 键在路径外单击，可创建开放路径。绘制的直线路径和曲线路径如图 5-3 所示。

图5-3　绘制的直线路径和曲线路径

在绘制直线路径时，按住 Shift 键，可以限制在 45°的倍数方向绘制。在绘制曲线路径时，按住 Alt 键，拖曳鼠标光标可以调整控制点的方向，释放 Alt 键和鼠标左键，重新移动鼠标光标至合适的位置拖曳，可创建具有锐角的曲线路径，如图 5-4 所示。

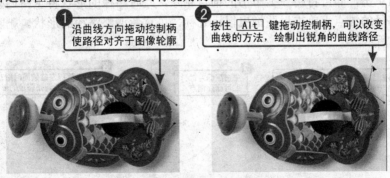

① 沿曲线方向拖动控制柄使路径对齐于图像轮廓

② 按住 Alt 键拖动控制柄，可以改变曲线的方法，绘制出锐角的曲线路径

图5-4　绘制具有锐角的曲线路径

二、 【自由钢笔】工具使用方法

选择【自由钢笔】工具 ，在图像文件中按下鼠标左键拖曳，沿着鼠标光标的移动轨迹将自动添加锚点生成路径。当鼠标光标回到起始位置时，在其右下角会出现一个小圆圈，此时释放鼠标左键即可创建闭合的钢笔路径，如图 5-5 所示。

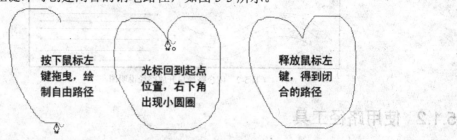

按下鼠标左键拖曳，绘制自由路径

光标回到起点位置，右下角出现小圆圈

释放鼠标左键，得到闭合的路径

图5-5 【自由钢笔】工具操作示意图

鼠标光标回到起始位置之前，在任意位置释放鼠标左键可以绘制一条开放路径；按住 Ctrl 键释放鼠标左键，可以在当前位置和起点之间生成一段线段闭合路径。另外，在绘制路径的过程中，按住 Alt 键单击，可以绘制直线路径；拖曳鼠标光标可以绘制自由路径。

三、 【添加锚点】工具使用方法

选择【添加锚点】工具 ，将鼠标光标移动到要添加锚点的路径上，当鼠标光标显示为添加锚点符号时单击，即可在路径的单击处添加锚点，此时不会更改路径的形状。如果在单击的同时拖曳鼠标光标，可在路径的单击处添加锚点，并可以更改路径的形状。添加锚点操作示意图如图 5-6 所示。

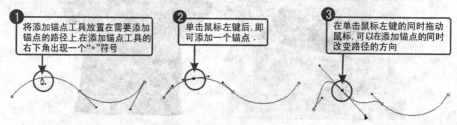

① 将添加锚点工具放置在需要添加锚点的路径上，在添加锚点工具的右下角出现一个"+"符号

② 单击鼠标左键后，即可添加一个锚点．

③ 在单击鼠标左键的同时拖动鼠标，可以在添加锚点的同时改变路径的方向

图5-6 添加锚点操作示意图

四、 【删除锚点】工具使用方法

选择【删除锚点】工具 ，将鼠标光标移动到要删除的锚点上，当鼠标光标显示为删除锚点符号时单击，即可将路径上单击的锚点删除，此时路径的形状将重新调整以适合其余的锚点。在路径的锚点上单击后并拖曳鼠标光标，可重新调整路径的形状。删除锚点操作示意图如图 5-7 所示。

① 将删除锚点工具放置在需要删除锚点的路径上，在删除锚点工具的右下角出现一个"–"符号

② 单击鼠标左键后，即可删除锚点

③ 在单击鼠标左键的同时拖动鼠标，可以重新调整路径的形状

图5-7 删除锚点操作示意图

五、【转换点】工具使用方法

利用【转换点】工具 ⊾ 可以使锚点在角点和平滑点之间进行转换，并可以调整调节柄的长度和方向，以确定路径的形状。

(1) 平滑点转换为角点

利用【转换点】工具 ⊾ 在平滑点上单击，可以将平滑点转换为没有调节柄的角点；当平滑点两侧显示调节柄时，拖曳鼠标光标调整调节柄的方向，使调节柄断开，可以将平滑点转换为带有调节柄的角点，如图 5-8 所示。

图5-8 平滑点转换为角点操作示意图

(2) 角点转换为平滑点

在路径的角点上向外拖曳鼠标光标，可在锚点两侧出现两条调节柄，将角点转换为平滑点。按住 Alt 键在角点上拖曳鼠标光标，可以调整角点一侧的路径形状，如图 5-9 所示。

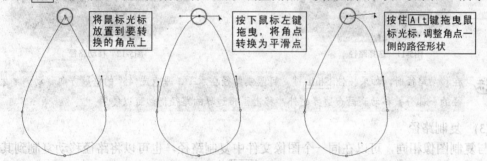

图5-9 角点转换为平滑点操作示意图

(3) 调整调节柄编辑路径

利用【转换点】工具 ⊾ 调整带调节柄的角点或平滑点一侧的控制点，可以调整锚点一侧的曲线路径的形状；按住 Ctrl 键调整平滑锚点一侧的控制点，可以同时调整平滑点两侧的路径形态。按住 Ctrl 键在锚点上拖曳鼠标光标，可以移动该锚点的位置，如图 5-10 所示。

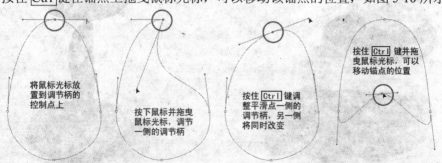

图5-10 调整调节柄编辑路径操作示意图

113

六、【路径选择】工具使用方法

【路径选择】工具 主要用于编辑整个路径，包括选择、移动、复制、变换、组合以及对齐和分布等操作。

(1) 选择路径

利用 工具单击路径，路径上的锚点将全部显示为黑色，表示该路径被选择，如图 5-11 所示。若要选择多条路径，可以按住 Shift 键依次单击路径，即可将多条路径同时选择。另外，按住鼠标左键拖曳，可以将路径选择虚线框所接触的路径全部选择。

(2) 移动路径

利用 工具选择路径，然后按下鼠标左键拖曳，路径将随鼠标光标而移动，释放鼠标左键后即可将其移动到新位置，如图 5-12 所示。

图5-11　选择路径

图5-12　移动路径

要点提示 在移动路径时，如果按住 Shift 键，可限制路径在水平、垂直或 45° 的倍数方向移动；如果路径的一部分被移动到画布边界之外，移出画布边界的路径仍然可以使用。

(3) 复制路径

与复制图像相同，可以在同一个图像文件中复制路径，也可以将路径移动复制到其他图像文件中。使用 工具移动路径时，按住 Alt 键，在鼠标光标右下角会出现一个 "+" 符号。此时拖曳鼠标光标，即可复制路径，如图 5-13 所示。另外，利用 工具将路径拖曳到另一个图像文件中，待鼠标光标形状显示为 时释放鼠标左键，即可将该路径复制到其他文件中，如图 5-14 所示。

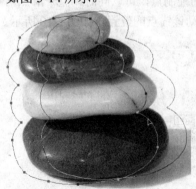

图5-13　复制路径

图5-14　复制到其他文件中的路径

七、　【直接选择】工具使用方法

【直接选择】工具 主要用于选择路径上的锚点、移动锚点位置和调整路径形状。

(1)　选择锚点

利用 工具在路径中的锚点上单击，即可将其选择，锚点被选择后将显示为黑色，按住 Shift 键依次单击其他锚点，可以同时选择多个锚点，如图 5-15 所示。另外，在要选择的锚点周围拖曳鼠标光标，可以将虚线选择框包含的锚点全部选择，如图 5-16 所示。

图5-15　选择锚点

图5-16　选择锚点

(2)　移动锚点位置和调整路径形状

利用 工具选择锚点，然后按住鼠标左键并拖曳，即可将锚点移动到新位置，如图 5-17 所示。利用 工具拖曳两个锚点之间的路径，可改变路径的形态，如图 5-18 所示。

图5-17　移动锚点位置

图5-18　调整路径形态

在利用【直接选择】工具 选择锚点时，按住 Alt 键在路径上单击，叫以选择整条路径。另外，在使用其他路径工具时，按住 Ctrl 键将鼠标光标移动到路径上，可暂时切换为【直接选择】工具。

5.1.3　设置路径属性

下面来讲解【路径】工具、【自由钢笔】工具和【路径选择】工具属性栏的设置。

一、　【路径】工具属性栏

【路径】工具的属性栏如图 5-19 所示。

图5-19　【路径】工具属性栏

【路径】工具的属性栏主要由绘制类型、路径和矢量形状工具组、【自动添加/删除】复选项、运算方式及【样式】和【颜色】选项等组成。在属性栏中选择不同的绘制类型时，其属性栏也各不相同。

(1)　绘制类型

- 【形状图层】按钮 ：激活此按钮，可以创建用前景色填充的图形，同时在

【图层】面板中自动生成包括图层缩览图和矢量蒙版缩览图的形状层，并在【路径】面板中生成矢量蒙版，如图 5-20 所示。双击图层缩览图可以修改形状的填充颜色。当路径的形状调整后，填充的颜色及添加的效果会跟随一起发生变化。

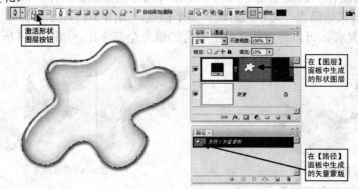

图5-20　绘制的形状图形

- 【路径】按钮：激活此按钮，可以创建普通的工作路径，此时在【图层】面板中不会生成新图层，仅在【路径】面板中生成工作路径，如图 5-21 所示。

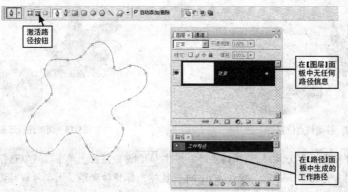

图5-21　绘制的路径

- 【填充像素】按钮：使用【钢笔】工具时此按钮不可用，只有使用【矢量形状】工具时此按钮才可用。激活此按钮，可以绘制用前景色填充的图形，但不会在【图层】面板中生成新图层，也不在【路径】面板中生成工作路径，如图 5-22 所示。

图5-22　绘制的填充像素图形

(2)　路径和矢量形状工具组

　是路径工具和矢量形状工具的集合。单击相应的按钮，即可方便快捷地完成各工具之间的相互转换，不必再到工具箱中去选择。单击右侧的　按钮，会弹出相应工具的选项面板。激活不同的路径工具按钮，弹出的面板也各不相同。

(3)　【自动添加/删除】复选项

在使用【钢笔】工具绘制图形或路径时，勾选此复选项，【钢笔】工具将具有【添加锚点】工具和【删除锚点】工具的功能。

(4)　运算方式

属性栏中的　按钮、　按钮、　按钮、　按钮和　按钮，主要用于对同一形状图形进行相加、相减、相交或反交运算，其具体操作方法和选区运算相同，参见第 3.1.1 节绘制矩形和椭圆形选区的内容。

(5)　【样式】和【颜色】选项

激活属性栏中的　按钮创建形状图层时，在属性栏右侧将出现【样式】和【颜色】选项，用于设置创建的形状图层的图层样式和颜色。

- 【样式】：单击　图标，弹出【样式】选项面板，以便在形状层中快速应用系统中保存的图层样式。
- 【颜色】：单击颜色块，可以设置形状层的颜色。

二、　【自由钢笔】工具属性栏

选择【自由钢笔】工具　，单击属性栏中的　按钮，弹出【自由钢笔选项】面板，如图 5-23 所示。在该面板中可以定义路径对齐图像边缘的范围和灵敏度以及所绘路径的复杂程度。

图5-23　【自由钢笔选项】面板

- 【曲线拟合】：控制生成的路径与鼠标光标移动轨迹的相似程度。数值越小，路径上产生的锚点越多，路径形状越接近于鼠标光标的移动轨迹。
- 【磁性的】：勾选此复选项，【自由钢笔】工具将具有磁性功能，可以像【磁性套索】工具一样自动查找不同颜色的边缘。其下的【宽度】、【对比】和【频率】分别用于控制产生磁性的宽度范围、查找颜色边缘的灵敏度和路径上产生锚点的密度。
- 【钢笔压力】：如果计算机中联接了外接绘图板绘画工具，勾选此复选项，将应用绘图板的压力更改钢笔的宽度，从而决定自由钢笔绘制路径的精确程度。

三、　【路径选择】工具属性栏

【路径选择】工具　的属性栏如图 5-24 所示。

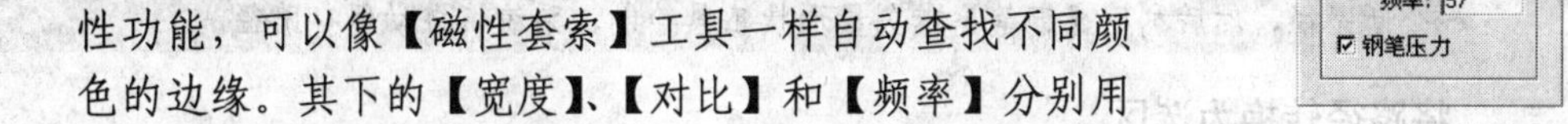

　　　□显示定界框　　　　组合　　　　　　　　　

图5-24　【路径选择】工具属性栏

- 变换路径：勾选【显示定界框】复选项，在选择的路径周围将显示定界框，利用定界框可以对路径进行缩放、旋转、斜切和扭曲等变换操作。
- 组合路径：属性栏中的　按钮、　按钮、　按钮和　按钮用于对选择的多个路径进行相加、相减、相交或反交运算。选择要组合的路径，激活相应的组合按钮，然后单击 _____组合_____ 按钮即可。

- 对齐路径：当选择两条或两条以上的工作路径时，利用对齐工具可以设置选择的路径在水平方向上进行顶对齐、垂直居中对齐、底对齐，或在垂直方向上按左对齐、水平居中对齐和右对齐。

- 分布路径：当选择 3 条或 3 条以上的工作路径时，利用分布工具可以将选择的路径在垂直方向上进行按顶分布、居中分布、按底分布，或在水平方向上按左分布、居中分布和按右分布。

5.1.4 【路径】面板

　　【路径】面板主要用于显示绘图过程中存储的路径、工作路径和当前矢量蒙版的名称及缩略图，并可以快速地在路径和选区之间进行转换，足可以用设置的颜色为路径描边或在路径中填充前景色。本节来介绍【路径】面板的一些相关功能。【路径】面板如图 5-25 所示。

一、存储工作路径

　　默认情况下，利用【钢笔】工具或矢量形状工具绘制的路径是以"工作路径"形式存在的。工作路径是临时路径，如果取消其选择状态，当再次绘制路径时，新路径将自动取代原来的工作路径。如果工作路径在后面的绘图过程中还要使用，应该保存路径以免丢失。存储工作路径有以下两种方法。

图5-25　【路径】面板

　　(1) 在【路径】面板中，用鼠标将"工作路径"拖曳到面板底部的 ⬛ 按钮上，释放鼠标左键后，即可将其以"路径 1"或"路径 2"等名称自动为其命名，命名后的路径就是已经保存的路径了。

　　(2) 选择要存储的工作路径，然后单击【路径】面板右上角的 ▾≡ 按钮，在弹出的菜单中选择【存储路径】命令，弹出【存储路径】对话框，将工作路径按指定的名称存储。

> **要点提示**　在绘制路径之前，单击【路径】面板底部的 ⬛ 按钮，或者按住 Alt 键单击 ⬛ 按钮，创建一个新路径，然后利用【钢笔】或矢量形状工具绘制，系统将自动保存路径。

二、将路径转换为选区

将路径转换为选区主要有以下几种方法。

　　(1) 在【路径】面板中选择要转换为选区的路径，然后单击面板底部的【将路径作为选区载入】按钮 ◌ 。

　　(2) 选择要转换为选区的路径，然后按 Ctrl+Enter 组合键。

　　(3) 按住 Ctrl 键，单击要转换的路径名称或缩略图。

　　(4) 选择要转换的路径，单击【路径】面板右上角的 ▾≡ 按钮，在弹出的菜单中选择【建立选区】命令。

三、将选区转换为路径

将选区转换为路径主要有以下两种方法。

　　(1) 绘制选区，然后单击面板底部的【从选区生成工作路径】按钮 ◅◭ ，即可将选区转换为临时工作路径。

　　(2) 单击【路径】面板右上角的 ▾≡ 按钮，在弹出的菜单中选择【建立工作路径】命令。

四、 路径的显示和隐藏

路径的显示和隐藏方法分别如下。

(1) 在【路径】面板中单击相应的路径名称，可将该路径显示。

(2) 单击【路径】面板中的灰色区域或在路径未被选择的情况下按 Esc 键，可将路径隐藏。

五、 复制路径

复制路径主要有以下两种方法。

(1) 将【路径】面板中的路径向下拖曳至 🖿 按钮处，释放鼠标左键后即可复制路径。

(2) 如果在复制的同时要为路径重命名，则按住 Alt 键用鼠标将路径拖曳到面板底部的 🖿 按钮上，或选择要复制的路径，在【路径】面板菜单中选择【复制路径】命令，在弹出的【复制路径】对话框中为路径输入新名称，单击 确定 按钮即可复制路径。

六、 填充路径

(1) 在【图层】面板中设置图层，然后设置前景色，再在【路径】面板中选择要填充的路径，单击面板底部的 ⬤ 按钮即可。

(2) 按住 Alt 键单击 ⬤ 按钮或在【路径】面板菜单中选择【填充路径】命令，弹出【填充路径】对话框，设置填充内容、混合模式及不透明度等选项，单击 确定 按钮。

七、 描边路径

(1) 在【图层】面板中设置图层，然后设置前景色，选择要用于描边路径的绘画工具，并设置工具选项，如选择合适的笔尖，设置混合模式和不透明度等，再在【路径】面板中选择要描绘的路径，单击面板底部的 ◯ 按钮即可。

(2) 按住 Alt 键单击 ◯ 按钮或在【路径】面板菜单中选择【描边路径】命令，弹出【描边路径】对话框，选择要用于描边路径的绘画工具后单击 确定 按钮。

5.1.5　选择人物图像

本节利用【路径】工具选择背景中的人物图像，然后移动复制到准备的素材图片中，合成艺术效果。

🗝 选择人物图像

1. 打开教学资源包素材文件中"图库\第 05 章"目录下的"照片 05-1.jpg"文件，如图 5-26 所示。

下面利用【路径】工具选择人物。为了使操作更加便捷，选择的人物更加精确，在选择图像之前可以先将图像窗口设置为满画布显示。

2. 连续按 3 次 F 键，将窗口切换成全屏模式显示，如图 5-27 所示。

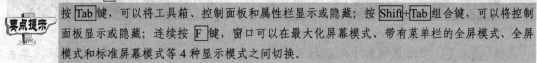

要点提示：按 Tab 键，可以将工具箱、控制面板和属性栏显示或隐藏；按 Shift + Tab 组合键，可以将控制面板显示或隐藏；连续按 F 键，窗口可以在最大化屏幕模式、带有菜单栏的全屏模式、全屏模式和标准屏幕模式等 4 种显示模式之间切换。

3. 选择 🔍 工具，在画面中按下鼠标左键拖曳，释放鼠标左键后画面放大显示，如图 5-28 所示。

图5-26　打开的图片

图5-27　显示全屏模式

图5-28　放大后的画面

4.　选择 🖌️ 工具，激活属性栏中的 ▨ 按钮，然后将鼠标光标放置在人物头部的边缘，单击添加第一个锚点，如图 5-29 所示。

5.　将鼠标光标移动到图像结构转折的位置单击，添加第二个锚点，如图 5-30 所示。

图5-29　添加第一个锚点

图5-30　添加第二个锚点

6.　用相同的方法，根据人物图像的边缘依次添加锚点。

　　由于画面放大显示了，所以只能看到画面中的部分图像，在添加路径锚点时，当绘制到窗口的边缘位置后就无法再继续添加了，如图 5-31 所示。此时可以按住空格键，使鼠标光标切换成【抓手】工具，然后将图像平移，再进行路径的绘制即可。

图5-31　添加锚点到画面边缘位置

7.　按住空格键，此时鼠标光标变为抓手形状，按住鼠标左键拖曳，平移图像在窗口中的显示位置，如图 5-32 所示。

图5-32　平移图像在窗口的显示位置

8. 松开空格键，鼠标光标变为钢笔形状，继续单击绘制路径。

9. 当绘制路径的终点与起点重合时，在鼠标光标的右下角将出现一个圆形标志，如图 5-33 所示，此时单击即可将路径闭合。

10. 接下来利用【转换点】工具 对绘制的路径进行圆滑调整。

11. 选择 工具，将鼠标光标放置在路径的锚点上，按住鼠标左键并拖曳，此时出现两条控制柄，如图 5-34 所示。

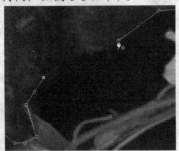

图5-33　闭合路径状态

图5-34　调整路径

12. 拖曳鼠标光标调整控制柄，将路径调整平滑后释放鼠标左键。如果路径锚点添加的位置没有紧贴在图像轮廓上，可以按住 Ctrl 键将鼠标光标放置在锚点上拖曳，调整其位置，如图 5-35 所示。

13. 用同样的方法，利用 工具对路径上的其他锚点进行调整，调整锚点时同样会出现两个对称的控制柄。

14. 释放鼠标左键，将鼠标光标放置在其中一个控制柄上拖曳调整，此时另外的一个控制柄被锁定，如图 5-36 所示。

图5-35 移动路径位置

图5-36 锁定控制柄

15. 利用 ⟍ 工具对锚点依次进行调整，使路径紧贴人物的轮廓边缘，如图 5-37 所示。按 Ctrl+Enter 组合键，将路径转换成选区，如图 5-38 所示。

图5-37 调整后的路径

图5-38 转换成的选区

16. 按 F 键，将画面切换为标准屏幕模式显示，然后双击工具箱中的 🖑 工具，使画面适合屏幕大小显示。

17. 打开教学资源包素材文件中 "图库\第 05 章" 目录下的 "羽翼.jpg" 文件，如图 5-39 所示。

18. 利用 ⊕ 工具将选择的人物图像移动复制到 "羽翼.jpg" 文件中，然后利用【自由变换】命令将其调整至如图 5-40 所示的大小及位置。

图5-39 打开的图片

图5-40 缩小图片

19. 按 Enter 键，确认图片缩小操作，然后执行【图层】/【图层样式】/【投影】命令，弹出【图层样式】对话框，属性栏中各选项及参数设置如图 5-41 所示。

20. 单击 确定 按钮，添加的投影效果如图 5-42 所示。

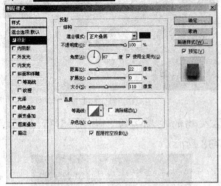

图5-41　【图层样式】对话框　　　　　　　　图5-42　添加的投影效果

21. 执行【图层】/【新建调整图层】/【曲线】命令，添加"曲线"调整层，在弹出的【曲线】对话框中，依次调整【RGB】通道和【红】通道的曲线形态如图 5-43 所示。

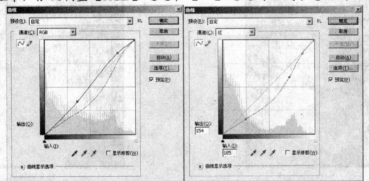

图5-43　【曲线】对话框

22. 单击 确定 按钮，调整颜色后的效果如图 5-44 所示。

图5-44　调整颜色后的效果

23. 按 Shift+Ctrl+S 组合键，将此文件命名为"路径选择图像.psd"另存。

5.1.6　绘制丝巾

下面利用路径的描绘功能来绘制丝巾。绘制方法比较简单，在广告设计中这种丝巾效果经常被使用。

绘制丝巾

1. 新建一个【宽度】为"13 厘米"、【高度】为"13 厘米"、【分辨率】为"150 像素/英寸"、【颜色模式】为"RGB 颜色"、【背景内容】为"白色"的文件。
2. 选择 工具，激活属性栏中的 按钮，然后在绘图窗口中依次单击绘制出如图 5-45 所示的路径。
3. 选择 工具，将鼠标光标移动到路径的锚点上拖曳，调整路径的形态，调整后的路径如图 5-46 所示。
4. 在【路径】面板中的"工作路径"上，按下鼠标左键并向下拖曳至 按钮处释放，将工作路径存储为"路径 1"。
5. 在【图层】面板中新建"图层 1"，然后选择 工具，并单击属性栏中【画笔】选项右侧的 按钮，弹出【画笔】面板，选项及参数设置如图 5-47 所示。

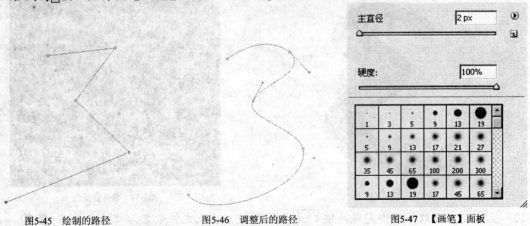

图5-45　绘制的路径　　　　　图5-46　调整后的路径　　　　　图5-47　【画笔】面板

6. 在工作区中的灰色区域单击，隐藏【画笔】面板，然后将前景色设置为黑色，并在【路径】面板中单击底部的 按钮，用设置的笔尖为路径描绘前景色，效果如图 5-48 所示。
7. 在【路径】面板中的灰色区域单击隐藏路径，然后执行【编辑】/【定义画笔预设】命令，在弹出的【图笔名称】对话框中单击 确定 按钮，将线形定义为画笔笔尖。
8. 按 Ctrl+A 组合键，将线全部选择，然后按 Delete 键，将选区中的线形删除，再按 Ctrl+D 组合键去除选区。
9. 在【路径】面板中，单击"路径 1"将路径显示，然后选择 工具，并单击属性栏中的 按钮，在弹出的【画笔】面板中设置选项及参数如图 5-49 所示，选用的画笔笔尖为刚才定义的线。
10. 将前景色设置为红色（R:230,B:18），然后单击【路径】面板底部的 按钮，用设置的笔尖为路径描绘前景色，效果如图 5-50 所示。

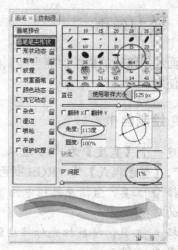

图5-48　描绘的线效果　　　　　　　　　　　　　图5-49　【画笔】面板

11. 在【路径】面板中的灰色区域单击隐藏路径，然后将【图层】面板中的"背景"层设置为工作层，并为其填充背景色为深绿色（G:80,B:62），效果如图 5-51 所示。

图5-50　描绘的红色　　　　　　　　　　　　　图5-51　填充背景色

12. 至此，丝巾效果制作完成，按 Ctrl+S 组合键，将此文件命名为"丝巾.psd"保存。

5.1.7　绘制邮票

利用路径的描绘功能不但可以描绘颜色，如果设置的描绘工具为【橡皮擦】工具 ，该功能就成了根据路径擦除图像的功能了。下面利用这种功能来绘制邮票效果。

✎ 绘制邮票

1. 打开教学资源包素材文件中"图库\第 05 章"目录下的"羽翼.jpg"文件，如图 5-52 所示。
2. 执行【图层】/【新建】/【背景图层】命令（或在背景层上双击），弹出【新建图层】对话框，单击 确定 按钮，将背景层转换为普通层"图层 0"。
3. 执行【图像】/【画布大小】命令，弹出【画布大小】对话框，设置选项及参数如图 5-53 所示。

图5-52 打开的图片

图5-53 【画布大小】对话框

4. 单击 确定 按钮，画布调整尺寸后的效果如图 5-54 所示。

5. 按住 Ctrl 键单击"图层 0"的图层缩览图，加载效果图的选区，然后单击【路径】面板中的 按钮，将选区转换为路径。

6. 选择 工具，并单击属性栏中的 按钮，在弹出的【画笔】面板中设置选项及参数如图 5-55 所示。

图5-54 增加画布

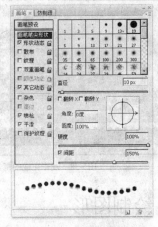

图5-55 【画笔】面板

7. 单击 按钮，用设置的画笔笔尖对图像进行擦除，制作出如图 5-56 所示的邮票锯齿效果。

8. 按 Ctrl+T 组合键为路径添加自由变换框，然后设置属性栏中 W:95% H:90% 的参数分别为"95%"和"90%"，路径缩小后的形态如图 5-57 所示。

图5-56 擦除得到的锯齿效果

图5-57 缩小路径

9. 按 Enter 键确认路径的缩小调整，然后按 Ctrl+Enter 组合键将路径转换为选区，再按 Shift+Ctrl+I 组合键将选区反选。

10. 单击【图层】面板左上角的 🔲 按钮，锁定"图层 0"的透明像素，然后为选区中的图像填充白色，按 Ctrl+D 组合键去除选区。

11. 新建"图层 1"，并将其调整至"图层 0"的下方，然后为其填充背景色为黑色，效果如图 5-58 所示。

12. 至此，邮票效果制作完成，按 Shift+Ctrl+S 组合键将此文件命名为"邮票.psd"另存。图 5-59 所示为第 5.1.6 节绘制的丝巾与本节绘制的邮票应用到广告宣传单中的效果。

图5-58　制作完成的邮票　　　　　　　　　　图5-59　丝巾与邮票在广告中的应用

5.2　绘制图形

利用 Photoshop 可以绘制各种形态的图形，包括位图图形、路径图形和矢量图形。本节来讲解有关图形绘制的知识。

5.2.1　图形的类型

位图图形、路径图形和矢量图形各有其性质和特点。

一、位图图形

位图图形是绘制在普通图层中的图形，可以像其他位图图像一样进行各种编辑操作。但如果对图形进行缩放、旋转等变换操作之后，图形的边缘会产生模糊效果，变换的次数越多，边缘就越模糊，如图 5-60 所示。

二、路径图形

路径图形在【路径】面板中生成，可以像编辑其他路径一样进行任何的编辑操作，对于缩放、旋转等变形操作后，图形边缘仍然是清晰的，如图 5-61 所示。

图5-60 位图图形　　　　　　　　　　　　　图5-61 路径图形

三、 矢量图形

矢量图形产生在一个链接了"矢量蒙版"的填充图层之中，在矢量蒙版中根据路径保存了图形的轮廓，在填充层中保存了图形的填充颜色、渐变或图案等。对于这样的图形进行变换操作，只是对路径的形状进行了变换，而对于填充的效果不会受影响。在矢量图形中不可以进行任何有关位图性质的绘画或滤镜命令的执行，只能利用路径工具进行形状的编辑，只有栅格化之后才能够具有位图图形的性质。

5.2.2 绘制图形

在 Photoshop CS3 中，图形工具组中的每个工具都提供了特定的选项。例如，【矩形】工具可以通过设置选项来绘制尺寸固定的矩形，【直线】工具可以绘制带箭头的直线等。本节讲解有关图形绘制工具的使用方法。

一、 【矩形】工具

选择【矩形】工具▢，单击属性栏中的▾按钮，系统弹出如图 5-62 所示的【矩形选项】面板。

- 【不受约束】：选择此选项后，在图像文件中拖曳鼠标光标绘制任意大小和任意长宽比例的矩形。
- 【方形】：选择此选项后，在图像文件中拖曳鼠标光标可以绘制正方形。
- 【固定大小】：选择此选项后，在后面的窗口中设置固定的长宽值，再在图像文件中拖曳鼠标光标，只能绘制固定大小的矩形。

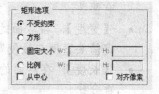

图5-62 【矩形选项】面板

- 【比例】：选择此选项后，在后面的窗口中设置矩形的长宽比例，再在图像文件中拖曳鼠标光标，只能绘制设置的长宽比例的矩形。
- 【从中心】：勾选此复选项后，在图像文件中以任何方式创建矩形时，鼠标光标的起点都是矩形的中心。
- 【对齐像素】：勾选此复选项后，矩形的边缘与像素的边缘对齐，使图形边缘不会出现锯齿。

二、 【圆角矩形】工具

【圆角矩形】工具▢的用法和属性栏都与【矩形】工具相似，只是属性栏中多了一个【半径】选项，此选项主要用于设置圆角矩形的平滑度，数值越大，边角越平滑。

三、 【椭圆】工具

【椭圆】工具◯的用法及属性栏与【矩形】工具相同，在此不再赘述。

四、【多边形】工具

【多边形】工具 是绘制正多边形或星形的工具。默认情况下，激活此按钮后，在图像文件中拖曳鼠标光标可绘制正多边形。当在属性栏的【多边形选项】面板中勾选【星形】复选项后，再在图像文件中拖曳鼠标光标可绘制星形。

【多边形】工具的属性栏也与【矩形】工具相似，只是多了一个设置多边形或星形边数的【边】选项。单击属性栏中的 按钮，系统将弹出如图 5-63 所示的【多边形选项】面板。

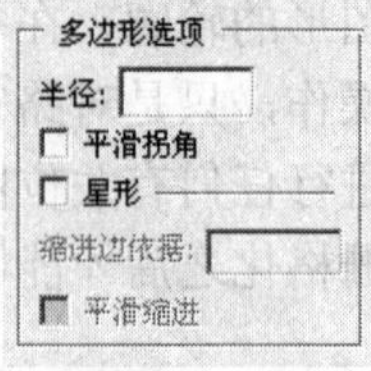

- 【半径】：用于设置多边形或星形的半径长度。设置相应的参数后，只能绘制固定大小的正多边形或星形。
- 【平滑拐角】：勾选此复选项后，在图像文件中拖曳鼠标光标，可以绘制圆角效果的正多边形或星形。
- 【星形】：勾选此复选项后，在图像文件中拖曳鼠标光标，可以绘制边向中心位置缩进的星形。
- 【缩进边依据】：在右边的窗口中设置相应的参数，可以限定边缩进的程度，取值范围为 1%~99%，数值越大，缩进量越大。只有勾选【星形】复选项后，此选项才可以设置。

图5-63 【多边形选项】面板

- 【平滑缩进】：此选项可以使多边形的边平滑地向中心缩进。

五、【直线】工具

【直线】工具 的属性栏也与【矩形】工具相似，只是多了一个设置线段或箭头粗细的【粗细】选项。单击属性栏中的 按钮，系统将弹出如图 5-64 所示的【箭头】面板。

- 【起点】：勾选此复选项后，在绘制线段时起点处带有箭头。
- 【终点】：勾选此复选项后，在绘制线段时终点处带有箭头。
- 【宽度】：在后面的窗口中设置相应的参数，可以确定箭头宽度与线段宽度的百分比。
- 【长度】：在后面的窗口中设置相应的参数，可以确定箭头长度与线段长度的百分比。
- 【凹度】：在后面的窗口中设置相应的参数，可以确定箭头中央凹陷的程度。其值为正时，箭头尾部向内凹陷；其值为负时，箭头尾部向外凸出；其值为"0"时，箭头尾部平齐，如图 5-65 所示。

图5-64 【箭头】面板

图5-65 当数值设置为"50"、"－50"和"0"时绘制的箭头图形

六、【自定形状】工具

【自定形状】工具 的属性栏多了一个【形状】选项，单击此选项右侧的按钮，系统会弹出如图 5-66 所示的【自定形状选项】面板。

在面板中选择所需要的图形，然后在图像文件中拖曳鼠标光标，即可绘制相应的图形。

单击其右上角的 ⊙ 按钮，在弹出的下拉菜单中选择【全部】选项，即可显示系统中存储的全部图形，如图 5-67 所示。

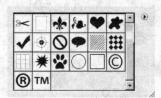

图5-66 【自定形状选项】面板

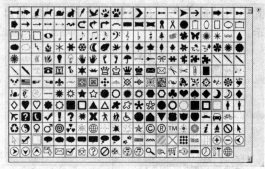

图5-67 全部显示的图形

5.2.3 定义形状图形

在使用矢量图形工具的过程中，除了应用系统自带的形状图形外，还可以通过采集图像中的形状图形来自定义形状。下面通过范例来讲解形状图形的定义方法。

🔑 定义形状图形

1. 打开教学资源包素材文件中"图库\第 05 章"目录下的"卡通.jpg"文件。
2. 执行【选择】/【色彩范围】命令，弹出【色彩范围】对话框，利用 ✐ 按钮在黑色的卡通图形上单击，然后设置参数如图 5-68 所示。单击 确定 按钮，添加的选区如图 5-69 所示。

图5-68 【色彩范围】对话框

图5-69 添加的选区

3. 单击【路径】面板右上角的 ≡ 按钮，在弹出的菜单中选择【建立工作路径】命令，弹出【建立工作路径】对话框，参数设置如图 5-70 所示，单击 确定 按钮，将选区转换为路径。
4. 执行【编辑】/【定义自定形状】命令，弹出如图 5-71 所示的【形状名称】对话框。

图5-70 【建立工作路径】对话框

图5-71 【形状名称】对话框

5. 单击 确定 按钮，即可将当前路径图形定义为形状。

6. 建立一个新文件，选择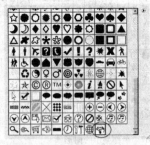工具，激活属性栏中的□按钮，再单击███按钮，在弹出的【自定形状】样式面板中选择如图 5-72 所示刚刚定义的图形样式。

7. 设置不同的前景色，在新建文件中可以绘制出不同大小及颜色的图形，效果如图 5-73 所示。

图5-72 【自定形状】样式面板

图5-73 绘制的图形

8. 按 Shift+Ctrl+S 组合键，将此文件命名为"定义形状练习.jpg"另存。

5.2.4 绘制闪闪的红星

本节利用矢量图形工具并结合【钢笔】工具来制作闪闪的红星效果。

🔑 绘制闪闪的红星

1. 新建一个【宽度】为"14厘米"、【高度】为"14厘米"、【分辨率】为"120像素/英寸"、【模式】为"RGB 颜色"、背景为"白色"的文件。

2. 执行【视图】/【新建参考线】命令，在弹出的【新建参考线】对话框中，将【位置】设置为"7厘米"，然后单击 确定 按钮，此时即可在垂直方向的"7厘米"位置添加一条参考线。

3. 用与步骤 2 相同的方法，在水平方向的"7厘米"位置添加一条参考线，如图 5-74 所示。

4. 选择⬡工具，激活属性栏中的□按钮，然后单击 按钮，在弹出的【多边形选项】面板中勾选【星形】复选项。

5. 将前景色设置为黄色（R:255,G:223,B:79），确认属性栏中 边 5 的参数为"5"。

6. 按住 Shift 键，将鼠标光标移动到两条参考线的交点位置，沿着垂直方向的参考线向上拖曳鼠标光标，绘制出如图 5-75 所示的五角星图形。

图5-74 新建的参考线

图5-75 绘制的五角星图形

7. 打开【路径】面板，在路径层上双击，弹出如图 5-76 所示的【存储路径】对话框，单击 [确定] 按钮，将路径保存，如图 5-77 所示。

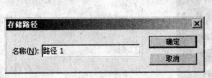

图5-76 【存储路径】对话框 　　　　　　　　　 图5-77 【路径】面板

8. 选择 🖋 工具，激活属性栏中的 和 按钮，然后绘制出如图 5-78 所示的路径。

9. 利用 工具将两条路径同时选择，然后单击属性栏中的 [组合] 按钮，两条路径组合后的形态如图 5-79 所示。

10. 按 [Ctrl]+[T] 组合键为组合后的路径添加自由变换框，然后单击属性栏中【参考点位置】按钮的左下角的控制点 ，将旋转中心调整至路径的左下角。

11. 将属性栏中 △ 72 度的值设置为 "72"，然后单击 ✔ 按钮，确认路径的旋转操作。

12. 按住 [Shift]+[Ctrl]+[Alt] 组合键，依次按 4 次 [T] 键，旋转复制路径，效果如图 5-80 所示。

 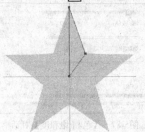 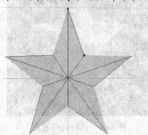

图5-78 绘制出的路径 　　　　　 图5-79 组合后的路径 　　　　　 图5-80 旋转复制出的路径

13. 执行【图层】/【新建填充图层】/【纯色】命令，弹出如图 5-81 所示的【新建图层】对话框，单击 [确定] 按钮。

14. 在【拾取实色】对话框中将颜色设置为黄色（R:208,G:147,B:46），单击 [确定] 按钮，生成的效果及【图层】面板形态如图 5-82 所示。

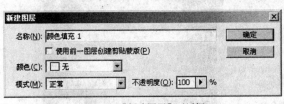 

图5-81 【新建图层】对话框 　　　　　　　　　 图5-82 填充颜色效果

15. 将 "背景" 层设置为工作层，然后利用 工具为其填充由红色（R:255）到深红色（R:144,G:8,B:12）的径向渐变色。执行【视图】/【清除参考线】命令将参考线清除，画面效果如图 5-83 所示。

16. 打开教学资源包素材文件中 "图库\第 05 章" 目录下的 "发射线.jpg" 文件。利用 工具将发射线移动复制到当前文件中，并调整至如图 5-84 所示的位置。

17. 执行【滤镜】/【模糊】/【径向模糊】命令，弹出【径向模糊】对话框，选项及参数设置如图 5-85 所示。

图5-83 填充的背景色

图5-84 发射线在画面中的位置

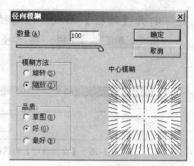

图5-85 【径向模糊】对话框

18. 单击 确定 按钮，径向模糊后的画面效果如图 5-86 所示。

19. 将"图层 1"的混合模式设置为"滤色"，然后按 Ctrl+U 组合键，弹出【色相/饱和度】对话框，参数设置如图 5-87 所示。

20. 单击 确定 按钮，设置图层混合模式及调整颜色后的效果如图 5-88 所示。

图5-86 模糊后的效果

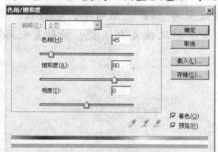

图5-87 【色相/饱和度】对话框

图5-88 调整颜色效果

21. 利用【自由变换】命令将发射线调整至如图 5-89 所示的大小，然后按 Enter 键确认。

22. 将"图层 1"复制为"图层 1 副本"层，然后利用【自由变换】命令将复制出的发射线缩小并旋转一定角度，如图 5-90 所示。

图5-89 调整发射线大小

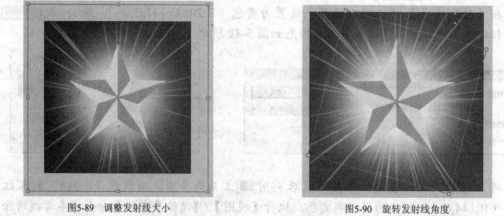

图5-90 旋转发射线角度

23. 按 Enter 键确认调整，然后将"形状 1"层设置为工作层，执行【图层】/【图层样式】/【外发光】命令，参数设置及添加的外发光效果如图 5-91 所示。

24. 至此，闪闪的红星效果制作完成。按 Ctrl+S 组合键，将此文件命名为"闪闪的红星.psd"保存。

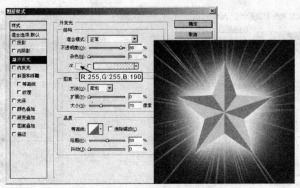

图5-91　绘制完成的闪闪的红星效果

5.3　综合案例——绘制口红

　　任何图像处理及特效制作，都不可能仅使用一种工具和命令就能达到效果，图像越复杂，其使用的工具和命令也就越多。本节要绘制的口红就是一个复杂的产品造型，应用了路径工具、各种形状工具及【渐变填充】调整层等，也涉及【图层】的使用。本例讲解的操作步骤详细，相信同学们根据步骤能够很顺利地绘制出来。

🗝 绘制口红

1.　新建一个【宽度】为"12厘米"、【高度】为"16厘米"、【分辨率】为"150像素/英寸"、【颜色模式】为"RGB 颜色"、【背景内容】为"白色"的文件。

2.　选择 ▢ 工具，激活属性栏中的 ▨ 按钮，并将属性栏中 ¥径: 10 px 的参数设置为"10px"，然后绘制出如图 5-92 所示的圆角矩形路径。

3.　选择 ✐⁺ 工具，将鼠标光标移动至如图 5-93 所示的位置单击添加锚点，然后按住 Ctrl 键将添加的锚点稍微向上调整至如图 5-94 所示的位置。

图5-92　绘制的路径　　　　　　　图5-93　添加锚点状态　　　　　　图5-94　移动锚点位置

4.　单击【图层】面板下方的 ◑. 按钮，在弹出的菜单中选择【渐变】命令，弹出【渐变填充】对话框，然后单击【渐变】选项右侧的颜色条，弹出【渐变编辑器】对话框，设置渐变颜色如图 5-95 所示。

5.　单击 确定 按钮，然后将【渐变填充】对话框中的【角度】参数设置为"0"，单击 确定 按钮，填充渐变色后的效果如图 5-96 所示。

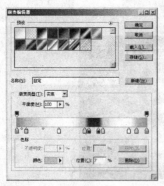

图5-95 【渐变编辑器】对话框

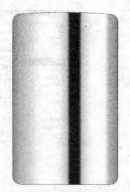

图5-96 填充渐变色后的效果

6. 单击【图层】面板下方的 ◎. 按钮, 在弹出的菜单中选择【色相/饱和度】命令, 弹出
   【色相/饱和度】对话框, 设置的参数及添加调整层后的效果如图 5-97 所示。

7. 执行【图层】/【创建剪贴蒙版】命令, 将 "色相/饱和度" 调整层与其下面的 "渐变填
   充" 调整层创建为剪贴蒙版图层, 生成的效果及【图层】面板形态如图 5-98 所示。

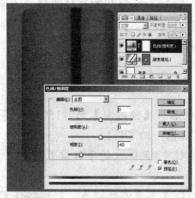

图5-97 【色相/饱和度】对话框

图5-98 创建的剪贴蒙版图层

8. 单击 "色相/饱和度" 调整层左侧的 ◉ 按钮, 将其隐藏, 然后执行【选择】/【色彩范
   围】命令, 弹出【色彩范围】对话框, 将鼠标光标移动到灰色区域单击吸取色样, 取
   样位置及设置的参数如图 5-99 所示。

9. 单击 ＿确定＿ 按钮, 添加的选区如图 5-100 所示。

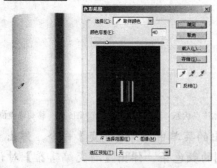

图5-99 【色彩范围】对话框

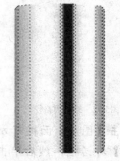

图5-100 添加的选区

10. 单击 "色相/饱和度" 调整层左侧的 □ 按钮, 将其显示, 然后按 Shift+Ctrl+I 组合键, 将选
    区反选, 再为选区填充黑色, 生成的画面效果及【图层】面板形态如图 5-101 所示。

11. 按 Ctrl+D 组合键去除选区，然后将"色相/饱和度"调整层与下面的"渐变填充"调整层同时选择，并按 Alt+Ctrl+E 组合键，将选择的图层合并后复制为"色相/饱和度 1（合并）"层。

12. 将复制出图层的名称修改为"图层 1"，然后将"色相/饱和度"调整层和"渐变填充"调整层隐藏。

13. 单击【图层】面板上方的⊠按钮，锁定"图层 1"的透明像素，然后执行【滤镜】/【模糊】/【高斯模糊】命令，在弹出的【高斯模糊】对话框中将【半径】参数设置为"1 像素"，单击 确定 按钮。

14. 将"图层 1"复制为"图层 1 副本"，然后按 Ctrl+T 组合键，为复制出的图像添加自由变换框，并将属性栏中 W: 102.0% ⬚ H: 13.0% 的参数分别设置为"102.0%"和"13.0%"，再将缩放后的图像垂直向下移动至如图 5-102 所示的位置。

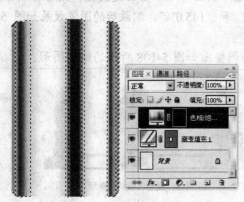

图5-101　调整颜色后的效果

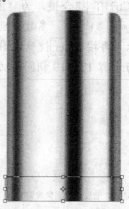

图5-102　垂直向下移动图形

15. 按 Enter 键，确认图像的缩放操作，然后按 Ctrl+M 组合键，弹出【曲线】对话框，调整曲线形态如图 5-103 所示。

16. 单击 确定 按钮，执行【曲线】命令后的效果如图 5-104 所示。

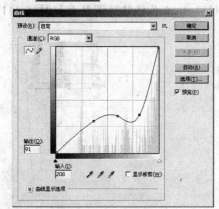

图5-103　【曲线】对话框

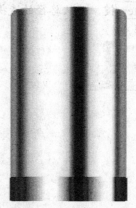

图5-104　调整颜色后的效果

17. 将"图层 1 副本"复制为"图层 1 副本 2"层，然后将复制出的图像垂直向下移动，再按 Ctrl+M 组合键，弹出【曲线】对话框，调整曲线形态如图 5-105 所示。

18. 单击 确定 按钮，执行【曲线】命令后的效果如图 5-106 所示。

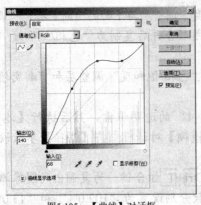

图5-105 【曲线】对话框

图5-106 调整颜色后的效果

19. 按 [Ctrl]+[T] 组合键，为"图层 1 副本 2"层中的图像添加自由变换框，然后将属性栏中 W:107.0% ⑧ H:145% 参数分别设置为"107.0%"和"145.0%"，缩放后的图像效果如图 5-107 所示，再按 [Enter] 键确认图像的缩放操作。

20. 用与步骤 17～19 相同的方法，依次复制并调整出如图 5-108 所示的结构图形。

图5-107 缩放后的图像效果

图5-108 复制出的结构图形

21. 选择 ▢ 工具，并将属性栏中 半径: 50 px 参数设置为"50px"，然后绘制出如图 5-109 所示的圆角矩形路径。

22. 按 [Ctrl]+[T] 组合键，为圆角矩形路径添加自由变换框，然后按住 [Shift]+[Ctrl]+[Alt] 组合键，将其调整至如图 5-110 所示的透视形态。

23. 按 [Enter] 键，确认路径的透视变形操作，然后利用 工具将路径调整至如图 5-111 所示的形态。

图5-109 绘制出的路径

图5-110 透视形态

图5-111 调整后的路径

24. 单击【图层】面板下方的 ⊘. 按钮，在弹出的菜单中选择【渐变】命令，弹出【渐变填充】对话框，设置渐变颜色及参数如图 5-112 所示。

25. 单击 确定 按钮，填充渐变色后的效果如图 5-113 所示。

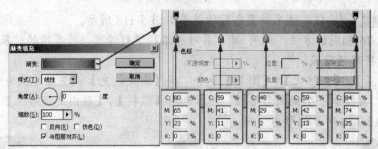

图5-112 设置渐变颜色

26. 选择▭工具，激活属性栏中的▫按钮，然后绘制出如图 5-114 所示的矩形路径，与原路径进行相减。并利用▸工具将矩形路径调整至如图 5-115 所示的位置。

图5-113 填充的渐变颜色

图5-114 绘制的路径

27. 在【路径】面板中的灰色区域单击，将路径隐藏，然后利用▭和▸工具绘制并调整出如图 5-116 所示的路径。

图5-115 调整路径位置

图5-116 绘制的路径

28. 单击【图层】面板下方的▣.按钮，在弹出的菜单中选择【渐变】命令，弹出【渐变填充】对话框，设置渐变颜色参数如图 5-117 所示。

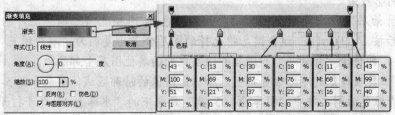

图5-117 设置渐变颜色

29. 单击 确定 按钮，填充渐变色后的效果如图 5-118 所示。

30. 用与步骤 26 相同的方法，利用 □ 工具对原路径进行修剪，修剪后的效果如图 5-119 所示，然后将路径隐藏。

31. 执行【图层】/【栅格化】/【图层】命令，将【渐变填充】调整层转换为普通层。

32. 利用 ○ 工具绘制一个椭圆形路径，然后利用【编辑】/【自由变换路径】命令，将其调整至如图 5-120 所示的形态。

图5-118　填充渐变色后的效果　　　　　图5-119　修剪后的效果　　　　　图5-120　绘制的路径

33. 按 Ctrl+Enter 组合键将路径转换为选区，然后按 Alt+Ctrl+D 组合键，在弹出的【羽化选区】对话框中将【羽化半径】参数设置为 "2 像素"，单击 确定 按钮。

34. 为选区填充粉红色（M:65,Y:25），效果如图 5-121 所示，然后按 Ctrl+D 组合键去除选区。

35. 利用 ◉ 、 ◎ 和 ◎ 工具，依次在画面中拖曳，涂抹出口红的高光及阴影区域，效果如图 5-122 所示。

36. 执行【滤镜】/【杂色】/【添加杂色】命令，弹出【添加杂色】对话框，设置选项及参数如图 5-123 所示，然后单击 确定 按钮。

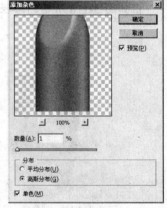

图5-121　填充颜色效果　　　　　图5-122　绘制的高光　　　　　图5-123　【添加杂色】对话框

至此，口红效果基本绘制完成，其整体效果如图 5-124 所示，接下来对其进行细部刻画并为其添加阴影效果。

37. 将除 "背景层"、"渐变填充 1" 调整层和 "色相/饱和度 1" 调整层外的所有图层选择，然后按 Alt+Ctrl+E 组合键，将选择的图层合并后复制为 "渐变填充 1 副本（合并）" 层，再将除 "背景层" 和刚合并图层之外的其他图层全部隐藏。

38. 利用 ◎ 工具在口红的下方位置拖曳，涂抹出图像的暗部区域，效果如图 5-125 所示。

39. 将教学资源包素材文件中 "图库\第 05 章" 目录下的 "水珠.psd" 文件打开，选择部分水珠将其移动复制到新建文件中，调整大小后放置到如图 5-126 所示的口红上面。

图5-124 绘制的口红   图5-125 涂抹的暗部区域   图5-126 添加的水珠

40. 将 "渐变填充 1 副本（合并）" 层复制为 "渐变填充 1 副本（合并） 副本" 层，然后将 "渐变填充 1 副本（合并）" 层设置为工作层，锁定透明像素后填充黑色。

41. 利用【编辑】/【变换】/【扭曲】命令，将填充黑色后的图形调整至如图 5-127 所示的形态。

42. 按 Ctrl 键单击 "渐变填充 1 副本（合并）" 层的图层缩览图，载入选区，然后将该图层删除，并新建 "图层 3"，注意新建的图层仍要位于 "渐变填充 1 副本（合并） 副本" 层的下方。

43. 利用 工具为选区由右上至左下填充由黑色到透明的线性渐变色，效果如图 5-128 所示，再按 Ctrl+D 组合键去除选区。

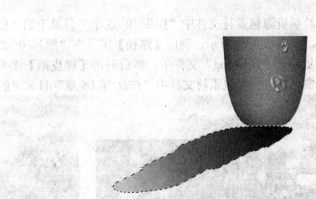

图5-127 绘制的投影   图5-128 填充渐变色

44. 执行【滤镜】/【模糊】/【高斯模糊】命令，在弹出的【高斯模糊】对话框中将【半径】参数设置为 "2 像素"。单击 确定 按钮，效果如图 5-129 所示。

45. 至此，口红效果制作完成，按 Ctrl+S 组合键，将此文件命名为 "口红.psd" 保存。

制作的口红广告效果如图 5-130 所示。选用的素材图片为教学资源包素材文件中 "图库\第 05 章" 目录下的 "红衣女人.psd" 文件，相关作品参见教学资源包素材文件中 "作品\第 05 章" 目录下的 "口红广告.psd" 文件。

图5-129　添加的投影

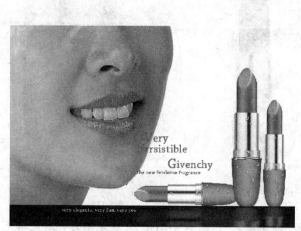

图5-130　口红在广告中的应用

小结

本章主要讲解了各种路径工具和形状工具的功能及使用方法，利用这些工具可以绘制出一些其他选框工具无法绘制的复杂图形，或选择复杂背景中的图像，通过【路径】面板可以在路径和选区之间进行转换，并可以对路径进行填充或描边等操作。利用形状工具可以快速地绘制矩形、椭圆形、多边形、直线和各种自定形状。通过本章的学习，希望同学们能够熟练掌握这些工具的使用方法，以便为将来实际工作中的图形绘制打下基础。

习题

1. 打开教学资源包素材文件中"图库\第 05 章"目录下的"照片 05-2.jpg"和"花园.jpg"文件，如图 5-131 所示。利用【路径】工具在"照片 05-2.jpg"背景中把人物选择出来移动复制到"花园.jpg"文件中，然后利用【橡皮擦】工具修饰一下婚纱的透明质感。作品参见教学资源包素材文件中"作品\第 05 章"目录下的"操作题 04-1.psd"文件。

图5-131　打开的图片及合成后的效果

2. 根据本章第 5.1.6 小节内容的学习，自己动手绘制出如图 5-132 所示的丝巾效果。作品参见教学资源包素材文件中"作品\第 05 章"目录下的"操作题 04-2.psd"文件。

3. 打开教学资源包素材文件中"图库\第 04 章"目录下的"照片 05-3.jpg"文件，设置画笔笔尖并利用路径的描绘功能制作出如图 5-133 所示的炫光效果。作品参见教学资源包素材文件中"作品\第 05 章"目录下的"操作题 05-3.psd"文件。

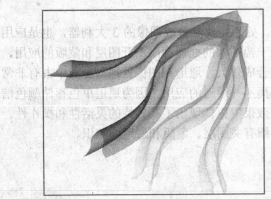

图5-132 丝巾效果

图5-133 炫光效果

第6章 图层、蒙版与通道

图层、蒙版和通道是利用 Photoshop 绘图、处理图像及合成图像的 3 大利器，也是应用这个软件最基础、最重要的命令。可以说，每一幅图像的处理都离不开图层和蒙版的应用，灵活地运用蒙版可以制作出很多梦幻般的图像合成效果。通道在图像处理与合成中占有非常重要的地位，特别是高难度图像的合成几乎都离不开通道的应用。因为通道单色存储颜色信息的原理，在创建和保存特殊选区及制作特殊效果中更体现出了其独特的灵活性和操作性。本章通过概念解析及范例操作的形式来详细介绍有关图层、蒙版和通道的知识。

6.1 图层

本节讲解有关图层的知识，包括图层的概念、图层面板、图层类型、图层的基本操作和应用技巧等。

6.1.1 图层概念

图层就像一张透明的纸，透过图层透明区域可以清晰地看到下面图层中的图像。下面以一个简单的比喻来说明。例如要在纸上绘制一幅小蜜蜂儿童画，首先要有画板（这个画板也就是 Photoshop 里面新建的文件，画板是不透明的），然后在画板上添加一张完全透明的纸绘制草地，绘制完成后在画板上再添加透明纸绘制天空、小蜜蜂等其他图形，依此类推。在绘制儿童画的每一部分之前，都要在画板上添加透明纸，然后在透明纸上绘制新图形。绘制完成后，通过纸的透明区域可以看到下面的图形，从而得到一幅完整的作品。在这个绘制过程中，添加的每一张纸就是一个图层。图层原理说明图如图 6-1 所示。

图6-1　图层原理说明图

前面介绍了图层的概念，那么在绘制图形时为什么要建立图层呢？仍以上面的例子来说明。如果在一张纸上绘制儿童画，当全部绘制完成后，突然发现草地的颜色不好，这时候只能选择重新绘制这幅作品，因为对在一张纸上绘制的画面进行修改非常麻烦。而如果是分层绘制的，遇到这种情况就不必重新绘制了，只需找到绘制草地的透明纸（图层），将其删除，然后重新添加一张新纸（图层），绘制合适的草地放到刚才删除的纸（图层）的位置即可，这样可以大大节省绘图时间。分层绘制除了易修改的优点外，还可以在一个图层中随意拖动、复制和粘贴图形，并能对图层中的图形制作各种特效，而这些操作都不会影响其他图层中的图形。

6.1.2 图层与选区的关系

在处理图像和绘制图形时，首先应该根据图像需要处理效果的位置和绘制图形的形状创建有效的可编辑选区。在处理效果之前，如果不创建选区，则执行的命令操作将对整个图层中的图像起作用。选区是建立在图层上面的，哪一个图层设置成了工作图层，则选区即对哪一个图层起作用。如图 6-2 所示为使用 ⬭ 工具创建了具有【羽化半径】为"50 像素"的椭圆形选区并反选之后的形态。图 6-3 所示为在"图层 1"中执行【滤镜】/【艺术效果】/【调色刀】命令后的效果。

图6-2　创建的选区

图6-3　"图层 1"制作的效果

图 6-4 所示为在"图层 2"中执行【调色刀】命令后的效果。在得到的效果中可以看到，执行的滤镜效果是被控制在选区之内的，选区之外的图像不会发生变化，而同一个选区由于选择了不同的图层，其效果也会随之作用到所选择图层中的图像上。

图层中存在图像时（背景层除外），可以把图像作为选区载入，如果图层中包含透明的区域，透明区域将被保护，载入图像选区后，透明的区域将不可以做任何的编辑和修改。按住 Ctrl 键，单击【图层】左侧的图层缩览图即可载入该图层中图像的选区，如图 6-5 所示。

图6-4　"图层 2"制作的效果

图6-5　载入的选区

6.1.3 图层面板

【图层】面板主要用来管理图像文件中的图层、图层组和图层效果，方便图像处理操作以及显示或隐藏当前文件中的图像，还可以进行图像不透明度、模式设置以及图层创建、锁定、复制和删除等操作。灵活掌握【图层】面板的使用可以使设计者对图像的合成一目了然，并且非常容易地编辑和修改图像。

打开教学资源包素材文件中"图库\第 06 章"目录下的"图层面板说明图.psd"文件，其画面效果及【图层】面板如图 6-6 所示。

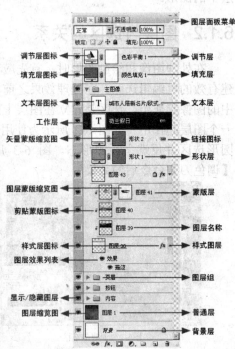

图6-6 打开的文件及【图层】面板

下面简要介绍【图层】面板中各选项和按钮的功能。

- 【图层面板菜单】按钮 ：单击此按钮，可弹出【图层】面板的下拉菜单。
- 【图层混合模式】 正常 ：设置当前图层中的图像与下面图层中的图像以何种模式进行混合。
- 【不透明度】：设置当前图层中图像的不透明程度。数值越小，图像越透明；数值越大，图像越不透明。
- 【锁定透明像素】按钮 ：可以使当前图层中的透明区域保持透明。
- 【锁定图像像素】按钮 ：在当前图层中不能进行图形绘制以及其他命令操作。
- 【锁定位置】按钮 ：可以将当前图层中的图像锁定不被移动。
- 【锁定全部】按钮 ：在当前图层中不能进行任何编辑修改操作。
- 【填充】：设置图层中图形填充颜色的不透明度。
- 【显示/隐藏图层】图标 ：表示此图层处于可见状态。如果单击此图标，图标中的眼睛被隐藏，表示此图层处于不可见状态。
- 图层缩览图：用于显示本图层的缩略图，它随着该图层中图像的变化而随时更新，以供用户在进行图像处理时参考。

- 图层名称：显示各图层的名称。
- 图层组：图层组是图层的组合，它的作用相当于 Windows 系统资源管理器中的文件夹，主要用于组织和管理图层。移动或复制图层，图层组里面的内容可以同时被移动或复制。单击面板底部的 ▢ 按钮或执行【图层】/【新建】/【图层组】命令，即可在【图层】面板中创建序列图层组。
- 【剪贴蒙版】图标 ▾：执行【图层】/【创建剪贴蒙版】命令，当前图层将与下面的图层相结合建立剪贴蒙版，当前图层的前面出现剪贴蒙版图标，其下面的图层即为剪贴蒙版图层。

在【图层】面板底部有 7 个按钮，各按钮功能分别介绍如下。

- 【链接图层】按钮 ▭：通过链接两个或多个图层，可以一起移动链接图层中的内容，也可以对链接图层执行对齐与分布以及合并等操作。
- 【添加图层样式】按钮 *fx.*：可以对当前图层中的图像添加各种样式效果。
- 【添加图层蒙版】按钮 ▢：可以给当前图层添加蒙版。如果先在图像中创建适当的选区，再单击此按钮，可以根据选区范围在当前图层上建立适当的图层蒙版。
- 【创建新组】按钮 ▭：可以在【图层】面板中创建一个新的序列。序列类似于文件夹，以便图层的管理和查询。
- 【创建新的填充或调整图层】按钮 *◐.*：可以在当前图层上添加一个调整图层，对当前图层下边的图层进行色调、明暗等颜色效果调整。
- 【创建新图层】按钮 ▫：可以在当前图层上创建新图层。
- 【删除图层】按钮 ▧：可以将当前图层删除。

6.1.4 图层类型

在【图层】面板中包含多种图层类型，每种类型的图层都有不同的功能和用途，利用不同的类型可以创建不同的效果，它们在【图层】面板中的显示状态也不同。下面介绍常用图层类型的功能。

- 背景图层：背景图层相当于绘画中最下方不透明的纸。在 Photoshop 中，一个图像文件中只有一个背景图层，它可以与普通图层进行相互转换，但无法交换堆叠次序。如果当前图层为背景图层，执行【图层】/【新建】/【背景图层】命令，或在【图层】面板的背景图层上双击，即可以将背景图层转换为普通图层。
- 普通图层：普通图层相当于一张完全透明的纸，是 Photoshop 中最基本的图层类型。单击【图层】面板底部的 ▫ 按钮，或执行【图层】/【新建】/【图层】命令，即可在【图层】面板中新建一个普通图层。
- 填充图层和调整图层：用来控制图像颜色、色调、亮度和饱和度等的辅助图层。单击【图层】面板底部的 *◐.* 按钮，在弹出的下拉列表中选择任一选项，即可创建填充图层或调整图层。
- 效果图层：【图层】面板中的图层应用图层效果（如阴影、投影、发光、斜面和浮雕以及描边等）后，右侧会出现一个 *fx*（效果层）图标，此时这一图层就是效果图层。注意，背景图层不能转换为效果图层。单击【图层】面板底部的 **fx.** 按钮，在弹出的下拉列表中选择任一选项，即可创建效果图层。

- 形状图层：使用工具箱中的矢量图形工具在文件中创建图形后，【图层】面板会自动生成形状图层。当执行【图层】/【栅格化】/【形状】命令后，形状图层将被转换为普通图层。

- 蒙版图层：在图像中，图层蒙版中颜色的变化使其所在图层的相应位置产生透明效果。其中，该图层中与蒙版的白色部分相对应的图像不产生透明效果，与蒙版的黑色部分相对应的图像完全透明，与蒙版的灰色部分相对应的图像根据其灰度产生相应程度的透明效果。

- 文本图层：在文件中创建文字后，【图层】面板会自动生成文本图层，其缩览图显示为 T 图标。当对输入的文字进行变形后，文本图层将显示为变形文本图层，其缩览图显示为 图标。

6.1.5 新建图层、图层组

执行【图层】/【新建】命令，弹出如图 6-7 所示的【新建】子菜单。

- 当选择【图层】命令时，系统将弹出如图 6-8 所示的【新建图层】对话框。在此对话框中，可以对新建图层的颜色、模式和不透明度进行设置。

图6-7 【图层】/【新建】子菜单　　　　　　　　　　　图6-8 【新建图层】对话框

- 当选择【背景图层】命令时，可以将背景图层改为一个普通图层，此时【背景图层】命令会变为【图层背景】命令；选择【图层背景】命令，可以将当前图层更改为背景图层。

- 当选择【组】命令时，将弹出如图 6-9 所示的【新建组】对话框。在此对话框中可以创建图层组（相当于图层文件夹）。

图6-9 【新建组】对话框

- 当【图层】面板中有链接图层时，【从图层建立组】命令才可用，选择此命令可以新建一个图层组，并将当前链接的图层、除背景图层之外的其余图层放置在新建的图层组中。

- 选择【通过拷贝的图层】命令，可以将当前画面选区中的图像通过复制生成一个新的图层，且原画面不会被破坏。

- 选择【通过剪切的图层】命令，可以将当前画面选区中的图像通过剪切生成一个新的图层，而原画面被破坏。

6.1.6 新建智能对象图层

智能对象类似一种具有矢量性质的容器，在其中可以嵌入栅格或矢量图像数据。无论对智能对象进行怎样的编辑，其仍然可以保留原图像的所有数据，保护原图像不会受到破坏。创建智能对象的方法有以下 4 种。

(1) 在【图层】面板中选择图层，执行【图层】/【智能对象】/【转换为智能对象】命令，在【图层】面板中智能对象图层的缩览图上会显示 图标，如图 6-10 所示。如果同时选择了多个图层，如图 6-11 所示，执行【转换为智能对象】命令，这些图层即被打包到一个智能图层中，如图 6-12 所示。

图6-10　显示的智能对象图标　　　图6-11　选择图层　　　图6-12　创建的智能图层

(2) 执行【文件】/【置入】命令，可以将选择的图片文件作为智能对象置入到当前文件中。

(3) 将图片从 Adobe Illustrator 复制并粘贴到 Photoshop 文件中。使用此方法应注意，在 Adobe Illustrator 中要将【编辑】/【参数预置】/【文件和剪贴板】对话框中的【PDF】和【AICB】两个复选项勾选，否则将图片粘贴到 Photoshop 中时会将其自动栅格化。

(4) 将图片从 Adobe Illustrator 中直接拖到 Photoshop 文件中。

6.1.7 变换智能对象

图像在进行旋转或缩放等变形操作后，图像边缘将会产生锯齿，变换次数越多，产生的锯齿越明显，其图像质量与原图像之间的颜色数据差别就越大。如果在图像进行变换操作之前先将图像转换为智能对象，就不必担心变换后的图像会丢失原有的数据了。下面用一个简单的范例来说明。

🔑 智能对象变换操作

1. 打开教学资源包素材文件中"图库\第 06 章"目录下的"照片 06-2.psd"文件，如图 6-13 所示。
2. 按 Ctrl+T 组合键为其添加自由变换框，然后在属性栏中将缩放比例设置为"120%"，如图 6-14 所示。

图6-13 打开的文件

图6-14 调整图片大小

3. 按 Enter 键确认图像放大的操作，按 Ctrl+T 组合键再次添加自由变换框，在属性栏中可以看到图像的当前比例显示为"100%"，这说明图像再次放大时，将以当前的大小为基准产生缩放效果，所以操作的次数越多，图像最终的质量也就越差。

   下面来看一下将其转换为智能对象后，属性栏中的参数是否会发生变化。

4. 执行【文件】/【恢复】命令，将文件恢复到刚打开时的状态。

5. 执行【图层】/【智能对象】/【转换为智能对象】命令，将其创建为智能对象图层。在【图层】面板中智能对象图层的缩览图上会显示 图标，如图 6-15 所示。

6. 按 Ctrl+T 组合键添加自由变换框，然后在属性栏中将缩放比例设置为"120%"，然后按 Enter 键确认放大操作。

7. 按 Ctrl+T 组合键再次添加自由变换框，观察属性栏，可以看到图像的当前比例依然显示为"120%"，如图 6-16 所示。这说明图像再次放大时，图像还是按照原始的大小为基准产生缩放效果，且在属性栏中始终记录当前的缩放比例。只要将缩放比例设置为"100%"，即可将图像恢复到原始大小，且图像的质量不会发生任何变化。

图6-15 创建为智能对象图层

图6-16 显示的比例

6.1.8 自动更新智能对象

对智能对象可以应用变换、图层样式、滤镜、不透明度和混合模式等任一命令操作，当编辑了智能对象的源数据后，可以将这些编辑操作更新到智能对象图层中。如果当前智能对象是一个包含多个图层的复合智能对象，这些编辑可以更新到智能对象的每一个图层中。

🔑 自动更新智能对象

1. 打开教学资源包素材文件中"图库\第 06 章"目录下的"美食.psd"文件，如图 6-17 所示。

2. 将"图层 1"、"图层 2"和"图层 3"同时选择，如图 6-18 所示。执行【图层】/【智能对象】/【转换为智能对象】命令，将这 3 个图层创建为复合智能图层，如图 6-19 所示。

图6-17　打开的图片　　　　图6-18　选择图层　　　　图6-19　创建的智能图层

3. 执行【图层】/【智能图层】/【编辑智能图层】命令，或者直接在【图层】面板中双击智能图层的缩览图，在弹出的对话框中直接单击 [确定] 按钮，此时会弹出一个包含智能对象所有图层的新文件，如图 6-20 所示。

4. 对新文件进行图像大小以及颜色调整，编辑后的效果如图 6-21 所示。

图6-20　编辑智能图层

5. 单击新文件窗口右上角的 ⊠ 按钮，关闭新文件，在弹出的对话框中直接单击 [是(Y)] 按钮，编辑后的效果即可更新到"美食.psd"文件中，效果如图 6-22 所示。

图6-21　编辑智能图层后的效果　　　　　图6-22　更新后的文件

6.1.9 自动更新矢量智能对象

对于由 Adobe Illustrator 复制并粘贴到 Photoshop 中的矢量智能对象，仍可以用 Illustrator 编辑原始图片，编辑结果也会自动更新到 Photoshop 中的矢量智能对象中。

⚙️ 自动更新矢量智能对象

1. 在 Photoshop CS3 中打开教学资源包素材文件中"图库\第 06 章"目录下的"美食.psd"文件。

2. 启动 Adobe Illustrator，绘制一个如图 6-23 所示的图形。

3. 执行【编辑】/【参数预置】/【文件和剪贴板】命令，在弹出的对话框中勾选【PDF】和【AICB】两个复选项。

4. 将图形选择后按 Ctrl+C 组合键复制，切换到 Photoshop CS3，按 Ctrl+V 组合键弹出【粘贴】对话框，设置【智能对象】选项后单击 确定 按钮，粘贴出的矢量智能图形如图 6-24 所示。

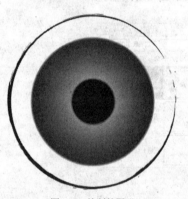

图6-23　绘制的图形

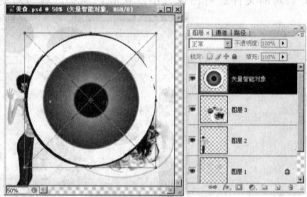

图6-24　粘贴出的矢量智能图形

5. 按 Enter 键取消变换框，然后在【图层】面板中双击矢量智能对象的缩览图，切换到 Illustrator 的矢量智能对象工作界面，重新编辑图形，效果如图 6-25 所示。

6. 单击文件右上角的 ☒ 按钮，在弹出的对话框中单击 是 按钮。查看 Photoshop 窗口中的文件，原来的效果即被新效果替换，如图 6-26 所示。

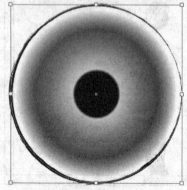

图6-25　编辑图形

图6-26　替换后的图形

6.1.10 编辑修改智能滤镜

对普通图层中的图像执行了【滤镜】命令后，此效果将直接应用在图像上，源图像将遭到破坏，而对智能对象应用【滤镜】命令后，将会产生智能滤镜。智能滤镜中保留给图像执行的任何滤镜命令和参数设置，这样就可以方便随时修改执行的滤镜参数，且源图像仍保留原有的数据。

编辑修改智能滤镜

1. 打开教学资源包素材文件中"图库\第 06 章"目录下的"照片 06-2.psd"文件，如图 6-27 所示。
2. 执行【图层】/【智能对象】/【转换为智能对象】命令。
3. 执行【滤镜】/【模糊】/【高斯模糊】命令，参数设置如图 6-28 所示。

图6-27 打开的图片

图6-28 【高斯模糊】对话框

4. 单击 确定 按钮，产生的模糊效果及智能滤镜如图 6-29 所示。

图6-29 产生的模糊效果及智能滤镜

5. 在【图层】面板中双击 ● 高斯模糊 位置，即可弹出【高斯模糊】对话框，此时可以重新设置高斯模糊的参数，且保留源图像的数据。

6.1.11 导出智能对象内容

执行【图层】/【智能对象】/【导出内容】命令，可以将智能对象的内容完全按照源图片所具有的属性进行存储，其存储的格式有"PSB"、"PDF"和"JPG"等。

6.1.12 替换智能对象内容

执行【图层】/【智能对象】/【替换内容】命令，可以将当前选择的智能对象中的内容替换成新的内容，如图 6-30 所示。

图6-30　替换智能对象内容

6.1.13　隐藏、显示和激活图层

在【图层】面板中，每个图层的最左侧都有一个【显示】图标 👁，此图标表示该层处于可见状态，单击此图标，则眼睛消失，同时图像文件中该图层中的内容将被隐藏，这表示该层处于不可见状态。反复单击【显示】图标，可以将图层显示或隐藏。当图像文件中有多个图层时，所做的操作只能是在被激活的工作图层中起作用。激活图层的方法有以下 3 种。

一、　【图层】面板法

在【图层】面板中用鼠标左键单击所需要的图层、图层组，即可将其激活。

二、　移动工具属性栏法

选择【移动】工具，在属性栏中勾选 ☑ 自动选择: 复选项，在右侧的下拉列表中设置【组】或【图层】选项，然后在图像文件中单击，这时系统会将鼠标光标单击位置的图像所属的最顶层图层激活。

三、　鼠标右键法

选择【移动】工具，然后在图像上单击鼠标右键，这时会弹出与鼠标光标单击处图像相关的图层选项菜单，选择其中的某一图层后，该图层即被激活。

6.1.14　复制图层

对图层进行复制是图像处理过程中经常用到的操作。复制图层的方法有以下两种。

一、　【图层】面板法

在【图层】面板中，将要复制的图层拖曳至下方的 ⬛ 按钮上，释放鼠标左键，即可在当前层的上方复制该图层，使之成为该图层的副本层。在复制过程中如果按下 Alt 键，会弹出如图 6-31 所示的【复制图层】对话框。

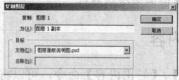

图6-31　【复制图层】对话框

- 　【为】：可以在该文本框中设置所复制新图层的名称。
- 　【文档】：可以选择复制图层的文件。若选择原文件名称，会在原图像文件中复制新图层；若选择【新建】选项，会将复制的图层生成新文件。
- 　【名称】：只有在【文档】中选择【新建】选项时此选项才可用，在此文本框中可以设置新建图像文件的名称。

二、 菜单命令法

复制图层可以在当前的图像文件中完成，也可以将当前图像文件的图层复制到其他打开的图像文件或新建的文件中。利用菜单命令复制图层的操作方法有以下 3 种。

(1) 执行【图层】/【复制图层】命令。

(2) 在【图层】面板中要复制的图层上单击鼠标右键，在弹出的右键菜单中选择【复制图层】命令。

(3) 单击【图层】面板右上角的按钮，在弹出的下拉菜单中选择【复制图层】命令。

执行以上任一操作，都会弹出【复制图层】对话框，设置选项后单击 ▇▇确定▇▇ 按钮，即可完成图层的复制。

6.1.15　删除图层

执行【图层】/【删除】/【图层】命令，可以将当前选择的图层删除；拖曳要删除的图层至 🗑 按钮上或单击 🗑 按钮，同样可将图层删除。

6.1.16　排列图层

图层的上下排列顺序对作品的效果有着直接的影响，因此在作品绘制过程中，必须准确调整各图层在画面中的排列顺序。调整图层的排列顺序有以下两种方法。

一、 菜单法

执行【图层】/【排列】命令，将弹出【排列】子菜单。执行其中相应的命令，可以调整图层的位置。

二、 手动法

在【图层】面板中要调整排列顺序的图层上按下鼠标左键，然后向上或向下拖曳鼠标光标，此时【图层】面板中会有一线框跟随鼠标光标拖曳，当线框调整全要移动的位置后释放鼠标左键，当前图层即会调整至释放的图层位置。

6.1.17　链接图层

在【图层】面板中选择要链接的多个图层，然后执行【图层】/【链接图层】命令，或单击面板底部的 🔗 按钮，可以将选择的图层创建为链接图层，每个链接图层右侧都显示一个 🔗 图标。此时若用【移动】工具移动或变换图像，就可以对所有链接图层中的图像一起调整。

在【图层】面板中选择一个链接图层，然后执行【图层】/【选择链接图层】命令，可以将所有与之链接的图层全部选择；再执行【图层】/【取消图层链接】命令或单击【图层】面板底部的 🔗 按钮，可以解除它们的链接关系。

6.1.18　合并图层

在存储图像文件时，图层太多将会增加图像文件所占的磁盘空间。所以当图形绘制完成后，可以将一些不必单独存在的图层合并，以减少图像文件的大小。合并图层的常用命令有

【向下合并】、【合并可见图层】和【拼合图像】等。各命令的功能介绍如下。

- 执行【图层】/【向下合并】命令，可以将当前工作图层与其下面的图层合并。在【图层】面板中，如果有与当前图层链接的图层，此命令将显示为【合并链接图层】，执行此命令可以将所有链接的图层合并到当前工作图层中。如果当前图层是序列图层，执行此命令可以将当前序列中的所有图层合并。
- 执行【图层】/【合并可见图层】命令，可以将【图层】面板中所有的可见图层合并，并生成背景图层。
- 执行【图层】/【拼合图像】命令，可以将【图层】面板中的所有图层拼合，拼合后的图层生成为背景图层。

6.1.19 栅格化图层

对于包含矢量数据和生成的数据图层，如文字图层、形状图层、矢量蒙版和填充图层等，不能使用绘画工具或滤镜命令等直接在这种类型的图层中进行编辑操作，只有将其栅格化才能使用。栅格化命令的操作方法有以下两种。

(1) 在【图层】面板中选择要栅格化的图层，然后执行【图层】/【栅格化】命令中的任一命令，或在此图层上单击鼠标右键，在弹出的右键菜单中选择相应的【栅格化】命令，即可将选择的图层栅格化，转换为普通图层。

(2) 执行【图层】/【栅格化】/【所有图层】命令，可将【图层】面板中所有包含矢量数据或生成数据的图层栅格化。

6.1.20 对齐与分布图层

使用图层的对齐和分布命令，可以以当前工作图层中的图像为依据，对【图层】面板中所有与当前工作图层同时选择或链接的图层进行对齐与分布操作。

一、 对齐图层

当【图层】面板中至少有两个同时被选择或链接的图层，且背景图层不处于链接状态时，图层的对齐命令才可用。执行【图层】/【对齐】命令，将弹出如图 6-32 所示的【对齐】子菜单。执行其中的相应命令，可以将图层中的图像进行对齐。

二、 分布图层

在【图层】面板中至少有 3 个同时被选择或链接的图层，且背景图层不处于链接状态时，图层的分布命令才可用。执行【图层】/【分布】命令，将弹出如图 6-33 所示的【分布】子菜单。执行相应命令，可以将图层中的图像进行分布。

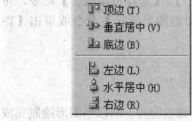

图6-32 【对齐】子菜单

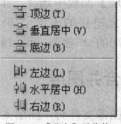

图6-33 【分布】子菜单

6.1.21　图层样式

使用【图层样式】命令可以制作各种特效，利用图层样式可以对图层中的图像快速应用效果。通过【图层】面板还可以快速地查看和修改各种预设的样式效果，为图像添加阴影、发光、浮雕、颜色叠加、图案和描边等。如图 6-34 所示为利用该命令制作的各种按钮效果。

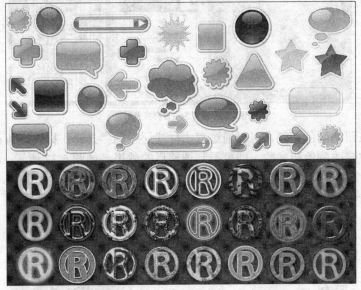

图6-34　按钮效果

一、　添加图层样式

执行【图层】/【图层样式】下的任一子命令；或单击【图层】面板下方的 *fx.* 按钮，再在弹出的菜单中选择任一命令；或在【样式】面板中单击预设的样式，即可为当前层添加图层样式，且该图层名称右侧会出现效果图标 *fx*，如图 6-35 所示。

图6-35　添加的图层样式

二、　显示/隐藏图层样式

在【图层】面板中，反复单击效果层左侧的【显示】图标 👁，可将当前层的图层效果隐藏或显示。反复单击效果层下指定效果左侧的【显示】图标 👁，可将某一个效果隐藏或显示。执行【图层】/【图层样式】/【隐藏所有效果】命令，可将所有的图层效果隐藏，此时【隐藏所有图层效果】命令将变为【显示所有效果】命令。

三、 在当前样式的基础上修改样式

在应用图层样式时，将【样式】面板中预设的样式添加到图形中，如果效果达不到设计的需要，可以在预设样式的基础上修改样式。如图 6-36 所示为给图形设置的预设样式及效果。

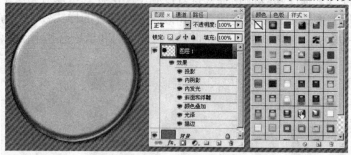

图6-36　设置的预设样式及效果

如果感觉按钮的颜色不好，可以通过双击样式层中的"光泽"样式，再在打开的【图层样式】对话框中修改颜色和参数，即可得到调整后的效果，如图 6-37 所示。

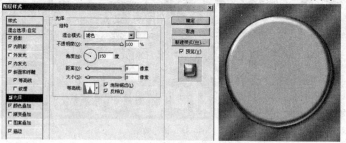

图6-37　修改样式效果

四、 在当前样式的基础上增加样式

如果需要在当前图形现有的样式上再通过【样式】面板增加样式，可以按住 Shift 键单击或拖曳预设样式到【图层】面板已经添加了某一样式的图层上，可将样式添加到现有的效果中，而不会替换原有的样式，如图 6-38 所示。

图6-38　在当前样式的基础上增加样式

五、 展开或关闭效果列表

默认状态下，添加图层样式后效果列表都处于展开状态，单击样式图标左侧的三角形按钮▲，可将效果列表关闭，再次单击可展开效果列表。

六、 预设样式

Photoshop CS3 中预先设置了一些样式，可以方便设计者随时应用。执行【窗口】/【样式】命令，即可在绘图窗口中弹出预设样式面板，如图 6-39 所示。单击【样式】面板右上角的 按钮，在弹出的菜单中可以加载其他样式。

- 【取消】按钮 ◎：单击此按钮，可以将应用的样式删除。
- 【新建】按钮 ↵：单击此按钮，弹出如图 6-40 所示的【新建样式】对话框。

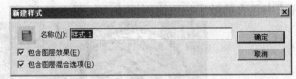

图6-39 【样式】面板   图6-40 【新建样式】对话框

- 【删除】按钮 🗑：将样式拖曳到此按钮上，可删除选择的样式。

 在【图层】面板中将添加图层样式的图层设置为工作层，然后在【样式】面板中的空白位置单击，即可将图层中应用的样式快速添加到【样式】面板中，以便随时调用。

七、 复制和删除图层样式

为图层添加图层样式后，生成的效果层会自动与图层内容链接，移动或编辑图层内容，图层效果也将随之变化。另外，还可以将图像中已有的图层样式复制到其他图层中，或删除已有的图层样式。

八、 复制图层样式

复制图层样式是对多个图层应用相同效果的快捷操作，具体方法有以下几种。

- 在【图层】面板中选择要复制图层样式的图层，然后执行【图层】/【图层样式】/【拷贝图层样式】命令；再选择要粘贴样式的图层，执行【图层】/【图层样式】/【粘贴图层样式】命令，即可完成图层样式的复制。
- 在【图层】面板中要复制样式的图层上单击鼠标右键，在弹出的右键菜单中选择【拷贝图层样式】命令；然后在要粘贴样式的图层上单击鼠标右键，并在弹出的右键菜单中选择【粘贴图层样式】命令，也可在图层间复制图层样式。
- 在【图层】面板中，按住 Alt 键将要复制的图层样式拖曳到其他图层上，释放鼠标左键后即可完成图层样式的复制。此操作既可以复制单个效果，也可以复制所有效果。

九、 删除图层样式

删除图层样式操作可以在图层样式中删除单个效果，也可以在【图层】面板中删除整个效果层，以还原图像的原始效果。

- 执行【图层】/【图层样式】/【清除图层样式】命令，可以删除工作层中应用的样式。

- 在【图层】面板中的效果列表中，将要删除的单个样式或整个效果层拖曳到
  按钮上，释放鼠标左键后即可删除该样式或整个效果层。

十、 将图层样式转换为图层

选择要进行转换的图层，然后执行【图层】/【图层样式】/【创建图层】命令，即可将图层样式分离出来，分别以普通图层的形式独立存在。

十一、缩放图层样式

对应用了图层样式的图像改变文件大小后，其图层样式设置的参数值不会因为图像大小的变化而改变，这样就很容易使制作好的图形样式失去理想的效果，而利用【缩放效果】命令就可以来对设置的参数值进行修改。选择要缩放效果的图层，然后执行【图层】/【图层样式】/【缩放效果】命令，在弹出的【缩放图层效果】对话框中设置缩放数值，即可将图层样式中包含的效果按照比例缩放，如图 6-41 所示。

图6-41　缩放图层样式

6.1.22　填充层与调整层

填充层和调整层是在图层的上方新建的作用于下方所有图层颜色和效果的图层，通过新建的填充层可以填充纯色、渐变色和图案；通过新建的调整层，可以用不同的颜色调整方式来调整下方图层中图像的颜色。如果对填充的颜色或调整的颜色效果不满意，可随时重新调整或删除填充层和调整层，原图像并不会被破环。使用填充层和调整层调整的图像颜色效果如图 6-42 所示。

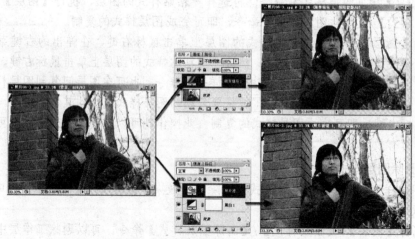

图6-42　使用填充层和调整层调整的图像效果

创建填充层或调整层的方法如下。

(1) 在【图层】面板中选择图层。

(2) 单击 ⊘. 按钮，在弹出的菜单中选择要创建的图层类型，或执行【图层】/【新建填充图层】、【新建调整图层】命令，并在子菜单中选择要创建的图层命令。

(3) 选择任一填充或调整命令后，在弹出的相应对话框中设置选项，单击 ▭确定▭ 按钮，即可创建填充层或调整层。

填充层和调整层与其下方图层有着相同的【不透明度】和【混合模式】选项，并且可以类似普通层进行重排、删除、隐藏、复制和合并。需要注意的是，将填充层或调整层与其下面的图层合并后，则该调整效果将被栅格化并永久应用于合并的图层内。

创建了填充层或调整层后，还可以方便地编辑这些设置，或用不同的填充类型或调整类型来进行替换。下面来介绍填充层和调整层的应用技巧。

一、 编辑填充层或调整层的内容

打开教学资源包素材文件中"图库\第 06 章"目录下的"照片 06-5.psd"文件。在【图层】面板中选择要进行编辑的填充层或调整层，再执行【图层】/【图层内容选项】命令，在弹出的相应对话框中重新进行调整，单击 ▭确定▭ 按钮即可。如图 6-43 所示为更改前后的效果。

图6-43 编辑调整层内容前后的对比效果

二、 更改填充层或调整层的内容

在【图层】面板中选择要更改的填充层或调整层，然后执行【图层】/【更改图层内容】命令，在弹出的子菜单中重新选择其他命令即可。如图 6-44 所示为更改调整层前后的效果。

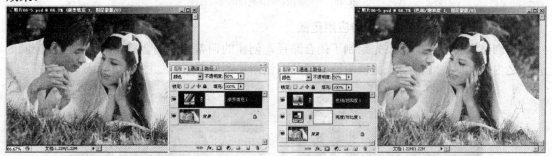

图6-44 更改调整层内容前后的对比效果

三、 利用选区控制调整层的应用范围

(1) 打开教学资源包素材文件中"图库\第 06 章"目录下的"照片 06-6.jpg"文件，按 Ctrl+J 组合键复制出"图层 1"，选择 🔲 工具，设置属性栏中的选项及参数如图 6-45 所示。

图6-45 【磁性套索】工具属性栏

(2) 沿着人物的轮廓绘制如图 6-46 所示的选区，然后按 Shift+Ctrl+I 组合键将选区反选。

(3) 单击【图层】面板底部的 ◯. 按钮，在弹出的菜单中执行【曲线】命令，此时在【图层】面板中工作层的上方出现调整层，同时在调整层的右侧出现蒙版，调整曲线形态如图 6-47 所示。

图6-46 绘制的选区

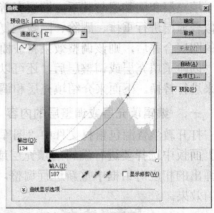

图6-47 调整曲线形态

(4) 单击 确定 按钮，添加的调整层及调整后的效果如图 6-48 所示。从图中可以看到添加的调整层只对选区内的图像起作用。

图6-48 利用选区控制调整层的应用范围

四、 利用路径控制调整层的应用范围

在创建调整层之前如果先绘制了闭合路径，创建的调整效果则会只应用在被路径控制的范围之内，同时在【图层】面板中调整层的右侧添加图层蒙版，如图 6-49 所示。

图6-49 利用路径控制调整层的应用范围

五、 利用剪贴蒙版控制调整层的应用范围

在当前层的上方创建调整层后,执行【图层】/【创建剪贴蒙版】命令,即可将调整层的效果应用在创建了剪贴蒙版的图层中,如图 6-50 所示。

图6-50 利用剪贴蒙版控制调整层的应用范围

六、 利用组图层控制调整层的应用范围

利用图层组可以控制调整层的作用范围,这样可以有目的地给多个图层中的其中部分图层添加调整层效果。操作方法如下。

(1) 将需要应用调整层效果的图层创建在一个组内,如图 6-51 所示。

图6-51 创建的图层组

(2) 在组内图层的上方添加调整层(此处添加的是【色相/饱和度】调整层),即可将效果应用到组下面的图层中,如图 6-52 所示。

图6-52 添加【色相/饱和度】调整层

(3) 将组使用的"穿透"图层混合模式设置为正常模式或其他模式，即可将调整层设置的颜色只作用在组内的所有图层上面，效果如图 6-53 所示。

图6-53　更改图层混合模式只影响组内图层

6.2 蒙版

本节来讲解有关蒙版的相关知识，包括蒙版的概念、蒙版类型、蒙版与选区的关系和蒙版的编辑等。

6.2.1 蒙版概念

蒙版是将不同灰度色值转化为不同的透明度，并作用到它所在的图层中，使图层不同部位透明度产生相应的变化。黑色为完全透明，白色为完全不透明。蒙版还具有保护和隐藏图像的功能，当对图像的某一部分进行特殊处理时，利用蒙版可以隔离并保护图像其余的部分不被修改和破坏。蒙版概念示意图如图 6-54 所示。

图6-54　蒙版概念示意图

6.2.2 蒙版类型

根据创建方式的不同,蒙版可分为图层蒙版、矢量蒙版、剪贴蒙版和快速编辑蒙版等 4 种类型。下面分别讲解这 4 种蒙版的性质及其特点。

一、 图层蒙版

图层蒙版是位图图像,与分辨率相关,它是由绘图或选框工具创建的用来显示或隐藏图层中某一部分图像。利用图层蒙版也可以保护图层透明区域不被编辑,它是图像特效处理及编辑过程中使用频率最高的蒙版。利用图层蒙版可以生成梦幻般羽化图像的合成效果,且图层中的图像不会遭到破坏,仍保留原有的效果,如图 6-55 所示。

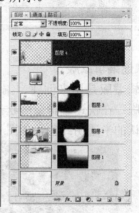

图6-55 图层蒙版

二、 矢量蒙版

矢量蒙版与分辨率无关,是由【钢笔】路径或形状工具绘制闭合的路径形状后创建的,路径内的区域显示出图层中的内容,路径之外的区域是被屏蔽的区域,如图 6-56 所示。当路径的形状编辑修改后,蒙版被屏蔽的区域也会随之发生变化,如图 6-57 所示。

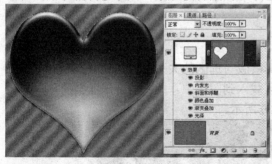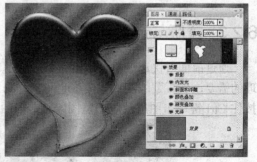

图6-56 矢量蒙版　　　　　　　　　图6-57 编辑后的矢量蒙版

三、 剪贴蒙版

剪贴蒙版是由基底图层和内容图层创建的,将两个或两个以上的图层创建剪贴蒙版后,可用剪贴蒙版中最下方的图层(基底图层)形状来覆盖上面的图层(内容图层)内容。例如,一个图像的剪贴蒙版中下方图层为某个形状,上面的图层为图像或者文字,如果将上面的图层都创建为剪贴蒙版,则上面图层的图像只能通过下面图层的形状来显示其内容,如图 6-58 所示。

图6-58　剪贴蒙版

四、 快速编辑蒙版

快速编辑蒙版是用来创建、编辑和修改选区的。单击工具箱中的 按钮就可直接创建快速编辑蒙版。在快速编辑蒙版状态下，被选择的区域显示原图像，而被屏蔽不被选择的区域显示为默认的半透明红色，如图6-59所示。

图6-59　快速编辑蒙版

6.2.3　蒙版与选区的关系

通过前面对快速编辑蒙版的了解，快速编辑蒙版与选区的关系最容易理解。根据图像处理的需要，矢量蒙版和图像蒙版也可以作为选区载入到图像中。载入的方法非常简单，只需按住 Ctrl 键单击图层蒙版缩览图即可，如图6-60所示。

图6-60　蒙版与选区的关系

6.2.4　编辑蒙版

本节来讲解有关编辑蒙版的操作。

一、 创建和编辑图层蒙版

选择要添加图层蒙版的图层或图层组，执行下列任一操作即可创建蒙版。

(1) 执行【图层】/【图层蒙版】/【显示全部】命令，即可创建出显示整个图层的蒙版。如图像中有选区，执行【图层】/【图层蒙版】/【显示选区】命令，可根据选区创建显示选区内图像的蒙版。

(2) 执行【图层】/【图层蒙版】/【隐藏全部】命令，即可创建出隐藏整个图层的蒙版。如图像中有选区，执行【图层】/【图层蒙版】/【隐藏选区】命令，可根据选区创建隐藏选区内图像的蒙版。

在【图层】面板中单击蒙版缩览图使之成为工作状态，然后在工具箱中选择任一绘图工具，执行下列操作之一可以编辑蒙版。

(1) 在蒙版图像中绘制黑色，可增加蒙版被屏蔽的区域，并显示更多的图像。

(2) 在蒙版图像中绘制白色，可减少蒙版被屏蔽的区域，并显示更少的图像。

(3) 在蒙版图像中绘制灰色，可创建半透明效果的屏蔽区域。

二、 创建和编辑矢量蒙版

执行下列任一操作即可创建矢量蒙版。

(1) 执行【图层】/【矢量蒙版】/【显示全部】命令，可创建显示整个图层的矢量蒙版。

(2) 执行【图层】/【矢量蒙版】/【隐藏全部】命令，可创建隐藏整个图层的矢量蒙版。

(3) 当图像中有路径存在且处于显示状态时，执行【图层】/【矢量蒙版】/【当前路径】命令，可创建显示形状内容的矢量蒙版。

在【图层】或【路径】面板中单击矢量蒙版缩览图，将其设置为当前状态，然后利用【钢笔】工具或路径编辑工具更改路径的形状，即可编辑矢量蒙版，如图 6-61 所示。

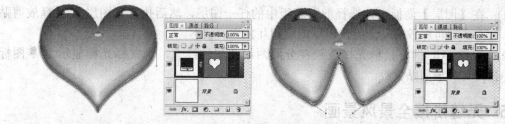

图6-61　编辑前后的矢量蒙版

> **要点提示**　在【图层】面板中选择要编辑的矢量蒙版层，执行【图层】/【栅格化】/【矢量蒙版】命令，可将矢量蒙版转换为图层蒙版。

三、 停用和启用蒙版

添加蒙版后，执行【图层】/【图层蒙版】/【停用】或【图层】/【矢量蒙版】/【停用】命令，可将蒙版停用，此时【图层】面板中蒙版缩览图上会出现一个红色的交叉符号，且图像文件中会显示不带蒙版效果的图层内容。按住 Shift 键反复单击【图层】面板中的蒙版缩览图，可在停用和启用蒙版之间切换。

四、 应用或删除图层蒙版

创建图层蒙版后，既可以应用蒙版使效果永久化，也可以删除蒙版而不应用效果。

(1) 应用图层蒙版

执行【图层】/【图层蒙版】/【应用】命令，或单击【图层】面板下方的 按钮，在弹出的询问面板中单击 应用 按钮，即可在当前层中应用编辑后的蒙版。

(2) 删除图层蒙版

执行【图层】/【图层蒙版】/【删除】命令，或单击【图层】面板下方的 按钮，在弹出的询问面板中单击 删除 按钮，即可在当前层中删除编辑后的蒙版。

五、 取消图层与蒙版的链接

默认情况下，图层和蒙版处于链接状态，当使用 工具移动图层或蒙版时，该图层及其蒙版会一起被移动，取消它们的链接后就可以单独移动。

(1) 执行【图层】/【图层蒙版】/【取消链接】或【图层】/【矢量蒙版】/【取消链接】命令，即可将图层与蒙版之间取消链接。

> 要点提示 执行【图层】/【图层蒙版】/【取消链接】或【图层】/【矢量蒙版】/【取消链接】命令后，【取消链接】命令将显示为【链接】命令，选择此命令，图层与蒙版之间将重建链接。

(2) 在【图层】面板中单击图层缩览图与蒙版缩览图之间的【链接】图标 ，链接图标消失，表明图层与蒙版之间已取消链接；当在此处再次单击，链接图标出现时，表明图层与蒙版之间又重建链接。

六、 创建剪贴蒙版

(1) 在【图层】面板中选择最下方图层上面的一个图层，然后执行【图层】/【创建剪贴蒙版】命令，即可在该图层与其下方的图层创建剪贴蒙版。注意，背景图层无法创建剪贴蒙版。

(2) 按住 Alt 键将鼠标光标放置在【图层】面板中要创建剪贴蒙版的两个图层中间的线上，当鼠标光标显示为 图标时，单击即可创建剪贴蒙版。

七、 释放剪贴蒙版

(1) 在【图层】面板中，选择剪贴蒙版中的任一图层，然后执行【图层】/【释放剪贴蒙版】命令，即可释放剪贴蒙版，还原图层相互独立的状态。

(2) 按住 Alt 键将鼠标光标放置在分隔两组图层的线上，当鼠标光标显示为 图标时，单击即可释放剪贴蒙版。

6.2.5 无缝拼接全景风景画

摄影爱好者面对美好的风景而没有一个长镜头，就很难拍下全景，如果能掌握Photoshop 中【文件】/【自动】/【Photomerge】命令的应用，就可以分块来拍摄美好的风景了，然后利用【Photomerge】命令将多幅照片合并，得到无缝拼合的全景风景画。下面以实例来介绍如何利用该命令拼合全景风景画。

拼接全景风景画

1. 打开教学资源包素材文件中"图库\第 06 章"目录下的"八大关_01.jpg"～"八大关_05.jpg"文件。

2. 执行【文件】/【自动】/【Photomerge】命令，弹出【照片合并】对话框，单击
   添加打开的文件(F) 按钮，将打开的图片添加到对话框中，如图 6-62 所示。

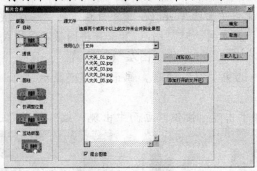

图6-62　【照片合并】对话框

要点提示　单击 添加打开的文件(F) 按钮后，系统会将当前打开的所有 "*.JPG" 格式的图片都加入，如果有
不需要的图片文件，可选中图片文件名称，然后单击 移去(R) 按钮将其移除即可。

3. 单击 确定 按钮，稍等片刻，系统将按照景物状况自动生成蒙版合并图像，合成后
   的效果如图 6-63 所示。

图6-63　合成后的效果及蒙版

4. 利用 工具将画面裁剪，得到如图 6-64 所示的效果。

图6-64　裁剪后的画面

5. 按 Ctrl+S 组合键，将此文件命名为 "全景.jpg" 保存。

6.3　通道

通道是保存不同颜色信息的灰度图像，可以存储图像中的颜色数据、蒙版或选区。每一
幅图像都有一个或多个通道，通过编辑通道中存储的各种信息可以对图像进行编辑。本节将
讲解有关通道的知识。

6.3.1　通道原理

根据图像颜色模式的不同，其保存的单色通道信息也不同。下面通过一个 RGB 颜色模
式的图像，载入单色通道的选区后填充纯色操作，来深入地讲解通道的组成原理。

🔑 理解通道原理

1. 打开教学资源包素材文件中"图库\第 06 章"目录下的"照片 06-13.jpg"文件，新建"图层 1"并填充为黑色，然后再新建"图层 2"，并将图层混合模式设置为"滤色"。

2. 单击"图层 1"左侧的 👁 图标，将"图层 1"隐藏。

3. 打开【通道】面板，选中"红"通道，画面中即可显示"红"通道的灰色图像效果，如图 6-65 所示。

4. 在【通道】面板底部单击 ⊙ 按钮，画面中出现"红"通道的选区，如图 6-66 所示。

图6-65　选中"红"通道

图6-66　载入"红"通道选区

> **要点提示**　在通道中，白色代替图像的透明区域，表示要处理的部分，可以直接添加选区；黑色表示不需处理的部分，不能直接添加选区。

5. 按 `Ctrl`+`~`组合键切换到"RGB"通道，打开【图层】面板，单击"图层 1"左侧的 □ 图标将"图层 1"显示。

6. 在【颜色】面板中选择红色（R:255）。按 `Alt`+`Delete` 组合键在"图层 1"中填充红色，取消选区后此时就是"红"通道的组成状况，如图 6-67 所示。

7. 将"图层 1"和"图层 2"暂时隐藏，再新建"图层 3"，并将图层混合模式设置为"滤色"。

8. 打开【通道】面板，载入"绿"通道的选区，然后在"图层 3"中填充绿色（G:255），取消选区，并将"图层 1"显示，此时就是"绿"通道的组成状况，如图 6-68 所示。

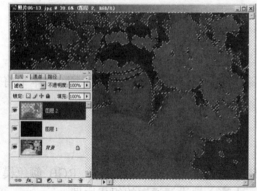

图6-67　填充红色

图6-68　填充绿色

9. 使用相同的操作方法，载入"蓝"色通道选区，并在"图层 4"中填充蓝色（B:255），取消选区，并将"图层 1"显示，此时就是"蓝"通道的组成状况，如图 6-69 所示。

10. 将"图层 3"和"图层 2"显示，即得到了由红、绿、蓝 3 个通道叠加后的图像原色效果，如图 6-70 所示。

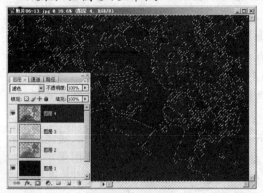
图6-69　填充蓝色

图6-70　通道叠加后的原色效果

11. 按 Shift+Ctrl+S 组合键，将此文件命名为"通道原理.psd"另存。

6.3.2　通道类型

根据通道存储的内容不同，可以分为复合通道、单色通道、专色通道和 Alpha 通道，如图 6-71 所示。

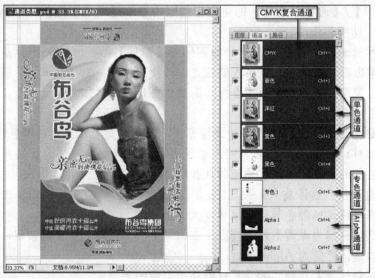
图6-71　通道类型

　Photoshop 中的图像都有一个或多个通道，图像中默认的颜色通道数取决于其颜色模式。每个颜色通道都存放图像颜色元素信息，图像中的色彩是通过叠加每一个颜色通道而获得的。在四色印刷中，青、品、黄、黑印版就相当于 CMYK 颜色模式图像中的 C、M、Y、K 等 4 个通道。

- 复合通道：不同模式的图像其通道的数量也不一样。默认情况下，位图、灰度和索引模式的图像只有 1 个通道，RGB 和 Lab 模式的图像有 3 个通道，CMYK

模式的图像有 4 个通道。在图 6-71 中【通道】面板的最上面一个通道（复合通道）代表每个通道叠加后的图像颜色，下面的通道是拆分后的单色通道。

- 单色通道：在【通道】面板中，单色通道都显示为灰色，它通过 0~256 级亮度的灰度表示颜色。在通道中很难控制图像的颜色效果，所以一般不采取直接修改颜色通道的方法改变图像的颜色。

- 专色通道：在处理颜色种类较多的图像时，为了使印刷作品与众不同，往往要做一些特殊通道的处理。除了系统默认的颜色通道外，还可以创建专色通道，如增加印刷品的荧光油墨或夜光油墨，套版印制无色系（如烫金、烫银）等，这些特殊颜色的油墨一般称其为"专色"，这些专色都无法用三原色油墨混合而成，这时就要用到专色通道与专色印刷了。

- Alpha 通道：单击【通道】面板底部的 🔲 按钮，可创建一个 Alpha 通道。Alpha 通道是为保存选区而专门设计的通道，其作用主要是用来保存图像中的选区和蒙版。在生成一个图像文件时，并不一定产生 Alpha 通道，通常它是在图像处理过程中为了制作特殊的选区或蒙版而人为生成的，并从中提取选区信息。因此在输出制版时，Alpha 通道会因为与最终生成的图像无关而被删除。但有时也要保留 Alpha 通道，例如在三维软件最终渲染输出作品时，会附带生成一张 Alpha 通道，用于在平面处理软件中做后期合成。

6.3.3　通道面板

执行【窗口】/【通道】命令，即可在工作区中显示【通道】面板。下面介绍【通道】面板中各按钮的功能和作用。

- 【指示通道可见性】图标 👁：此图标与【图层】面板中的 👁 图标是相同的，多次单击可以使通道在显示或隐藏之间切换。注意，当【通道】面板中某一单色通道被隐藏后，复合通道会自动隐藏；当选择或显示复合通道后，所有的单色通道也会自动显示。

- 通道缩览图：👁 图标右侧为通道缩览图，其作用是显示通道的颜色信息。

- 通道名称：通道缩览图的右侧为通道名称，它能使用户快速识别各种通道。通道名称的右侧为切换该通道的快捷键。

- 【将通道作为选区载入】按钮 ○：单击此按钮，或按住 Ctrl 键单击某通道，可以将该通道中颜色较淡的区域载入为选区。

- 【将选区存储为通道】按钮 ◻：当图像中有选区时，单击此按钮，可以将图像中的选区存储为 Alpha 通道。

- 【创建新通道】按钮 🔲：可以创建一个新的通道。

- 【删除当前通道】按钮 🗑：可以将当前选择或编辑的通道删除。

6.3.4　通道用途

通道是 Photoshop 图像处理重要功能之一，它的用途非常广泛。下面介绍通道在图像处理中的各种用途。

一、 在选区中的应用

利用通道不仅可以存储选区和创建选区，还可以对已有的选区进行各种编辑操作，从而得到符合图像处理和效果制作的精确选区。

二、 在图像色彩调整中的应用

利用【图像】/【调整】菜单下的命令可以给图像的单个颜色通道进行调整，从而改变图像颜色，得到特性的颜色效果。

三、 在滤镜中的应用

在通道中可以应用各种滤镜，从而改变图像的质量并可以制作出很多特效。

四、 在印刷中的应用

通过添加专色通道，得到印刷的专色印版，得到印刷品中的特殊颜色。

6.3.5 创建新通道

新建通道主要有两种，分别为创建 Alpha 通道和创建专色通道。

一、 创建 Alpha 通道

在【通道】面板底部单击 按钮或按住 Alt 键单击该按钮，在弹出的【新建通道】对话框中设置相应的参数及选项后，单击 确定 按钮，即可创建新的 Alpha 通道。单击【通道】面板右上角的 按钮，在弹出的通道菜单中执行【新建通道】命令，同样可以弹出【新建通道】对话框新建通道，如果在图像中创建了选区，则单击【通道】面板底部单击 按钮，可将选区保存为 Alpha 通道。

二、 创建专色通道

在【通道】菜单中执行【新建专色通道】命令，或按住 Ctrl 键单击【通道】面板底部的 按钮，在弹出的【新建专色通道】对话框中设置相应的参数及选项后，单击 确定 按钮，便可在【通道】面板中创建新的专色通道。

6.3.6 复制和删除通道

复制和删除通道的方法有 3 种，下面分别来介绍。

一、 复制通道

(1) 在【通道】面板中，将需要复制的通道拖曳到面板底部的 按钮上，即可复制通道。

(2) 选择需要复制的通道，在【通道】菜单中执行【复制通道】命令即可。

(3) 在需要复制的通道上单击鼠标右键，在弹出的右键菜单中执行【复制通道】命令即可。

二、 删除通道

(1) 在【通道】面板中，将需要删除的通道拖动到面板底部的 按钮上，即可删除通道。

(2) 选择需要删除的通道，在【通道】菜单中执行【删除通道】命令即可。

(3) 在通道上单击鼠标右键，在弹出的右键菜单中执行【复制通道】命令即可。

6.3.7　将颜色通道显示为原色

默认状态下，单色通道以灰色图像显示，但可以将其设置为以原色显示。执行【编辑】/
【首选项】/【界面】命令，在弹出的【首选项】对话框中勾选【用彩色显示通道】复选项，
单击 确定 按钮，【通道】面板中的单色通道即以原色显示，如图 6-72 所示。

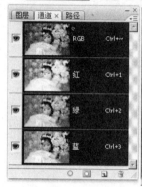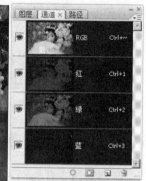

图6-72　通道显示原色

6.3.8　分离通道

在图像处理过程中，有时需要将通道分离为多个单独的灰度图像，对其进行编辑处理，
从而制作各种特殊的图像效果。

对于只有背景层的图像文件，在【通道】面板菜单中执行【分离通道】命令，可以将图
像中的颜色通道、Alpha 通道和专色通道分离为多个单独的灰度图像。此时原图像被关闭，
生成的灰度图像以原文件名和通道缩写形式重新命名，它们分别置于不同的图像窗口中，相
互独立，如图 6-73 所示。

图6-73　分离的通道

在处理图像时，可以对分离出的灰色图像分别进行编辑，并可以将编辑后的图像重新合
并为一幅彩色图像。如图 6-74 所示为分离通道后，把分离出来的"B"通道灰色图像提高明
度后又合并通道后的效果。

图6-74 分离出的 "B" 通道提高明度后又合并通道后的效果

6.3.9 合并通道

【合并通道】命令可以将多幅灰度图像合并为彩色图像。首先打开要合并的具有相同像素尺寸的多个灰度图像，选择任意一幅图像，在【通道】面板菜单中执行【合并通道】命令，弹出图 6-75 所示的【合并通道】对话框。打开的灰度图像的数量决定了合并通道时的颜色模式。例如，打开了 3 幅灰度图像，可以合并为 RGB 颜色模式的图像；打开了 4 幅灰度图像，可以合并为 CMYK 颜色模式的图像。

图6-75 【合并通道】对话框

6.4 通道计算

利用【图像】菜单下的【应用图像】和【计算】命令，可以按照各种混合模式将一个或多个通道中的图像混合起来，得到特殊的图像合成效果。【应用图像】命令主要用于混合综合通道和单个通道的内容；【计算】命令主要用于混合单个通道的内容。由于这两个命令是对两个或多个通道内容像素值进行数学运算，然后合并到最终通道中的，所以要求参与通道计算的图像文件在尺寸上必须相同。

6.4.1 利用【应用图像】命令选择图像

执行【图像】/【应用图像】命令，弹出如图 6-76 所示的【应用图像】对话框。在学习【应用图像】命令之前，先来了解该对话框中各选项的用途。

图6-76 【应用图像】对话框

- 【源】：设置要与目标图像文件合成的图像文件。如果绘图窗口中打开了多个图像文件，在此下拉列表中会逐一罗列出来，供与目标图像文件合成时选择。
- 【图层】和【通道】：设置要与目标图像文件合成时参与的图层和通道。如果图像文件包含多个图层，在【图层】下拉列表中选择【合并图层】时，将使用源图像文件中的所有图层与目标图像文件进行合成。如果是在两个图像文件中使用【应用图像】命令，这两个图像文件具有相同的颜色模式时，才可以选择"合并图层"选项。
- 【反相】：勾选此复选项，将在混合图像时使用通道内容的负片。
- 【目标】：即当前执行【应用图像】命令文件。
- 【混合】：在下拉列表中可以选择源图像文件与目标图像文件合成时的混合模式。
- 【不透明度】：用于设置目标文件的不透明度。
- 【保留透明区域】：勾选此复选项，可将混合效果只应用到结果图层中的不透明区域。
- 【蒙版】：勾选此复选项，将通过蒙版应用混合。可以选择任何的颜色通道或 Alpha 通道以用作蒙版，也可使用基于当前选区或选择图层（透明区域）边界的蒙版。勾选【反相】复选项将反转通道的蒙版区域和未蒙版区域。

下面通过案例来学习利用【应用图像】命令增加人物与背景的对比度，从而把长发女孩从背景中选择出来。

🔑 选择图像

1. 打开教学资源包素材文件中"图库\第 06 章"目录下的"照片 06-9.jpg"文件，如图 6-77 所示。

对于这幅图像，女孩的身子部分与背景之间的轮廓比较分明，背景也比较简单，很容易选择。但本例的重点是选择头发。

2. 打开【通道】面板，分别查看"红"、"绿"、"蓝" 3 个通道，可以看到"蓝"通道中的头发与背景之间的对比最明显。复制"蓝"通道，成为"蓝副本"通道，如图 6-78 所示。

图6-77　打开的图片

图6-78　复制的通道

3. 选择🔍工具，在属性栏中设置【范围】为"阴影"，设置【曝光度】参数为"100"，在头发周围的背景位置按下鼠标左键拖动进行减淡处理，直到头发周围变为白色为止。

在拖曳鼠标光标时要避开头发边缘部位，可以利用小的画笔减淡处理头发边缘。处理后的效果如图 6-79 所示。

4.　执行【图像】/【应用图像】命令，在弹出的【应用图像】对话框中设置各选项如图 6-80 所示。此时可以看到背景的大部分区域变成了白色，单击 ▭确定▭ 按钮。

图6-79　编辑后的通道画面

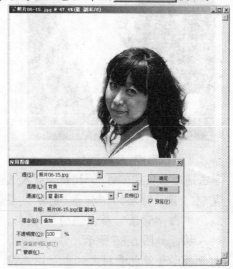

图6-80　【应用图像】对话框

5.　再次执行【图像】/【应用图像】命令，在弹出的【应用图像】对话框中设置【不透明度】参数为"40%"，其他选项不变，这样更进一步加强了人物与背景之间的明暗对比，如图 6-81 所示，单击 ▭确定▭ 按钮。

6.　按 Ctrl+I 组合键，将通道中的颜色反相显示，效果如图 6-82 所示。

图6-81　加强对比

图6-82　颜色反相显示

7.　选择 ✏ 工具，利用白色沿着人物轮廓绘制成白色，效果如图 6-83 所示。

8.　执行【图像】/【调整】/【色阶】命令，弹出【色阶】对话框，将左边的滑块向右拖动，增加"蓝　副本"通道的暗部区域，使背景全部变成黑色，如图 6-84 所示。

图6-83　绘制成白色

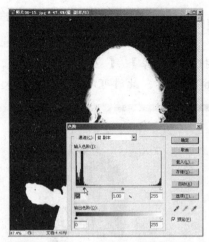
图6-84　【色阶】对话框

9.　单击通道面板底部的 ◯ 按钮，载入选区。单击 RGB 复合通道，再打开【图层】面板。

10.　复制"背景"层为"背景 副本"层，然后单击 ▣ 按钮，给"背景 副本"层添加蒙版。单击"背景"层左侧的 ◉ 图标，关闭"背景"层，此时可以看到在背景中选出来的人物，如图 6-85 所示。

11.　打开教学资源包素材文件中"图库\第 06 章"目录下的"窗格.jpg"文件，把该图片移动复制到"照片 06-15"文件中，并放置在"背景 副本"层的下面，这样就给当前的图像换了新的背景，效果如图 6-86 所示。

图6-85　选出的人物

图6-86　替换背景后效果

12.　按 Shift+Ctrl+S 组合键，将此文件命名为"计算图像换背景.psd"另存。

6.4.2　【计算】命令

　　【计算】命令用于混合一个或多个图像的单个通道，混合后的效果应用到当前图像的选区中，也可以应用到新图像或者新通道中。应用此命令可以创建新的选区和通道，也可以创建新的灰度图像文件，但无法生成彩色图像。执行【图像】/【计算】命令，将弹出如图 6-87 所示的【计算】对话框。

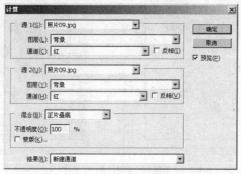

图6-87　【计算】对话框

- 【源 1】和【源 2】：可在其打开的下拉列表中选择第 1 个源图像文件和第 2 个源图像文件。系统默认的源图像文件为当前选中的图像文件。
- 【图层】：可在其下拉列表中选择参与运算的图层。当选择【合并图层】时，则使用源图像文件中的所有图层参与运算。
- 【通道】：可在其下拉列表中选择参与运算的通道。
- 【混合】、【不透明度】和【蒙版】：与【应用图像】对话框中的功能相同，在此不再赘述。
- 【结果】：可在此下拉列表中选择混合结果放入的位置，包括【新建文档】、【新建通道】和【选区】3 个选项。

下面利用【计算】命令通过计算通道得到两幅图像合成后的效果，然后结合图层进行梦幻单色调效果调整。

🔑 制作梦幻单色调

1. 打开教学资源包素材文件中“图库\第 06 章”目录下的“照片 06-16.jpg”和“照片 06-17.jpg”文件，如图 6-88 所示。

图6-88　打开的图片

2. 将“照片 06-16.jpg”设置为工作文件，执行【图像】/【计算】命令，设置选项及参数如图 6-89 所示。单击 ▃▃确定▃▃ 按钮，在【通道】面板中生成如图 6-90 所示的“Alpha 1”新通道。

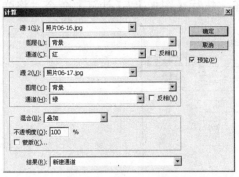

图6-89　【计算】对话框

图6-90　生成的"Alpha 1"新通道

3. 按 Ctrl+A 组合键，将"Alpha 1"新通道全选，然后按 Ctrl+C 组合键复制。

4. 单击 RGB 复合通道，然后打开【图层】面板，按 Ctrl+V 组合键，将复制的通道粘贴到图层中生成"图层 1"，如图 6-91 所示。

5. 单击【图层】面板底部的 ○. 按钮，在弹出的菜单中执行【曲线】命令，分别调整"RGB"和"红"通道的曲线，在图像中增加绿色，调整曲线如图 6-92 所示。

图6-91　复制通道到图层中

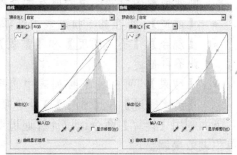

图6-92　【曲线】对话框

6. 单击　确定　按钮，调整的颜色效果如图 6-93 所示。

7. 将"图层 1"设置为工作层，然后单击【图层】面板底部的 按钮添加图层蒙版。

8. 选择 工具，设置一个较大的画笔笔尖，设置属性栏中 不透明度:30% 参数为"30%"，利用黑色在人物周围轻轻地描绘来编辑蒙版，使人物稍微显示出"背景"层中的色彩效果，如图 6-94 所示。

图6-93　调整颜色后的效果

图6-94　编辑蒙版后的效果

9. 按 Shift+Ctrl+S 组合键，将此文件命名为"计算单色调.psd"另存。

6.5 综合案例（一）——合成婚纱照

下面利用蒙版、图层混合模式以及调整图层来制作婚纱照合成效果。

🗝 合成婚纱照

1. 打开教学资源包素材文件中"图库\第 06 章"目录下的"模版.jpg"和"花园.psd"文件，如图 6-95 所示。

图6-95 打开的图片

2. 将"花园.psd"文件设置为工作状态，然后将"背景"层和"图层 1"同时选择，并移动复制到"模版.jpg"文件中。

3. 执行【编辑】/【变换】/【水平翻转】命令，将移动复制入的图像在水平方向上翻转，然后依次选择"图层 1"和"图层 2"，分别调整图像的大小，效果如图 6-96 所示。

4. 将"图层 1"设置为工作图层，单击 按钮为其添加图层蒙版，然后利用 工具编辑蒙版，效果如图 6-97 所示。

图6-96 调整大小后的图片

图6-97 蒙版合成效果

5. 将"花园.psd"文件设置为工作状态，然后将"背景"层和"图层 1"中的图像再次移动复制到"模版.jpg"文件中。

6. 按 Ctrl+E 组合键合并图层，然后利用【自由变换】命令将其调整至如图 6-98 所示的大小及位置。

7. 单击 按钮为生成的"图层 3"添加图层蒙版，然后利用 工具编辑蒙版，效果如图 6-99 所示。

图6-98　调整大小后的图片

图6-99　蒙版合成效果

8. 打开教学资源包素材文件中"图库\第 06 章"目录下的"天空.jpg"文件，然后将其移动复制到"模版.jpg"文件中。

9. 单击 按钮为生成的"图层 4"添加图层蒙版，然后利用 工具编辑蒙版，效果如图 6-100 所示。

图6-100　合成的天空效果

10. 将"图层 4"的图层混合模式设置为"叠加"，效果如图 6-101 所示。

11. 将"天空.jpg"文件设置为工作状态，利用 工具选择如图 6-102 所示的图像，然后将选择的图像移动复制到"模版.jpg"文件中，放置到画面的左上角位置。

图6-101　颜色叠加效果

图6-102　选择天空

12. 将生成"图层 5"的图层混合模式设置为"叠加"，效果如图 6-103 所示。

13. 单击  按钮为"图层 5"添加图层蒙版，然后利用 工具编辑蒙版，效果如图 6-104 所示。

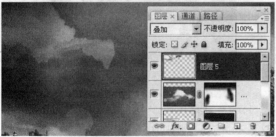

图6-103　"叠加"效果

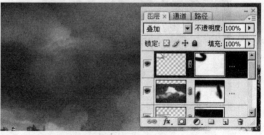

图6-104　编辑蒙版后的效果

14. 在【图层】面板中添加"色彩平衡"调整层，颜色参数设置及色彩调整后的图像效果如图 6-105 所示。

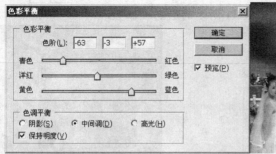

图6-105　调整颜色和图像效果

15. 利用 和 工具绘制出如图 6-106 所示的路径，然后在【图层】面板中添加"曲线"调整层，在弹出的【曲线】对话框中调整曲线的形态如图 6-107 所示。

图6-106　绘制路径

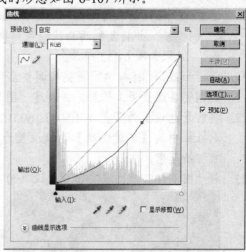

图6-107　【曲线】对话框

16. 单击 确定 按钮，调整颜色后的效果如图 6-108 所示，然后将路径隐藏。

17. 将"曲线 1"调整层复制为"曲线 1 副本"调整层，然后利用 工具向左移动复制的曲线蒙版，并将"曲线 1 副本"调整层的图层混合模式设置为"滤色"，效果如图 6-109 所示。

图6-108　调整颜色后的效果

图6-109　设置混合模式

18. 复制"曲线 1 副本"调整层为"曲线 1 副本 2"调整层，加强此处的颜色，效果如图 6-110 所示。

19. 将"曲线 1"调整层再次复制为"曲线 1 副本 3"调整层，然后按 Ctrl+T 组合键为其添加自由变换框，并将其调整至如图 6-111 所示的形态及位置。

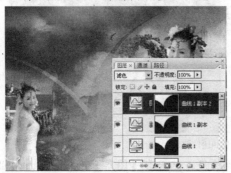

图6-110　加强颜色效果

图6-111　调整大小

20. 按 Enter 键，确认变换操作，然后再次复制"曲线 1 副本 3"调整层为"曲线 1 副本 4"调整层，并将复制的曲线蒙版稍微向右移动位置，并将其图层混合模式设置为"滤色"，效果如图 6-112 所示。

21. 将"曲线 1 副本 4"调整层调整至"曲线 1 副本 3"调整层的下方，然后将最上方的调整层设置为工作层，并新建"图层 6"。

22. 将前景色设置为蓝色（R:50,G:160,B:232），选择 ✎ 工具，并设置合适的笔尖大小，将属性栏中的【不透明度】参数设置为"50%"，然后将鼠标光标移动到画面的左上角拖曳描绘蓝色。

23. 将"图层 6"的图层混合模式设置为"线性减淡（添加）"，效果如图 6-113 所示。

图6-112　设置混合模式为"滤色"后的效果

图6-113　设置混合模式为"线性减淡（添加）"后的效果

24. 打开教学资源包素材文件中 "图库\第 06 章" 目录下的 "照片 06-18.jpg" 文件，然后将其移动复制到 "模版.jpg" 文件中，并调整至如图 6-114 所示的大小及位置。

25. 执行【图层】/【图层样式】/【投影】命令，弹出【图层样式】对话框，选项和参数设置如图 6-115 所示，单击　确定　按钮。

图6-114　复制的图片

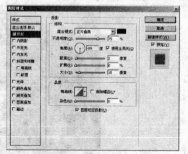

图6-115　【图层样式】对话框

26. 按住 Ctrl 键单击 "图层 7" 的图层缩览图，加载照片的选区，然后添加 "曲线" 调整层，在弹出的【曲线】对话框中分别调整【RGB】和【红】通道的曲线形态，如图 6-116 所示。

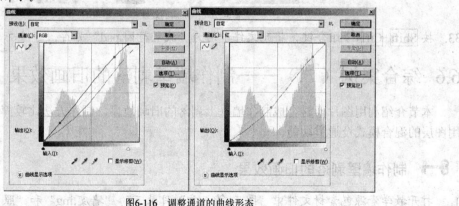

图6-116　调整通道的曲线形态

27. 单击　确定　按钮，调整颜色后的效果如图 6-117 所示。

28. 再次加载 "图层 7" 的选区，然后新建 "图层 8"，并将选区填充为蓝色（R:24,G:135,B:242）。

29. 将 "图层 8" 的图层混合模式设置为 "强光"，然后利用 🖊 工具对照片中人物的面部区域进行擦除，效果如图 6-118 所示。

30. 打开教学资源包素材文件中 "图库\第 06 章" 目录下的 "照片 06-19.jpg" 文件，然后用上面相同的方法，将其移动复制到 "模版.jpg" 文件中，并制作出如图 6-119 所示的效果。

图6-117　调整颜色后的效果

图6-118　擦除后的效果

图6-119　复制的图片

31. 打开教学资源包素材文件中"图库\第 06 章"目录下的"浪漫时光.jpg"文件，然后将其移动复制到"模版.jpg"文件中。

32. 将生成"图层 11"的图层混合模式设置为"滤色"，然后复制"图层 11"为"图层 11 副本"层，完成图像的合成，最终效果如图 6-120 所示。

图6-120　合成后的效果

33. 按 Shift + Ctrl + S 组合键，将此文件命名为"流星花园.psd"另存。

6.6　综合案例（二）——制作墙壁剥落的旧画效果

本节介绍利用图片素材合成制作墙壁上剥落的旧画效果。制作方法比较简单，主要是利用图层的混合模式及通道功能。

☙━ 制作墙壁剥落的旧画效果

1. 打开教学资源包素材文件中"图库\第 6 章"目录下的"墙皮.jpg"和"照片 06-10.jpg"文件，如图 6-121 所示。

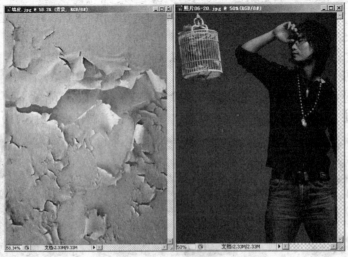

图6-121　打开的图片

2. 按住 [Shift] 键，利用 [▶+] 工具将 "照片 06-20.jpg" 移动复制到 "墙皮.jpg" 文件中，生成 "图层 1"。

3. 双击 "图层 1" 层的图层缩览图，弹出【图层样式】对话框，按住 [Alt] 键拖曳 "下一层" 右下方的三角形按钮，使人物与 "背景" 层中的墙皮合成，如图 6-122 所示。

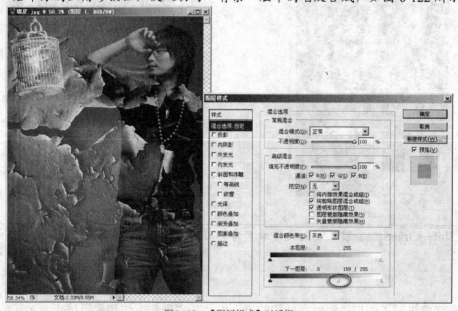

图6-122 【图层样式】对话框

4. 单击 [确定] 按钮，设置图层混合模式为 "正片叠底"，效果如图 6-123 所示。

5. 单击 "图层 1" 前面的 [◉] 图标，将该图层暂时隐藏。

6. 打开【通道】面板，复制 "绿" 通道为 "绿 副本" 通道。

7. 选择 [ ] 工具，激活属性栏中的 [ ] 按钮，在 "绿 副本" 通道中绘制出如图 6-124 所示的选区。

8. 在选区内填充黑色，然后按住 [Ctrl] 键同时单击 "绿 副本" 通道的缩览图，载入选区，如图 6-125 所示。

图6-123 合成的效果

图6-124 绘制选区

图6-125 载入选区

9. 单击 "RGB" 复合通道，打开【图层】面板，单击底部的 [ ] 按钮添加图层蒙版，画面效果如图 6-126 所示。

10. 复制"图层 1"为"图层 1 副本"层，设置图层混合模式为"点光"，设置【不透明度】参数为"40%"，制作完成的墙壁剥落旧画效果如图 6-127 所示。

图6-126 添加蒙版效果

图6-127 合成后的效果

11. 按 Shift+Ctrl+S 组合键，将此文件命名为"旧画效果.psd"另存。

小结

本章详细讲解了图层、蒙版和通道的概念以及基本操作方法和使用技巧，尤其是对图层和蒙版的概念作了深入的讲解并插图说明了各自的特性和作用。这 3 个命令是成为 Photoshop 图像处理高手必须具备的先决条件。希望同学们在深入理解的基础上，能够完全掌握这些内容，以便灵活地运用图层、蒙版和通道，为图像处理及合成工作带来方便。

习题

1. 打开教学资源包素材文件中"图库\第 06 章"目录下的"照片 06-21.jpg"文件。复制图层后利用【滤镜】/【模糊】/【径向模糊】命令模糊图像，添加蒙版后并进行编辑，制作出图 6-128 所示的爆炸效果。作品参见教学资源包素材文件中"作品\第 06 章"目录下的"操作题 06-1.psd"文件。

图6-128 制作的爆炸效果

2. 打开教学资源包素材文件中"图库\第 06 章"目录下的"汽车.jpg"文件，利用蒙版及调整层命令给汽车换颜色，如图 6-129 所示。作品参见教学资源包素材文件中"作品\第 06 章"目录下的"操作题 06-2.psd"文件。

图6-129　汽车换颜色

3. 打开教学资源包素材文件中"图库\第 06 章"目录下的"照片 06-22.jpg"文件，利用【滤镜】/【锐化】/【USM 锐化】命令锐化图像的颜色通道，提高照片的清晰度，如图 6-130 所示。作品参见教学资源包素材文件中"作品\第 06 章"目录下的"操作题 06-3.psd"文件。

图6-130　提高照片清晰度

4. 打开教学资源包素材文件中"图库\第 06 章"目录下的"照片 06-23.jpg"和"照片 06-24.jpg"文件。利用通道并结合路径选择灰色背景中的婚纱人物，然后替换为新背景，如图 6-131 所示。作品参见教学资源包素材文件中"作品\第 06 章"目录下的"操作题 06-4.psd"文件。

图6-131　选择婚纱合成图像

第7章 色彩校正

对于平面设计人员来说，处理图像时遇到的一个最大的问题就是如何使扫描的图像或利用数码设备输入的图像色彩与计算机屏幕上显示的图像色彩和打印输出后的图像色彩一致。理论上，要使不同设备上显示的颜色一致是根本不可能的，但如果通过对不同的设备进行有效地色彩补偿，或利用软件对图像色彩进行校正处理，是可以使它们的色彩达到尽可能的相似。

Photoshop CS3 中提供了很多类型的图像色彩校正命令，利用这些命令可以将彩色图像调整成黑白或单色效果，也可以给黑白图像上色使其焕然一新。无论图像曝光过度或曝光不足，都可以利用不同的校正命令进行弥补，从而达到令人满意的、可用于打印输出的图像文件。

7.1 色彩管理设置

利用 Photoshop 的"色彩管理系统"，可以将创建颜色的色彩空间与输出该颜色的色彩空间进行比较并做必要的调整，使不同设备所表现的颜色尽可能一致，来解决由于不同的设备和软件使用不同的色彩空间所引起的颜色匹配问题。

色彩管理可以使用 Photoshop 预定的色彩管理设置，也可以在这些预定的设置基础上更改为自定的色彩管理设置。在缺乏色彩管理经验的情况下，应尽量使用预定的色彩管理设置选项。

在 Photoshop 中执行【编辑】/【颜色设置】命令，打开如图 7-1 所示的【颜色设置】对话框。

图7-1 【颜色设置】对话框

一、【设置】下拉列表

在【设置】下拉列表中列出了 Photoshop 提供的预定义色彩管理设置，每一种设置中都包括一套"工作空间"和"色彩管理方案"。例如，图像处理的最终目的是用于 Web 设计，则应该选择【日本 Web/Internet】选项；如果图像处理的最终目的是用于在美国出版印刷，则应该选择【北美印前 2】选项；如果图像处理的最终目的是用于视频输出或作为屏幕展示的内容，则应将【色彩管理方案】下面的 3 个选项都设置为【关闭】。

二、【工作空间】栏

工作空间设置的是对 RGB、CMYK 和灰度颜色模式相关的颜色配置文件。颜色配置文件系统地描述颜色如何映射到某个设备上，如扫描仪、打印机或显示器的色彩空间。通过用颜色配置文件标记文档，在文档中提供对实际颜色外观的定义。也可以通过执行【编辑】/【指定配置文件】命令为图像设置一个配置文件，如图 7-2 所示。

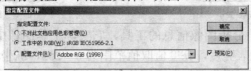

图7-2　【指定配置文件】对话框

指定了配置文件后，当存储该文件时，在【存储为】对话框中应该勾选【ICC 配置文件】选项，如图 7-3 所示。

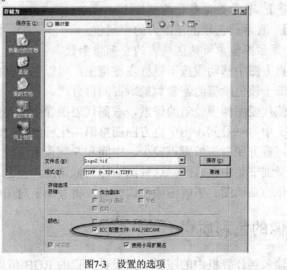

图7-3　设置的选项

三、【色彩管理方案】栏

如果打开未使用颜色配置文件标记的图像文件时，或其颜色配置文件与当前的系统设置不同时，可以选用不同的方式进行处理。

7.2 检查图像色彩质量

对于使用扫描仪或其他数码设备输入到计算机中的图像，在处理或者打印输出之前先检查一下图像的色彩质量是非常有必要的，这样可以做到有的放矢地校正图像颜色，确保图像以高质量的色彩打印输出。

7.2.1　直方图

执行【窗口】/【直方图】命令，即可打开【直方图】面板。当 Photoshop 绘图窗口中没有图像文件时，【直方图】面板显示如图 7-4 所示。当打开图像文件时，【直方图】面板显示如图 7-5 所示。

图7-4　无图像信息显示

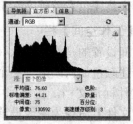

图7-5　有图像信息显示

直方图是用于评估、分析图像信息的工具，它实际上是图像中像素按亮度变化的分布图，直方图中的横坐标代表亮度，亮度值取值范围为 0～255，纵坐标代表像素数。

在【通道】列表中，可以设置按照不同的类型来显示直方图。在直方图的下方是一些关于图像的统计数据。

- 【平均值】：表示平均亮度值。
- 【标准偏差】：表示数值变化的幅度。
- 【中间值】：表示颜色数值范围内的中间值。
- 【像素】：表示图像中所选区域内的全部像素数。

将鼠标光标在直方图中移动或按下鼠标左键拖曳，可以得到鼠标光标处的色阶、该亮度下的像素数量以及低于该色阶值的像素数量所占的百分比。

在直方图中左侧代表图像中较暗的像素，右侧代表图像中较亮的像素，中间代表图像中灰度像素。从图 7-5 中可以看到，由于直方图图形沿横坐标没有空隙，所以该图像在每一亮度中都分布着像素；直方图右侧像素点较少，中间和左侧像素点较多，所以整幅图像亮度偏暗。如果图像中大量细节集中在暗区，这种图像称为低调图；反之，如果大量细节集中在亮区，这种图像被称作为高调图。了解图像色调分布，将有助于对图像色调校正的操作。

7.2.2　查看图像的色彩质量

一般情况下，输入到计算机中的图像，如果最亮点的 RGB 值均在 240～250，最暗点的 RGB 值均在 5～10，则这幅图像的色彩基本上是正常的。

从直方图中可以分析图像的色彩质量，如图 7-6 所示都属于正常的直方图，虽然它们形状不同，分布不同，但它们几乎都是在全部的亮度范围内分布了像素。

图7-6　正常的直方图

如图 7-7 所示的直方图，右侧亮区像素点过多，而左侧暗区像素点较少，则反映了图像整体偏亮，在校正时应重点增加暗区。

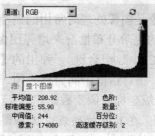

图7-7 不正常的直方图

如图 7-8 所示的直方图，在查看"蓝"通道时，其左侧像素点过多，而右侧像素点较少，则反映了图像整体偏红，在校正时应重点增加蓝通道的亮区。

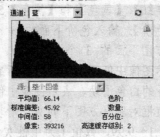

图7-8 显示缺少蓝色的直方图

在分析图像色彩质量时，也不能完全按照直方图中是否有最亮点和最暗点就能判断色彩质量的好坏，应该对照原图像才能判断正确。例如，在一幅清晨雾蒙蒙的乡村小河边拍摄的图像中，可能就没有最亮点和最暗点，在直方图中像素点也没有分布在整个直方图中，如图7-9 所示，但这仍然是一幅好的图像作品，因为它反映的是拍摄者所要表现的一种创意。

图7-9 正确分析原图像与直方图

7.3 图像校正命令

对于 CMYK 或 RGB 两种颜色模式的图像，都可以利用校正命令进行颜色校正，但是应尽量避免模式的多次转换，因为每次转换之后颜色值都会因取舍而丢失。如果图像只是在屏幕上浏览，则不要将其转换成 CMYK；同样，如果图像最终是要分色并印刷，也不要在 RGB 模式下进行颜色校正。如果必须将图像从一种颜色模式转换成另一种颜色模式，则应在 RGB 模式中进行最大的色调和颜色的校正，最后使用 CMYK 模式进行微调。

在 Photoshop 的【图像】/【调整】菜单中包含 23 种调整图像颜色的命令。本节分别介绍这些命令的功能及选项设置。

7.3.1 【色阶】命令

【色阶】命令是图像处理时常用的调整颜色亮度的命令。它通过调整图像中的暗调、中间调和高光区域的色阶分布情况来增强图像的色阶对比。执行【图像】/【调整】/【色阶】命令（快捷键为 Ctrl+L 组合键），弹出的【色阶】对话框如图 7-10 所示。在对话框中间为直方图，其横坐标为亮度值（0～255），纵坐标为像素数。

- 【通道】：在其下拉列表中选择需要调整的颜色通道。对于 RGB 颜色模式的图像，包含【RGB】、【红】、【绿】和【蓝】4 个选项；对于 CMYK 颜色模式的图像，包含【CMYK】、【青色】、【洋红】、【黄色】和【黑色】5 个选项。

图7-10　【色阶】对话框

- 【输入色阶】：输入色阶下面的 3 个数值框分别对应直方图下面的 3 个滑块按钮。左边第一个数值框对应直方图下的黑色滑块，表示图像中低于该亮度值的所有像素将变为黑色；右边第三个数值框对应直方图下的白色滑块，表示图像中低于该亮度值的所有像素将变为白色；中间一个数值框对应直方图下的灰色滑块，表示图像中间灰度的亮度色阶，其数值范围为 1.1～9.99，数值 1 为中性灰，数值小于 1，将提高图像的中间亮度，数值大于 1，将降低图像的中间亮度。

- 【输出色阶】：下面的两个数值框分别对应亮度条下的两个滑块，通过提高图像中最暗的像素和降暗最亮的像素来缩减图像亮度色阶的范围。左边的数值框表示图像中最暗像素的亮度；右边的数值框表示图像中最亮像素的亮度。设置两个数值框中的数值，都会降低图像的对比度。

对于高亮度的图像，用鼠标将左侧的黑色滑块向右拖曳，可以增大图像中暗调区域的范围，使图像变暗。对于光线较暗的图像，用鼠标将右侧的白色滑块向左拖曳，可增大图像中高光区域的范围，使图像变亮，如图 7-11 所示。用鼠标将中间的灰色滑块向右拖曳，可以减少图像中的中间色调的范围，从而增大图像的对比度；同理，若用鼠标向左拖曳滑块，可以增加中间色调的范围，从而减小图像的对比度。

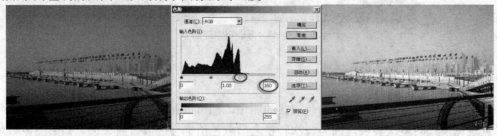

图7-11　增强图像亮度

 执行【图像】/【调整】/【自动色阶】命令，系统将自动设置图像的暗调和高光区域，并将每个颜色通道中最暗和最亮的颜色分别设置为黑色和白色，再按比例重新分布中间调的颜色值，从而自动调整图像的色阶。此命令可以对图像进行简单调整。要精确调整时，还应该利用【色阶】命令。

7.3.2　【曲线】命令

【曲线】命令是功能最强的图像颜色校正命令，它可以将图像中任一亮度值精确地调整为另一亮度值。执行【图像】/【调整】/【曲线】命令（快捷键为 Ctrl+M 组合键），弹出的【曲线】对话框如图 7-12 所示。

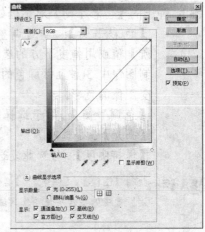

【曲线】对话框中的水平轴（即输入色阶）代表图像色彩原来的亮度值，垂直轴（即输出色阶）代表图像调整后的颜色值。对于 RGB 颜色模式的图像，曲线显示 0～255 的强度值，暗调（0）位于左边。对于 CMYK 颜色模式的图像，曲线显示 0～100 的百分数，高光（0）位于左边。

- 【预设】：在其下拉列表中可选择存储的色彩调整方式。
- 【显示数量】：对于 RGB 颜色的图像，单击【光】单选按钮，曲线显示 0～255 的强度值，暗调"0"位于左边；对于 CMYK 颜色的图像，单击【颜料/油墨】单选按钮，曲线显示 0～100 的百分数，高光"0"位于左边。

图7-12　【曲线】对话框

- 【显示】：用于设置预览窗口中是否显示通道叠加、基线、直方图或交叉线。
- 田 和 圃 按钮：用于设置预览窗口中显示的网格数。

对于因曝光不足而色调偏暗的 RGB 颜色图像，可以将曲线调整至上凸的形态，使图像变亮，如图 7-13 所示。

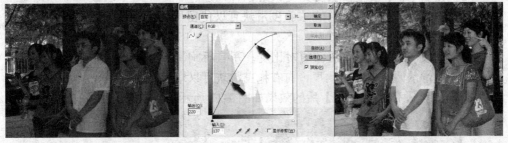

图7-13　调整图像亮度

对于因曝光过度而色调高亮的 RGB 颜色图像，可以将曲线调整至向下凹的形态，使图像的各色调区按比例减暗，从而使图像的色调变得更加饱和，如图 7-14 所示。

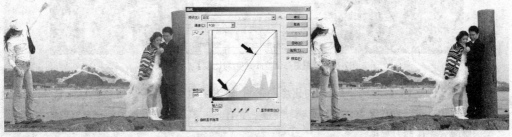

图7-14　增强图像对比度

7.3.3 【色彩平衡】命令

【色彩平衡】命令是通过调整各种颜色的混合量来调整图像的整体色彩。执行【图像】/【调整】/【色彩平衡】命令（快捷键为 Ctrl+B 组合键），弹出的【色彩平衡】对话框如图 7-15 所示。

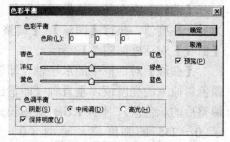

图7-15 【色彩平衡】对话框

- 【色彩平衡】：通过调整其下面的【色阶】值或用拖曳下方的选项滑块，可以控制图像中 3 种互补颜色的混合量，从而改变图像的色彩。
- 【色调平衡】：用于选择需要调整的色调范围，包括【阴影】、【中间调】和【高光】3 个选项。
- 【保持明度】：勾选此复选项，调整图像色彩时可以保持画面亮度不变。

 执行【图像】/【调整】/【自动颜色】命令，可以自动调整图像的色彩，其工作原理是首先确定图像中的中性灰色图像区域，然后选择一种平衡色来填充，从而起到平衡色彩的作用。

7.3.4 【亮度/对比度】命令

利用【亮度/对比度】命令可以对图像的整体亮度和对比度进行简单调整。执行【图像】/【调整】/【亮度/对比度】命令，弹出的【亮度/对比度】对话框如图 7-16 所示。

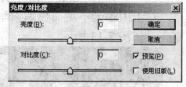

图7-16 【亮度/对比度】对话框

- 【亮度】：用于调整图像的亮度。用鼠标向左拖曳滑块可以使图像变暗，向右拖曳滑块可以使图像变亮。
- 【对比度】：用于调整图像的对比度。用鼠标向左拖曳滑块可以减小对比度，向右拖曳滑块可以增大对比度。

原图像与调整【亮度/对比度】后的效果如图 7-17 所示。

图7-17 原图像与调整【亮度/对比度】后的效果

执行【图像】/【调整】/【自动对比度】命令，系统将自动调整图像的对比度，其工作原理是将图像中最暗和最亮的区域分别映射为黑色和白色，然后按比例重新分布中间调的图像，从而增大图像的对比度。

7.3.5 【黑白】命令

利用【黑白】命令可以快速将彩色图像转换为黑白或单色效果，同时保持对各颜色的控制。执行【图像】/【调整】/【黑白】命令，弹出的【黑白】对话框如图 7-18 所示。

- 【预设】：用于选择系统预定义的混合效果。
- 颜色：调整图像中特定颜色的色调，用鼠标拖曳相应颜色下方的滑块，可使图像所调整的颜色变暗或变亮。
- 自动(A) 按钮：单击此按钮，图像将自动产生极佳的黑白效果。
- 【色调】：勾选此复选项，可将彩色图像转换为单色图像。用鼠标调整下方的色相滑块，可更改色调的颜色；调整下方的饱和度滑块，可提高或降低颜色的饱和度。单击右侧的色块可在弹出的【拾色器】对话框中进一步调整色调的颜色。

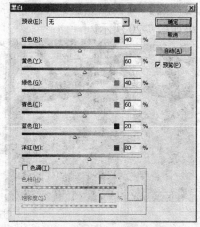

图7-18 【黑白】对话框

 执行【图像】/【调整】/【去色】命令，可以去掉图像中的所有颜色，即在不改变色彩模式的前提下将原图像变为灰度图像。

7.3.6 【色相/饱和度】命令

利用【色相/饱和度】命令可以调整图像的色相、饱和度和亮度，它既可以作用于整个图像，也可以对指定的颜色单独调整。执行【图像】/【调整】/【色相/饱和度】命令（快捷键为 Ctrl+U 组合键），弹出的【色相/饱和度】对话框如图 7-19 所示。

- 【编辑】：决定要调整颜色的色彩范围。选择【全图】选项，可以调整整幅图像的色彩；选择其他选项时，可以对图像中的红色、黄色、绿色、青色、蓝色或洋红色分别进行调整。
- 【色相】：色相就是指颜色，例如红色、黄色、绿色、青色和蓝色等。在文本框中输入数值或用鼠标拖曳下方的滑块，即可修改图像的色相。

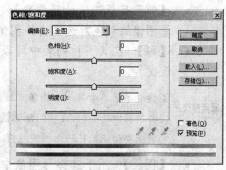

图7-19 【色相/饱和度】对话框

- 【饱和度】：饱和度就是指某种颜色的纯度。饱和度越大，颜色越纯。在文本框中输入负值或用鼠标向左拖曳滑块，可以减小饱和度；输入正值或向右拖曳滑块，可以增大饱和度。
- 【明度】：用于调整图像的明暗度。由于它是在整个图像范围内调整亮度，所以不建议使用该方法直接调整图像亮度，而应该使用【色阶】或【曲线】命令来调整。
- 【着色】：勾选此复选项，可以将彩色图像变为单色调效果或为灰度图像着色。

7.3.7 【匹配颜色】命令

【匹配颜色】命令可以将一个图像的颜色与另一个图像的颜色相互融合，也可以将同一图像不同图层中的颜色相互融合，或者按照图像本身的颜色进行自动中和。执行【图像】/【调整】/【匹配颜色】命令，将弹出【匹配颜色】对话框，原图像与匹配颜色后的图像效果如图 7-20 所示。

图7-20 原图像与匹配颜色后的图像效果

- 【目标图像】：显示要匹配颜色的图像文件的名称、格式和颜色模式等。注意，对于 CMYK 模式的图像，无法执行【匹配颜色】命令。
- 【应用调整时忽略选区】：当目标图像中有选区时，决定是否仅在选区内应用匹配颜色，还是在整个图像内应用匹配颜色。
- 【图像选项】：其下的选项分别控制调整后的图像的亮度、颜色饱和度及颜色的渐隐量。
- 【中和】：勾选此复选项，可以自动移动目标图像中的色痕。
- 【使用源选区计算颜色】：当源图像中有选区时，勾选此复选项，将使用选区内的图像颜色来调整目标图像。
- 【使用目标选区计算调整】：当目标图像中有选区时，勾选此复选项，将使用源图像的颜色对选区内的图像进行调整。
- 【源】：在其下拉列表中可以选择源图像，即要将颜色与目标图像相匹配的图像文件。

 若读者不想参考另一个图像来计算目标图像颜色，可选择【无】选项；只有选择【无】选项之外的其他选项时，【使用源选区计算颜色】和【使用目标选区计算调整】选项才可使用，它们的主要功能是将一个图像的特定区域与另一个图像特定区域的颜色相匹配。

- 【图层】：用于选择源图像中与目标图像颜色匹配的图层。如果要与源图像中所有图层的颜色相匹配，可以选择【合并的】选项。

7.3.8 【替换颜色】命令

【替换颜色】命令可以用设置的颜色样本来替换图像中指定的颜色范围，其工作原理是先用【色彩范围】命令选择要替换的颜色范围，再用【色相/饱和度】命令调整选择图像的色彩。执行【图像】/【调整】/【替换颜色】命令，将弹出【替换颜色】对话框，原图像与替换图像中特定颜色后的效果如图 7-21 所示。

图7-21 原图像与替换图像中特定颜色后的效果

- 【选区】：该区域中的按钮及选项主要用于指定图像中要替换的颜色范围。其中，【吸管】按钮用于吸取要替换的颜色；【添加到取样】按钮可以在要替换的颜色中增加新颜色；【从取样中减去】按钮可以在要替换的颜色中减少新颜色；【颜色容差】用于控制要替换的颜色区域的范围；【选区】和【图像】选项决定预览图中显示要替换的颜色范围还是显示原图像。另外，也可以单击【颜色】色块直接选择要替换的颜色。
- 【替换】：可以通过调整色相、饱和度和明度来替换颜色，也可以单击【结果】色块，直接选择一种颜色来替换原颜色。

7.3.9 【可选颜色】命令

【可选颜色】命令可以调整图像中的某一种颜色，从而影响图像的整体色彩。执行【图像】/【调整】/【可选颜色】命令，将弹出【可选颜色】对话框，原图像与调整可选颜色后的效果如图 7-22 所示。

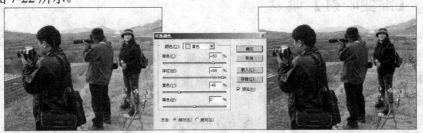

图7-22 原图像与调整可选颜色后的效果

- 【颜色】：在其下拉列表中选择需要校正的颜色。
- 【青色】、【洋红】、【黄色】和【黑色】：用鼠标拖曳各选项下方的滑块，可以增加或减少要校正颜色中每种印刷色的含量，从而改变图像的主色调。
- 【方法】：包括【相对】和【绝对】两个单选按钮。单击【相对】单选按钮，表示设置的颜色为相对于原颜色的改变量，即在原颜色的基础上增加或减少每种印刷色的含量；单击【绝对】单选按钮，则直接将原颜色校正为设置的颜色。

7.3.10 【通道混合器】命令

【通道混合器】命令可以通过混合指定的颜色通道来改变某一通道的颜色。此命令只能调整 RGB 颜色和 CMYK 颜色模式的图像，并且调整不同颜色模式的图像时，【通道混合器】对话框中的选项也不相同。如图 7-23 所示为调整 RGB 颜色模式的图像原图及调整后的效果。

图7-23 利用【通道混合器】命令调整颜色效果对比

- 【输出通道】：用于选择要混合的颜色通道。下拉列表中的选项取决于图像的颜色模式，对于 RGB 模式的图像，包括"红"、"绿"和"蓝" 3 个通道；对于 CMYK 模式的图像，包括"青色"、"洋红"、"黄色"和"黑色" 4 个通道。
- 【源通道】：用于控制各输出通道中所含颜色的数量。
- 【常数】：用于设置输出通道的灰度值，它相当于在输出通道上添加一个灰色通道。当调整 RGB 模式的图像时，设置一个负值可以在通道中增加更多的黑色，设置一个正值可以增加更多的白色。调整 CMYK 模式的图像时正好相反，即设置一个负值可以增加更多的白色，设置一个正值可以增加更多的黑色。
- 【单色】：勾选此复选项，可以将设置的参数应用于所有的输出通道，但调整后的图像是只包含灰度值的彩色模式图像。

7.3.11 【渐变映射】命令

【渐变映射】命令可以将选定的渐变色映射到图像中以取代原来的颜色。在渐变映射时，渐变色最左侧的颜色映射为阴影色，右侧的颜色映射为高光色，中间的过渡色则根据图像的灰度级映射到图像的中间调区域。执行【图像】/【调整】/【渐变映射】命令，弹出的【渐变映射】对话框如图 7-24 所示。

- 【灰度映射所用的渐变】：单击下方的渐变颜色条，可在弹出的【渐变编辑器】对话框中选择或编辑渐变色。
- 【仿色】：勾选此复选项，系统将随机加入杂色，从而产生更平滑的渐变映射效果。
- 【反向】：可以颠倒渐变填充的方向，产生反向的渐变映射效果。

图7-24 【渐变映射】对话框

原图像与产生的渐变映射效果如图 7-25 所示。

图7-25　原图像与产生的渐变映射效果

7.3.12　【照片滤镜】命令

【照片滤镜】命令类似于摄像机或照相机的滤色镜片，它可以对图像颜色进行过滤，使图像产生不同的滤色效果。执行【图像】/【调整】/【照片滤镜】命令，弹出的【照片滤镜】对话框如图 7-26 所示。

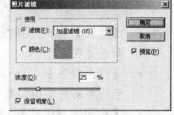

- 　【滤镜】：单击此单选按钮，可以在右侧的下拉列表中选择用于滤色的滤镜。
- 　【颜色】：单击此单选按钮并单击右侧的色块，可在弹出的【拾色器】对话框中任意设置一种颜色作为滤镜颜色。
- 　【浓度】：控制滤镜颜色应用于图像的数量。数值越大，产生的效果越明显。

图7-26　【照片滤镜】对话框

- 　【保留亮度】：勾选此复选项，添加滤镜后的图像仍保持原来的亮度。

原图像与添加颜色滤镜后的效果如图 7-27 所示。

图7-27　原图像与添加颜色滤镜后的效果

7.3.13　【阴影/高光】命令

【阴影/高光】命令用于校正由于光线不足或强逆光而形成的阴暗照片，或校正由于曝光过度而形成的发白照片。执行【图像】/【调整】/【阴影/高光】命令，弹出【阴影/高光】对话框，在对话框中阴影和高光都有各自的控制选项，通过调整阴影或高光参数即可使图像变亮或变暗。原图像与校正"阴影/高光"后的效果如图 7-28 所示。

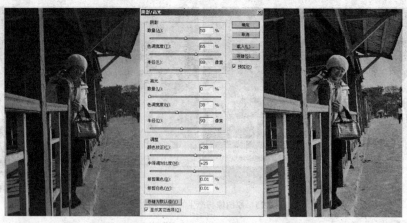

图7-28 原图像与校正"阴影/高光"后的效果

- 【数量】：用于设置图像亮度的校正量。数值越大，图像变亮或变暗效果越明显。

 在加亮图像中的阴影区域时，如果中间调或较亮区域的变化太多，可以减少阴影的【色调宽度】，从而仅使图像的阴影区域变亮；若要使中间调和阴影区域同时变亮，可以适当增加暗调的【色调宽度】值。同理，在调整高亮度的图像时，设置较小的【色调宽度】值可以仅使高光区域变暗；设置较大的【色调宽度】值，可以使高光和中间调区域同时变暗。

- 【半径】：用于控制每个像素周围相邻像素的大小，该大小决定了像素是在暗调还是在高光中。
- 【颜色校正】：用于对图像中已更改区域的颜色进行细微调整。此选项仅适用于调整彩色图像，数值越大，调整后的颜色越饱和。
- 【中间调对比度】：用于调整图像中间调的对比度。增大此数值，可以增加中间调的对比度，使图像的阴影区域更暗，高光区域更亮。
- 【修剪黑色】、【修剪白色】：决定图像中将有多少阴影或高光剪切为新的暗调（色阶为 0）和高光（色阶为 255）。

 【修剪黑色】和【修剪白色】的数值越大，生成图像的对比度越大。当修剪值过大时，图像中较多的阴影或高光区域将被剪切为纯黑或纯白，从而减少图像中阴影或高光区域的细节。

7.3.14 【曝光度】命令

　　【曝光度】命令可以在线性空间中调整图像的曝光数量、位移和灰度系数，进而改变当前颜色空间中图像的亮度和明度。执行【图像】/【调整】/【曝光度】命令，将弹出【曝光度】对话框，原图像与调整曝光度后的效果如图 7-29 所示。

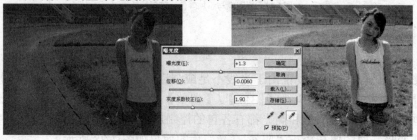

图7-29 原图像与调整曝光度后的效果

- **【曝光度】**：用于设置图像的曝光度，通过增强或减弱光照强度使图像变亮或变暗。设置正值或用鼠标向右拖曳滑块可使图像变亮；设置负值或向左拖曳滑块可使图像变暗。

- **【位移】**：用于设置阴影和中间调的亮度，取值范围为"-0.5～0.5"。设置正值或用鼠标向右拖曳滑块，可以使阴影和中间调变亮，此选项对高光区域的影响相对轻微。

- **【灰度系数校正】**：此选项使用简单的乘方函数来设置图像的灰度系数。

7.3.15　【反相】命令

执行【图像】/【调整】/【反相】命令，可以使图像中的颜色和亮度反转成补色，生成一种照片的负片效果。反复执行此命令，可以使图像在正片与负片之间相互转换。

7.3.16　【色调均化】命令

执行【图像】/【调整】/【色调均化】命令，系统将会自动查找图像中的最亮像素和最暗像素，并将它们分别映射为白色和黑色，然后将中间的像素按比例重新分配到图像中，从而增加图像的对比度，使图像明暗分布更均匀。原图像与执行【色调均化】命令后的效果如图 7-30 所示。

图7-30　原图像与执行【色调均化】命令后的效果

如果图像中存在选区，执行【色调均化】命令将弹出如图 7-31 所示的【色调均化】对话框。该对话框中的选项用于设置要均化的图像范围。单击【仅色调均化所选区域】单选按钮，只能对选区内的图像进行色调均化；单击【基于所选区域色调均化整个图像】单选按

图7-31　【色调均化】对话框

钮，可以在选区内查找最亮区域和最暗区域，并基于选区内的图像来均匀分布整个图像。

7.3.17　【阈值】命令

【阈值】命令可以将彩色图像转换为高对比度的黑白图像。执行【图像】/【调整】/【阈值】命令，弹出的【阈值】对话框如图 7-32 所示。

在该对话框中设置一个适当的【阈值色阶】值，即可把图像中所有比阈值色阶亮的像素转换为白色，比阈值色阶暗的像素转换为黑色。原图像与生成的效果如图 7-33 所示。

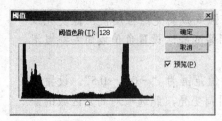

图7-32 【阈值】对话框

图7-33 原图像与生成的效果

7.3.18 【色调分离】命令

执行【图像】/【调整】/【色调分离】命令，将弹出如图 7-34 所示的【色调分离】对话框。在【色阶】文本框中设置一个适当的数值，可以指定图像中每个颜色通道的色调级或亮度值数目，并将像素映射为与之最接近的一种色调，从而使图像产生各种特殊的色彩效果。原图像与色调分离后的效果如图 7-35 所示。

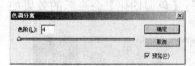

图7-34 【色调分离】对话框

图7-35 原图像与色调分离后的效果

7.3.19 【变化】命令

利用【变化】命令可以直观地调整图像的色彩、亮度或饱和度。此命令常用于调整一些不需要精确调整的平均色调的图像，与其他色彩调整命令相比，【变化】命令更直观，只是无法调整索引颜色模式的图像。执行【图像】/【调整】/【变化】命令，弹出【变化】对话框，在对话框中通过单击各个缩略图来加深某一种颜色，从而调整图像的整体色彩。原图像与颜色变化后的效果如图 7-36 所示。

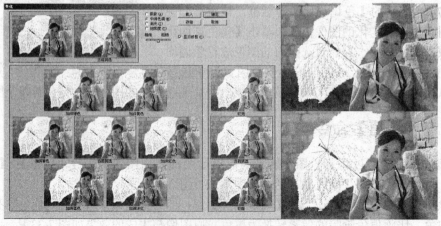

图7-36 原图像与颜色变化后的效果

- 【阴影】、【中间色调】和【高光】：决定图像中要调整的色调范围。
- 【饱和度】：单击此单选按钮，【变化】命令将用于调整图像的饱和度，在对话框中只显示与饱和度相关的缩略图。中间的缩略图显示图像调整后的效果；单击左侧的缩略图，可以降低图像的饱和度；单击右侧的缩略图，可以增加图像的饱和度。
- 【原稿】和【当前挑选】缩略图：位于对话框左上角，【原稿】缩略图显示图像的原始效果；【当前挑选】缩略图用于预览图像调整后的效果。

7.4　综合案例——调整个性蓝色调

此例是按照用户个人的意愿，把正常颜色的照片调整成一种个性蓝色调效果。本例主要是利用各种颜色调整方法以及调整层和蒙版命令来实现。在掌握好颜色调整命令的情况下，要注意把所学的调整层和蒙版熟练应用到图像颜色的调整中。

调整个性蓝色调

1. 打开教学资源包素材文件中"图库\第 07 章"目录下的"照片 07-4.jpg"和"天空.jpg"文件，然后将天空图片移动复制到"照片 07-4.jpg"文件中，并利用【自由变换】命令将其调整至图 7-37 所示的大小及位置。
2. 在"图层 1"中双击，弹出【图层样式】对话框，按住 Alt 键依次调整【下一图层】中的滑块，状态及调整后的效果如图 7-38 所示，然后单击 确定 按钮。

图7-37　调整图片大小　　　　　　　　　　图7-38　调整状态及效果

3. 单击 按钮，为"图层 1"添加图层蒙版，然后利用 工具编辑蒙版，在人物、栏杆及下方的红色船区域描绘黑色，生成的效果及【图层】面板形态如图 7-39 所示。

图7-39　添加的蒙版

4. 按 Shift+Ctrl+Alt+E 组合键盖印图层，生成"图层 2"，然后执行【图像】/【模式】/【CMYK 颜色】命令，将当前文件的 RGB 颜色模式调整为 CMYK 颜色模式，再在弹出的询问面板中，单击 不拼合(D) 按钮。

5. 执行【图像】/【应用图像】命令，弹出【应用图像】对话框，依次选择不同的【通道】选项，并分别调整其【混合】模式和【不透明度】参数，各选项及参数设置如图 7-40 所示。

图7-40 【应用图像】对话框

6. 单击 确定 按钮，图像调整后的效果如图 7-41 所示。

7. 执行【图像】/【模式】/【RGB 颜色】命令，将图像的颜色模式还原为之前的 RGB 颜色。

8. 按 Ctrl+Alt+~ 组合键，将画面中的高光区域作为选区载入，如图 7-42 所示。

图7-41 调整后的效果   图7-42 载入选区

9. 按 Shift+Ctrl+I 组合键将选区反选，然后单击 ⊘. 按钮，在弹出的菜单中选择【曲线】命令，再在弹出的【曲线】对话框中直接单击 确定 按钮。

10. 将"曲线 1"调整层的图层混合模式设置为"滤色"，【不透明度】参数设置为"70%"，画面调亮后的效果及【图层】面板形态如图 7-43 所示。

图7-43 画面调亮后的效果及【图层】面板形态

11. 再次单击 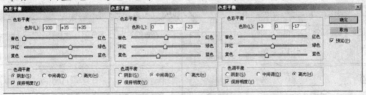按钮，在弹出的菜单中选择【色彩平衡】命令，然后在弹出的【色彩平衡】对话框中依次调整【阴影】、【中间调】和【高光】的参数，如图 7-44 所示。

图7-44 【色彩平衡】对话框

12. 单击 确定 按钮，效果如图 7-45 所示。

图7-45 调整的颜色效果

13. 按 Shift+Ctrl+Alt+E 组合键盖印图层，生成"图层 3"，然后执行【滤镜】/【锐化】/【USM 锐化】命令，弹出【USM 锐化】对话框，参数设置如图 7-46 所示。单击 确定 按钮，效果如图 7-47 所示。

图7-46 【USM 锐化】对话框

图7-47 锐化后的效果

14. 为画面添加"曲线"调整层，调整的曲线形态及颜色效果如图 7-48 所示。

图7-48 调整的曲线形态及颜色效果

15. 为画面添加"可选颜色"调整层，颜色参数设置如图 7-49 所示，然后单击 确定 按钮。

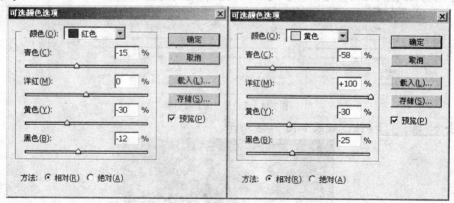

图7-49 【可选颜色选项】对话框

16. 至此，个性蓝色调调整完成，原图及效果对比如图 7-50 所示。

图7-50 原图及效果对比

17. 按 Shift + Ctrl + S 组合键，将此文件命名为"个性蓝色调.psd"另存。

小结

　　本章主要讲解了图像色彩校正命令，这些命令对于将来工作中的图像颜色校正非常重要，希望同学们重视对本章内容的学习。在本章的综合案例中，并没有在打开的图像上面直接用颜色调整命令去调整颜色，而是借用了调整层中的颜色调整命令。无论使用哪种方法，其调整的方法和结果都是一样的，但使用调整层的好处是可以随时修改调整颜色的参数，其原图的颜色将保留原样，并且还可以通过蒙版来编辑图像的局部颜色，这种方法非常灵活、实用，也为后期的修改和继续调整留有足够的恢复余地请同学们熟练掌握。

习题

1. 打开教学资源包素材文件中"图库\第 07 章"目录下的"照片 07-14.jpg"文件。利用【阴影/高光】命令将曝光不足的照片调整成正常的亮度，如图 7-51 所示。作品参见教学资源包素材文件中"作品\第 07 章"目录下的"操作题 07-1.jpg"文件。

图7-51 照片原图及调整后的效果

2. 打开教学资源包素材文件中"图库\第 07 章"目录下的"照片 07-15.jpg"文件。利用 【色彩平衡】、【曲线】和【色相/饱和度】命令将偏红色的照片调整出健康红润的皮肤颜 色，如图 7-52 所示。作品参见教学资源包素材文件中"作品\第 07 章"目录下的"操作 题 07-2.jpg"文件。

图7-52 照片原图及调整后的效果

3. 打开教学资源包素材文件中"图库\第 07 章"目录下的"照片 07-16.jpg"文件。利用 【黑白】命令】命令将照片调整成单色，然后利用 工具在人物的皮肤和衣服上稍加 恢复，得到图 7-53 所示的效果。作品参见教学资源包素材文件中"作品\第 07 章"目 录下的"操作题 07-3.jpg"文件。

图7-53 照片原图及调整后的效果

第8章 输入文字与文字特效

文字的运用是平面设计中非常重要的一部分。在实际工作中，几乎每为一幅作品的设计都需要用文字内容来说明主题，将文字以更加丰富多彩的形式加以表现，是设计领域非常重要的一个创作主题。

利用 Photoshop 中的【文字】工具，可以在作品中输入文字，其使用方法与其他一些应用程序中的文字工具基本相同，但通过 Photoshop 强大的编辑功能，还可以对文字进行多姿多彩的特效制作和样式编辑，使设计的作品更加生动有趣。

本章将通过文字的基本输入、字形及段落的基本设置到文字的转换、变形、跟随路径等编辑方法，详细介绍强大的文字编辑功能。

8.1 输入文字

本节讲解有关输入文字的方法及文字控制面板的设置。

8.1.1 将字体设置为中文显示

若是初次安装 Photoshop 软件，在使用【文字】工具时，其属性栏中的字体名称都显示为英文字体，如图 8-1 所示。为了在选择中文字体时更加方便，可以对字体的显示进行设置。执行【编辑】/【首选项】/【文字】命令，在弹出的如图 8-2 所示的【首选项】对话框中将【以英文显示字体名称】复选项的勾选取消，然后单击 确定 按钮，即可显示为中文字体名称，如图 8-3 所示。

图8-1 显示为英文字体

图8-2 设置【首选项】

图8-3 显示为中文字体

8.1.2 输入文字

【文字】工具组中有 4 种文字工具，即【横排文字】工具 T、【直排文字】工具 T、【横排文字蒙版】工具 T 和【直排文字蒙版】工具 T。

利用文字工具可以在作品中输入点文字或段落文字。点文字适合在文字内容较少的画面中使用，例如标题或需要制作特殊效果的文字；当作品中需要输入大量的说明性文字内容

时，利用段落文字输入就非常适合。以点文字输入的标题和以段落文字输入的文本内容如图
8-4 所示。

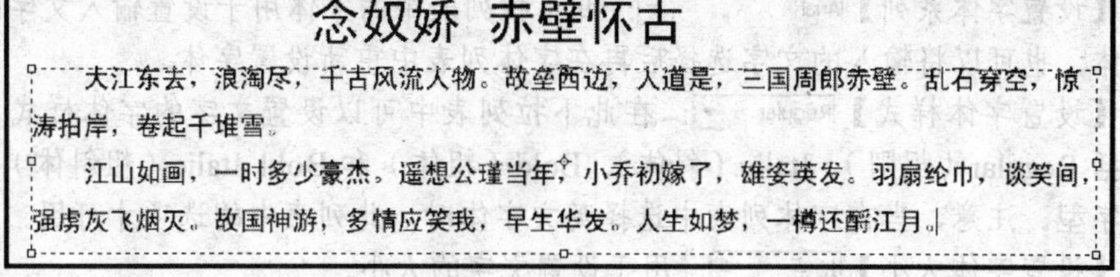

念奴娇 赤壁怀古

　　大江东去，浪淘尽，千古风流人物。故垒西边，人道是，三国周郎赤壁。乱石穿空，惊
涛拍岸，卷起千堆雪。

　　江山如画，一时多少豪杰。遥想公瑾当年，小乔初嫁了，雄姿英发。羽扇纶巾，谈笑间，
强虏灰飞烟灭。故国神游，多情应笑我，早生华发。人生如梦，一樽还酹江月。

图8-4　输入的文字

一、　输入点文字

利用文字工具输入点文字时，每行文字都是独立的，行的长度随着文字的输入而不断增
加，无论输入多少文字都是显示在一行内，只有按 Enter 键才能切换到下一行输入文字。输
入点文字的操作方法为：选择 T 或 T 工具，鼠标光标显示为文字输入光标 I 或 田 形状，
在文件中单击，指定输入文字的起点，然后在属性栏或【字符】面板中设置相应的文字选
项，再输入需要的文字即可。按 Enter 键可使文字切换到一下行，单击属性栏中的 ✓ 按钮，
即可完成点文字的输入。

二、　输入段落文字

在输入段落文字之前，先利用【文字】工具绘制一个矩形定界框，以限定段落文字的范
围，在输入文字时，系统将根据定界框的宽度自动换行。输入段落文字的操作方法为：在
【文字】工具组中选择 T 或 T 工具，然后在文件中拖曳鼠标光标绘制一个定界框，并在属
性栏、【字符】面板或【段落】面板中设置相应的选项，即可在定界框中输入需要的文字。

在绘制定界框之前，按住 Alt 键单击或拖曳鼠标光标，将会弹出【段落文字大小】对话框，
在对话框中设置定界框的宽度和高度，然后单击 确定 按钮，可以按照指定的大小绘制定
界框。

文字输入到定界框的右侧时将自动切换到下一行。输入一段文字后，按 Enter 键可以切
换到下一段输入文字。如果输入的文字太多而定界框中无法全部容纳，定界框右下角将出现
溢出标记符号 田，此时可以通过拖曳定界框四周的控制点，以调整定界框的大小来显示全
部的文字内容。文字输入完成后，单击属性栏中的 ✓ 按钮，即可完成段落文字的输入。

三、　创建文字选区

使用【横排文字蒙版】工具 T 和【直排文字蒙版】工具 T 可以创建文字选区，文字选
区具有其他选区相同的性质。创建文字选区的操作方法为：选择图层，然后选择【文字】工
具组中的 T 或 T 工具，并设置文字选项，再在文件中单击，将会出现一个红色的蒙版，这
时开始输入需要的文字，单击属性栏中的 ✓ 按钮，即可完成文字选区的创建。

8.1.3　【文字】工具的属性栏

【文字】工具组中各文字工具的属性栏是相同的，如图 8-5 所示。

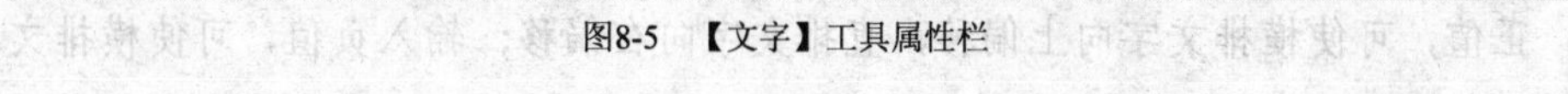

| T ▾ | 工T | Arial ▾ | Regular ▾ | 工T 24 点 ▾ | aa 锐利 ▾ | ≣ ≣ ≣ | ■ | 工 | 目 | ◎ ✓ |

图8-5　【文字】工具属性栏

- 【更改文本方向】按钮 ⊥: 单击此按钮, 可以将水平方向的文本更改为垂直方向, 或者将垂直方向的文本更改为水平方向。
- 【设置字体系列】 Arial ▾: 此下拉列表中的字体用于设置输入文字的字体; 也可以将输入的文字选择后再在字体列表中重新设置字体。
- 【设置字体样式】 Regular ▾: 在此下拉列表中可以设置文字的字体样式, 包括 Regular (规则)、Italic (斜体)、Bold (粗体) 和 Bold Italic (粗斜体) 4 种字型。注意, 当在字体列表中选择英文字体时, 此列表中的选项才可用。
- 【设置字体大小】 12点 ▾: 用于设置文字的大小。
- 【设置消除锯齿的方法】 锐利 ▾: 决定文字边缘消除锯齿的方式, 包括【无】、【锐利】、【犀利】、【浑厚】和【平滑】5 种方式。
- 对齐方式按钮: 在使用【横排文字】工具输入水平文字时, 对齐方式按钮显示为 ≣ ≣ ≣, 分别为 "左对齐"、"水平居中对齐" 和 "右对齐"; 当使用【直排文字】工具输入垂直文字时, 对齐方式按钮显示为 ⫴ ⫴ ⫴, 分别为 "顶对齐"、"垂直居中对齐" 和 "底对齐"。
- 【设置文本颜色】色块 ■: 单击此色块, 在弹出的【拾色器】对话框中可以设置文字的颜色。
- 【创建文字变形】按钮 ⊥: 单击此按钮, 将弹出【变形文字】对话框, 用于设置文字的变形效果。
- 【取消所有当前编辑】按钮 ⊘: 单击此按钮, 则取消文本的输入或编辑操作。
- 【提交所有当前编辑】按钮 ✓: 单击此按钮, 确认文本的输入或编辑操作。

8.1.4 【字符】面板

执行【窗口】/【字符】命令, 或单击【文字】工具属性栏中的 ▤ 按钮, 或单击工作区面板中的【字符】面板图标 A, 都将弹出【字符】面板, 如图 8-6 所示。

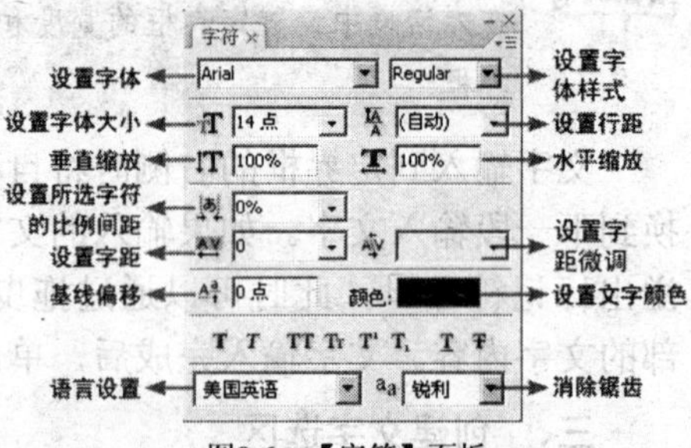

在【字符】面板中设置字体、字号、字型和颜色的方法与属性栏相同, 在此不再赘述。下面介绍设置字间距、行间距和基线偏移等选项的功能。

图8-6 【字符】面板

- 【设置行距】: 设置文本中每行文字之间的距离。
- 【垂直缩放】和【水平缩放】: 设置文字在垂直方向和水平方向的缩放比例。
- 【设置所选字符的比例间距】: 设置所选字符的间距缩放比例。可以在此下拉列表中选择 0%~100%的缩放数值。
- 【设置字距】: 用于设置文本中相邻两个文字之间的距离。
- 【设置字距微调】: 设置相邻两个字符之间的距离。在设置此选项时不需要选择字符, 只需在字符之间单击以指定插入点, 然后设置相应的参数即可。
- 【基线偏移】: 设置文字由基线位置向上或向下偏移的高度。在文本框中输入正值, 可使横排文字向上偏移, 直排文字向右偏移; 输入负值, 可使横排文字向下偏移，直排文字向左偏移，效果如图 8-7 所示。

- 【语言设置】：在此下拉列表中可选择不同国家的语言，主要包括美国、英国、法国及德国等。

图8-7 文字偏移效果

【字符】面板中各按钮的含义分述如下，激活不同按钮时文字效果如图 8-8 所示。

- 【仿粗体】按钮 **T**：可以将当前选择的文字加粗显示。
- 【仿斜体】按钮 *T*：可以将当前选择的文字倾斜显示。
- 【全部大写字母】按钮 **TT**：可以将当前选择的小写字母变为大写字母显示。
- 【小型大写字母】按钮 **Tr**：可以将当前选择的字母变为小型大写字母显示。
- 【上标】按钮 **T¹**：可以将当前选择的文字变为上标显示。
- 【下标】按钮 **T₁**：可以将当前选择的文字变为下标显示。
- 【下划线】按钮 **T**：可以在当前选择的文字下方添加下划线。
- 【删除线】按钮 **F**：可以在当前选择的文字中间添加删除线。

I Miss You! 正常显示	I Miss You! 仿粗体	*I Miss You!* 仿斜体
I MISS YOU! 全部大写字母	I Miss You! 小型大写字母	I Miss Y^{ou}! 上标
I Miss Y_{ou}! 下标	I Miss You! 下划线	I Miss You! 删除线

图8-8 文字效果

8.1.5 【段落】面板

【段落】面板的主要功能是设置文字对齐方式以及缩进量。

当选择横向的文本时，【段落】面板如图 8-9 所示，最上一行各按钮的功能分述如下。

图8-9 【段落】面板

- 按钮：这 3 个按钮的功能是设置横向文本的对齐方式，分别为左对齐、居中对齐和右对齐。
- 按钮：只有在图像文件中选择段落文本时这 4 个按钮才可用。它们的功能是调整段落中最后一行的对齐方式，分别为左对齐、居中对齐、右对齐和两端对齐。

当选择竖向的文本时，【段落】面板最上一行各按钮的功能分述如下。

- 按钮：这 3 个按钮的功能是设置竖向文本的对齐方式，分别为顶对齐、居中对齐和底对齐。
- 按钮：只有在图像文件中选择段落文本时，这 4 个按钮才可用。它们的功能是调整段落中最后一列的对齐方式，分别为顶对齐、居中对齐、底对齐和两端对齐。

- 【左缩进】: 用于设置段落左侧的缩进量。
- 【右缩进】: 用于设置段落右侧的缩进量。
- 【首行缩进】: 用于设置段落第一行的缩进量。
- 【段前添加空格】: 用于设置每段文本与前一段之间的距离。
- 【段后添加空格】: 用于设置每段文本与后一段之间的距离。
- 【避头尾法则设置】和【间距组合设置】: 用于编排日语字符。
- 【连字】: 勾选此复选项,允许使用连字符连接单词。

8.1.6　将文字转换为路径

执行【图层】/【文字】/【创建工作路径】命令,可以将文字转换为路径,转换后将以临时路径"工作路径"出现在【路径】面板中。在文字图层中创建的工作路径可以像其他路径一样存储和编辑,但不能将此路径形态的文字作为文本再进行编辑。将文字转换为工作路径后,原文字图层保持不变并可继续进行编辑。

8.1.7　将文字层转换为工作层

许多编辑命令和编辑工具无法在文字层中使用,必须先将文字层转换为普通层才可使用相应命令,其转换方法有以下 3 种。

(1) 将要转换的文字层设置为工作层,然后执行【图层】/【栅格化】/【文字】命令,即可将其转换为普通层。

(2) 在【图层】面板中要转换的文字层上单击鼠标右键,在弹出的右键菜单中选择【栅格化文字】命令。

(3) 在文字层中使用编辑工具或命令(例如【画笔】工具、【橡皮擦】工具和各种【滤镜】命令等)时,将会弹出【Adobe Photoshop】询问对话框,直接单击 确定 按钮,也可以将文字栅格化。

8.1.8　转换点文本与段落文本

在实际操作中,经常需要将点文字转换为段落文字,以便在定界框中重新排列字符,或者将段落文字转换为点文字,使各行文字独立地排列。

转换方法非常简单。在【图层】面板中选择要转换的文字层,并确保文字没有处于编辑状态,然后执行【图层】/【文字】/【转换为点文本】或【转换为段落文本】命令,即可完成点文字与段落文字之间的相互转换。

8.1.9　变形文字

利用文字的变形命令,可以扭曲文字以生成扇形、弧形、拱形和波浪等各种不同形态的特殊文字效果。对文字应用变形后,还可随时更改文字的变形样式以改变文字的变形效果。

单击属性栏中的 按钮,弹出【变形文字】对话框,在此对话框中可以设置输入文字的变形效果。注意,此对话框中的选项默认状态都显示为灰色,只有在【样式】下拉列表中选择除【无】以外的其他选项后才可调整,如图 8-10 所示。

图8-10　【变形文字】对话框

- 【样式】：此下拉列表中包含 15 种变形样式，选择不同样式产生的文字变形
  效果如图 8-11 所示。
- 【水平】和【垂直】：设置文本是在水平方向还是在垂直方向上进行变形。
- 【弯曲】：设置文本扭曲的程度。
- 【水平扭曲】和【垂直扭曲】：设置文本在水平或垂直方向上的扭曲程度。

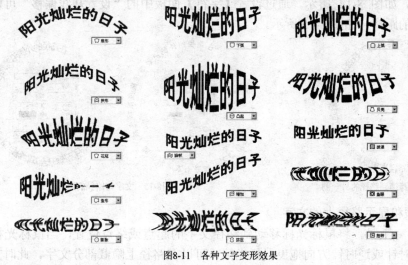

图8-11　各种文字变形效果

8.1.10　路径文字

在 Photoshop CS3 中，可以利用文字工具沿着路径输入文字，路径可以是用【钢笔】工具或【矢量形状】工具创建的任意形状路径，在路径边缘或内部输入文字后还可以移动路径或更改路径的形状，且文字会顺应新的路径位置或形状。沿路径输入文字的效果如图 8-12 所示。

图8-12　沿路径输入文字的效果

一、 编辑路径上的文字

利用 ▶ 或 ▶ 工具可以移动路径上的文字位置，其操作方法为：选择这两个工具中的一个，将鼠标光标移动到路径上文字的起点位置，此时鼠标光标会变为 ⅉ 形状，在路径的外侧沿着路径拖曳鼠标光标，即可移动文字在路径上的位置，如图 8-13 所示。

图8-13　移动文字在路径上的位置

当鼠标光标显示 ⅉ 形状时，在圆形路径内侧单击或者拖曳鼠标光标，文字将会跨越到路径的另一侧，如图 8-14 所示。通过设置【字符】面板中的"设置基线偏移"可以调整文字与路径之间的距离，如图 8-15 所示。

图8-14　文字跨越到路径的另一侧　　　　　图8-15　文字与路径的距离

二、 隐藏和显示路径上的文字

选择 ▶ 或 ▶ 工具，将鼠标光标移动到路径文字的起点或终点位置，当鼠标光标显示为 ⅉ 形状时，顺时针或逆时针方向拖曳鼠标光标，可以在路径上隐藏部分文字，此时文字终点图标显示为 ⊕ 形状，当拖曳至文字的起点位置时，文字将全部隐藏，此时再拖曳鼠标光标，文字又会在路径上显示。

三、 改变路径的形状

当路径的形状发生变化后，跟随路径的文字将继续跟随路径一起发生变化。利用 ▶ 、
♦ 、 ♦ 或 ▶ 工具都可以调整路径的形状，如图 8-16 所示。

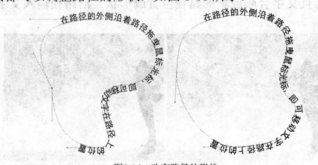

图8-16　改变路径的形状

四、 在闭合路径内输入文字

在闭合路径内输入文字相当于创建段落文字，输入方法为：选择 T 或 T 工具，将鼠标光标移动到闭合路径内，当鼠标光标显示为 ① 形状时单击指定插入点，此时在路径内会出现闪烁的光标，且在路径外出现文字定界框，此时即可输入文字，如图 8-17 所示。

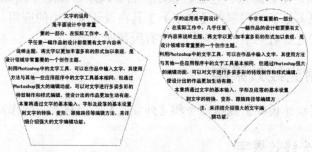

图8-17 在闭合路径内输入文字

五、 旋转直排文字

当处理直排文字时，可将字符方向旋转 90°，旋转后的字符是直立的，未旋转的字符是横向的，如图 8-18 所示。

设置旋转直排文字的操作方法为：选择直排文字，在【字符】面板菜单中选择【标准垂直罗马对齐方式】命令（复选标记表示已选中该选项），如图 8-19 所示，执行此命令即可旋转直排文字或取消旋转。如图 8-20 所示为选择和不选择【标准垂直罗马对齐方式】命令时文字在路径上的旋转效果。注意，【标准垂直罗马对齐方式】命令用来不能旋转双字节字符，如中文文字。

图8-18 旋转直排文字

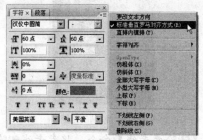

图8-19 【字符】面板

图8-20 文字在路径上的旋转效果

六、 使用【直排内横排】命令旋转字符

在【字符】面板菜单中选择【直排内横排】命令，可以将直排文字行中的部分英文字符或数字字符设置为横排，如图 8-21 所示。

图8-21 旋转的字符

8.2 文字特效

特效文字以其新颖的外形和逼真的质感能迅速引起人们的注意，并取得很好的视觉效果，因此在书刊封面、电影海报、包装、报纸广告、POP 广告及网络设计中被广泛运用。为了使同学们能够更多地了解和掌握【文字】工具在设计领域中的应用，本节安排了几种特效文字的制作，希望能够对同学们将来的工作有所帮助。

8.2.1 制作发射光线效果字

下面主要利用【动感模糊】滤镜命令和【外发光】图层样式，制作发射光线效果字。

🔑📌 制作发射光线效果字

1. 新建一个【宽度】为 "15 厘米"、【高度】为 "15 厘米"、【分辨率】为 "300 像素/英寸"、【颜色模式】为 "RGB 颜色"、【背景内容】为 "白色" 的文件。

2. 将前景色设置为白色，背景色设置为深蓝色（R:25,G:36,B:70），然后选择 ■ 工具，并激活属性栏中的 ■ 按钮，在画面中为背景层填充由前景至背景的径向渐变色，效果如图 8-22 所示。

3. 按 Ctrl+R 组合键，将标尺显示在图像窗口中，然后依次在图像窗口中的水平和垂直中间位置各添加一条参考线。

4. 选择 ○ 工具，激活属性栏中的 ▨ 按钮，然后将鼠标光标移动到两条参考线的交点位置按下并拖曳，在不释放鼠标之前按住 Shift+Alt 组合键，绘制出如图 8-23 所示的圆形路径。

图8-22 填充渐变效果

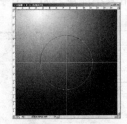
图8-23 绘制的路径

5. 按 Ctrl+R 组合键将标尺隐藏，然后执行【视图】/【清除参考线】命令，将参考线删除。

6. 选择 T 工具，将鼠标光标移动到圆形路径上，当鼠标光标显示为 ↙ 形状时单击，插入文本输入光标，然后沿路径输入如图 8-24 所示的白色英文字母。

7. 将输入的英文字母全部选择，单击属性栏中的 ▤ 按钮，弹出【字符】面板，设置各选项及参数如图 8-25 所示，设置文字属性后的文字效果如图 8-26 所示。

图8-24 输入的文字

图8-25 【字符】面板

图8-26 文字形态

8. 执行【编辑】/【变换路径】/【垂直翻转】命令，将路径翻转，翻转后的文字效果如图 8-27 所示。

9. 将 "HUANXINGFAGUANGZI" 层复制为 "HUANXINGFAGUANGZI 副本" 层，然后执行【图层】/【栅格化】/【文字】命令，将复制出的文字层转换为普通层。

10. 执行【滤镜】/【模糊】/【动感模糊】命令，弹出【动感模糊】对话框，将【角度】的参数设置为 "90 度"，【距离】的参数设置为 "999 像素"，单击 确定 按钮，执行【动感模糊】命令后的效果如图 8-28 所示。

11. 按 Ctrl+T 组合键，为模糊后的英文字母添加自由变换框，并按住 Shift+Ctrl+Alt 组合键，将其调整至如图 8-29 所示的透视形态，然后按 Enter 键确认文字的透视变换操作。

图8-27　文字形态

图8-28　动感模糊效果

图8-29　调整透视形态

12. 将 "HUANXINGFAGUANGZI" 层设置为当前层，按 Ctrl+T 组合键，为其添加自由变换框，并将其垂直向下压缩，然后将其移动至如图 8-30 所示的位置，再按 Enter 键确认文字的变换操作。

13. 将 "HUANXINGFAGUANGZI" 层和 "HUANXINGFAGUANGZI 副本" 层同时选择，再按 Ctrl+T 组合键添加自由变换框，并将属性栏中 △30.0 度的参数设置为 "-30 度"，旋转后的文字形态如图 8-31 所示，然后按 Enter 键确认文字的旋转变换操作。

14. 将 "HUANXINGFAGUANGZI" 层设置为当前层，然后执行【图层】/【图层样式】/【外发光】命令，弹出【图层样式】对话框，设置各选项及参数如图 8-32 所示。

图8-30　移动位置

图8-31　旋转的文字形态

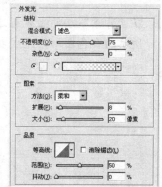

图8-32　参数设置

15. 单击 确定 按钮，添加图层样式后的文字效果如图 8-33 所示。

16. 依次将 "HUANXINGFAGUANGZI 副本" 层复制为 "副本 1" 层和 "副本 2" 层，加强发射光线的强度，效果如图 8-34 所示。

17. 单击【图层】面板下方的 按钮，在弹出的菜单中选择【色彩平衡】命令，弹出【色彩平衡】对话框，将鼠标光标移动到最下方的滑块上按下鼠标左键并向右拖曳，至最右侧时释放鼠标左键，将整体图像调整为蓝色调。

18. 单击 确定 按钮，调整色调后的画面效果如图 8-45 所示。

图8-33 文字效果

图8-34 光线强度

图8-35 调整色调后的效果

19. 选择 工具，单击属性栏中的 按钮，弹出【画笔】面板，设置各选项及参数如图 8-36 所示。

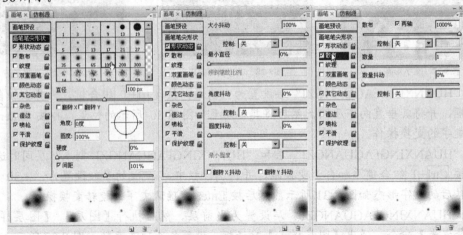
图8-36 【画笔】参数设置

20. 在"背景"层的上方新建"图层 1"，将前景色设置为白色，在画面中绘制出如图 8-37 所示的白色图形，完成发光字效果制作。

图8-37 制作完成的发光字效果

21. 按 Ctrl+S 组合键，将此文件命名为"发光字.psd"并保存。

8.2.2 制作透明塑料质感效果字

下面来制作一种光滑的透明塑料质感的文字效果，此种文字比较适合应用于网页制作。

制作透明塑料质感效果字

1. 新建一个【宽度】为"20 厘米"、【高度】为"8 厘米"、【分辨率】为"150 像素/英寸"、【颜色模式】为"RGB 颜色"、【背景内容】为"白色"的文件，然后为背景填充黑色。

2. 将前景色设置为白色，利用 T 工具输入图 8-38 所示的英文字母。

图8-38 输入的文字

3. 执行【图层】/【图层样式】/【投影】命令，弹出【图层样式】对话框，设置各选项及参数如图 8-39 所示。

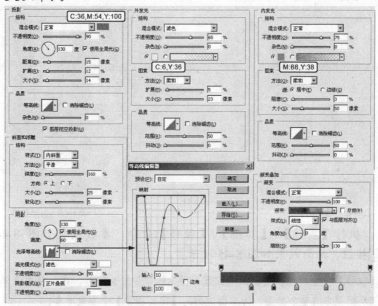

图8-39 【图层样式】对话框

4. 单击 确定 按钮，添加图层样式后的文字效果如图 8-40 所示。

5. 将制作的效果字应用于网页中，效果如图 8-41 所示。选用的图片为教学资源包素材文件中"图库\第 08 章"目录下的"网页背景.psd"文件，然后将此文件命名为"塑料效果字.psd"保存。

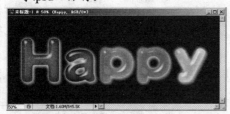

图8-40 文字效果

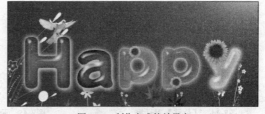

图8-41 制作完成的效果字

8.2.3 制作奶酪效果字

本节利用【椭圆选框】工具、【横排文字】工具及【定义图案】、【滤镜】、【色阶】、【色相/饱和度】、【图层样式】等命令制作奶酪效果字。

制作奶酪效果字

下面首先来定义奶酪图案。

1. 新建一个【宽度】为"5 厘米"、【高度】为"5 厘米"、【分辨率】为"200 像素/英寸"、【颜色模式】为"RGB 颜色"、【背景内容】为白色的文件。
2. 新建"图层 1"并填充浅黄色（Y:30）。选择 ⬭ 工具，激活属性栏中的 ⬭ 按钮，依次绘制出如图 8-42 所示大小不同的椭圆形选区。
3. 在【图层】面板中，单击"背景"层左侧的 👁 按钮关闭背景层，按 Delete 键删除选区内的黄色，得到如图 8-43 所示的画面效果。

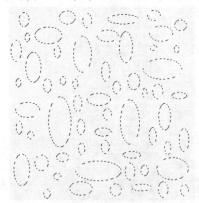

图8-42　绘制的选区　　　　　　　　　　　　　　　图8-43　删除效果

4. 去除选区，执行【滤镜】/【其他】/【位移】命令，参数设置如图 8-44 所示。单击 确定 按钮，画面效果如图 8-45 所示。

> 要点提示　执行【位移】命令，可以使图像的位置按指定的数量发生偏移，在此使用该命令，是将图像中的透明椭圆布满整个画面，为下面进行的【定义图案】命令做准备。

5. 执行【图像】/【图像大小】命令，弹出【图像大小】对话框，参数设置如图 8-46 所示，单击 确定 按钮，将文件改小。

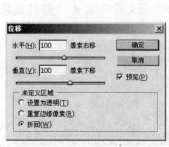
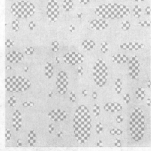
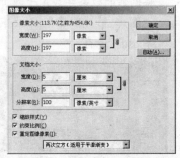

图8-44　【位移】对话框　　　　　图8-45　画面效果　　　　　图8-46　【图像大小】对话框

6. 执行【编辑】/【定义图案】命令，将画面定义为图案，不必保存,关闭该文件。
   奶酪图案定义完成后，下面制作奶酪效果字。

7. 接上例。新建一个【宽度】为"10"厘米，【高度】为"3.75"厘米,【分辨率】为
   "200"像素/英寸,【颜色模式】为"RGB 颜色",【背景内容】为白色的文件。

8. 利用 T 工具在画面中输入图 8-47 所示的英文字母。

9. 按住 Ctrl 键，单击【图层】面板中的文字层的图层缩览图给文字添加选区，然后将文
   字层删除。

10. 新建"图层 1"，执行【编辑】/【填充】命令，在弹出的【填充】对话框中将【使用】
    选项设置为【图案】，并选择前面定义的图案，如图 8-48 所示。

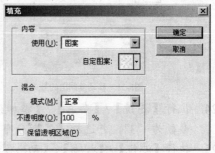

图8-47 输入的文字 　　　　　　　　　　　　　　　　图8-48 【填充】对话框

11. 单击 确定 按钮，填充图案后的效果如图 8-49 所示。

12. 去除选区后将"图层 1"复制为"图层 1 副本"层，单击左侧的 👁 按钮，将"图层 1
    副本"层隐藏。

13. 按 Ctrl+U 组合键，在弹出的【色相/饱和度】对话框中设置【色相】参数为"45"，设
    置【饱和度】参数为"100"，设置【明度】参数为"-20"，单击 确定 按钮，调
    整颜色后的文字效果如图 8-50 所示。

图8-49 填充图案后的效果 　　　　　　　　　　　图8-50 调整颜色后的效果

14. 将"图层 1"连续复制 4 次，分别生成为"图层 1 副本 2"层～"图层 1 副本 5"
    层。

15. 选择 ▶➕ 工具，确认工作层为"图层 1 副本 5"层，然后按1次 ↓ 键并按两次 → 键，将
    文字向右下角轻微移动。

16. 将"图层 1 副本 4"层设置为工作层，然后按 3 次 ↓ 键并按 3 次 → 键，将文字向右下
    角轻微移动。

17. 执行【图像】/【调整】/【亮度/对比度】命令，在弹出的【亮度/对比度】对话框中将
    【亮度】参数设置为"-25"，单击 确定 按钮。

18. 将"图层 1 副本 3"层设置为工作层，然后按 5 次 ↓ 键并按 5 次 → 键，将文字向右下
    角轻微移动。再执行【亮度/对比度】命令，将【亮度】参数设置为"-40"。

19. 将"图层 1 副本 2"层设置为工作层，然后按 7 次 ↓ 键并按 6 次 → 键，将文字向右下

角轻微移动。再执行【亮度/对比度】命令，将【亮度】的参数设置为"-60"。

20. 将"图层 1"层设置为工作层，按 9 次 ↓ 键并 8 次按 → 键，将文字向右下角轻微移动。再执行【亮度/对比度】命令，设置【亮度】参数为"-65"，此时的文字效果如图 8-51 所示。

21. 将"图层 1"设置为工作层，并将其与"图层 1 副本 2"层～"图层 1 副本 5"层同时选择，然后按 Ctrl+E 组合键，将图层合并到"图层 1"中。

22. 执行【滤镜】/【模糊】/【高斯模糊】命令，在【高斯模糊】对话框中设置【半径】参数为"0.6 像素"，单击 确定 按钮。

23. 按住 Ctrl 键，单击"图层 1"的图层缩览图添加文字选区，如图 8-52 所示。

图8-51　移动复制出的效果　　　　　　　　　　　　　　图8-52　添加的文字选区

24. 执行【滤镜】/【杂色】/【添加杂色】命令，在弹出的【杂色】对话框中设置【数量】参数为"3"，并选择【高斯分布】和【单色】选项，单击 确定 按钮。

25. 执行【滤镜】/【模糊】/【动感模糊】命令，在弹出的【动感模糊】对话框中设置【角度】参数为"-45"，设置【距离】参数为"15"，单击 确定 按钮，效果如图 8-53 所示。

26. 按 Ctrl+U 组合键，在弹出的【色相/饱和度】对话框中设置【色相】参数为"3"，设置【饱和度】参数为"30"，设置【明度】参数为"-10"，单击 确定 按钮，调整颜色后的文字效果如图 8-54 所示。

图8-53　模糊后的文字效果　　　　　　　　　　　　　　图8-54　调整颜色后的文字效果

27. 按 Ctrl+L 组合键，弹出【色阶】对话框，参数设置如图 8-55 所示，单击 确定 按钮。去除选区，在【图层】面板中将"图层 1 副本"层显示，此时文字效果如图 8-56 所示。

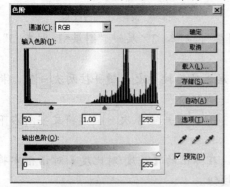

图8-55　【色阶】对话框　　　　　　　　　　　　　　图8-56　显示的文字效果

28. 在【图层】面板中，将"图层 1 副本"层设置为工作层，然后执行【图层】/【图层样式】/【斜面和浮雕】命令，设置参数及产生的效果如图 8-57 所示。

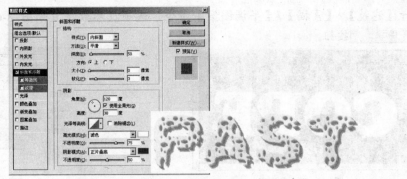

图8-57 【图层样式】对话框参数设置及效果

29. 在【图层】面板中，将"图层 1"层设置为工作层，然后利用【图层】/【图层样式】/【投影】命令给文字添加如图 8-58 所示的投影效果。

30. 打开教学资源包素材文件中"图库/第 08 章"目录下的"木纹.jpg"文件。

31. 将"木纹"图片移动复制到画面中，并将其放置在"图层 1"层的下方，效果如图 8-59 所示。

图8-58 投影效果

图8-59 添加背景效果

32. 按 Ctrl+S 组合键，将此文件命名为"奶酪效果字.psd"并保存。

8.3 综合案例——制作糖果字

本节制作一种非常漂亮的糖果效果文字，此文字制作相对较复杂，所以需要认真仔细地跟着下面的操作步骤进行制作。

8.3.1 制作糖果字的纹理及立体效果

本节首先制作糖果字的纹理和立体效果。

制作糖果字的纹理及立体效果

1. 新建一个【宽度】为"22 厘米"、【高度】为"11 厘米"、【分辨率】为"120 像素/英寸"、【颜色模式】为"RGB 颜色"、【背景内容】为"白色"的文件。

2. 打开【通道】面板，单击底部的 按钮新建"Alpha 1"通道。

3. 利用 T 工具在"Alpha 1"通道中输入图 8-60 所示的英文字母。

4. 去除选区并按 Ctrl+～组合键，切换到 RGB 颜色模式，然后打开【图层】面板将"背景"层设置为工作层。

5. 将前景色设置为红色（R:195,G:17,B:25）。执行【图像】/【旋转画布】/【90 度（顺时针）】命令，将当前的图像画面顺时针旋转 90°。

6. 执行【滤镜】/【素描】/【半调图案】命令，选项及参数设置如图 8-61 所示，单击 确定 按钮。

图8-60 输入的文字

图8-61 【半调图案】对话框

7. 执行【图像】/【旋转画布】/【90 度（逆时针）】命令，将画面逆时针旋转 90°。

8. 执行【滤镜】/【扭曲】/【切变】命令，调整曲线形态如图 8-62 所示。单击 确定 按扭，切变扭曲后的效果如图 8-63 所示。

图8-62 【切变】对话框

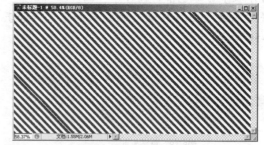

图8-63 切变扭曲后的效果

9. 按 Ctrl + Alt + 4 组合键载入 "Alpha 1" 通道的文字选区，如图 8-64 所示。

10. 执行【选择】/【修改】/【收缩】命令，参数设置如图 8-65 所示。

图8-64 载入选区

图8-65 【收缩】对话框

11. 单击 确定 按扭，再按 Ctrl + Alt + D 组合键，在弹出的【羽化选区】对话框中将【羽化半径】参数设置为 "6 像素"，单击 确定 按扭。

12. 按 Shift + Ctrl + I 组合键将选区反选，将前景色设置为深红色（R:106,B:6）并填充到选区中，效果如图 8-66 所示，按 Ctrl + D 组合键去除选区。

13. 新建 "图层 1" 并填充白色，然后按 Ctrl + Alt + 4 组合键载入 "Alpha 1" 通道的文字选区，如图 8-67 所示。

图8-66 填充颜色效果

图8-67 载入通道的文字选区

14. 执行【选择】/【修改】/【收缩】命令，设置【收缩量】参数为 "4 像素"，单击 确定 按钮。给文字选区填充黑色，然后去除选区。

15. 执行【滤镜】/【模糊】/【高斯模糊】命令，设置【半径】参数为 "8 像素"，单击 确定 按扭，文字效果如图 8-68 所示。

16. 按 Ctrl+Alt+3 组合键，载入 "蓝" 通道的选区，如图 8-69 所示。然后按 Shift+Ctrl+I 组合键，将选区反选。

图8-68 模糊效果　　　　　　　　　　　　　　　　图8-69 载入选区

17. 执行【滤镜】/【其他】/【位移】命令，设置【水平】参数为 "-8"，设置【垂直】参数为 "-8"，在【未定义区域】中选择【折回】选项。单击 确定 按钮，执行【位移】命令后的文字效果如图 8-70 所示。

18. 去除选区，再执行【滤镜】/【模糊】/【高斯模糊】命令，设置【半径】参数为 "2 像素"，单击 确定 按扭。

19. 执行【滤镜】/【风格化】/【浮雕效果】命令，设置【角度】参数为 "135"，设置【高度】参数为 "4"，设置【数量】参数为 "150"，单击 确定 按钮，效果如图 8-71 所示。

图8-70 位移后的效果　　　　　　　　　　　　　图8-71 浮雕效果

20. 按 Ctrl+M 组合键，调整曲线形态如图 8-72 所示。单击 确定 按扭，效果如图 8-73 所示。

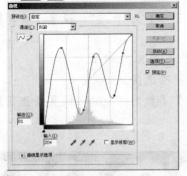

图8-72 调整曲线形态　　　　　　　　　　　　　图8-73 调整曲线后的效果

21. 按 Ctrl+Alt+4 组合键，载入 "Alpha 1" 通道的文字选区。

22. 按 Ctrl+Alt+D 组合键，设置【羽化半径】参数为 "2像素"，单击 确定 按钮。

23. 按 Shift+Ctrl+I 组合键将选区反选，再按 Delete 键，将选区中的灰色背景删除，去除选区后的效果如图 8-74 所示。

24. 将"图层 1"的图层混合模式设置为"滤色",然后将【不透明度】参数设置为"60%",文字效果如图 8-75 所示。

图8-74 删除背景

图8-75 文字效果

25. 按 Ctrl+E 组合键,将"图层 1"向下合并到"背景"层中,然后载入"Alpha 1"通道的文字选区。

26. 按 Ctrl+Alt+D 组合键,在弹出的【羽化选区】对话框中设置【羽化半径】参数为"10像素",单击 确定 按钮。

27. 按 Ctrl+L 组合键,设置【输入色阶】参数分别为"40"、"0.60"和"255",单击 确定 按扭。按 Ctrl+D 组合键取消选区,调整色阶后的文字效果如图 8-76 所示。

图8-76 调整色阶后的文字效果

28. 按 Ctrl+S 组合键,将此文件命名为"糖果效果字.psd"并保存。

8.3.2 调整糖果字的质感

下面综合运用各种命令来调整糖果字的质感。

🔑 调整糖果字的质感

1. 接上例。打开【通道】面板,将"Alpha 1"通道复制生成为"Alpha 1 副本"通道,并将其设置为工作状态。

2. 执行【滤镜】/【其他】/【位移】命令,设置【水平】参数为"﹣2",设置【垂直】参数为"﹣2",单击 确定 按扭。

3. 按 Ctrl+Alt+4 组合键,载入"Alpha 1"通道的选区,如图 8-77 所示。

4. 按 Shift+Ctrl+I 组合键将选区反选并填充黑色,然后去除选区。

5. 执行【滤镜】/【其他】/【位移】命令,设置【水平】参数为"﹣6",设置【垂直】参数为"﹣6",单击 确定 按扭。

6. 将"Alpha 1"通道的选区再次载入,如图 8-78 所示。

图8-77 载入选区

图8-78 载入选区

7. 在选区内填充黑色,去除选区后的文字效果如图 8-79 所示。

8. 再执行【滤镜】/【其他】/【位移】命令，设置【水平】参数为 "8"，设置【垂直】参数为 "8"，单击 确定 按扭。

9. 再次将 "Alpha 1" 通道选区载入，执行【选择】/【修改】/【收缩】命令，设置【收缩量】参数为 "2 像素"，单击 确定 按钮。

10. 按 Shift + Ctrl + I 组合键将选区反选并填充黑色，然后去除选区。

11. 执行【滤镜】/【模糊】/【高斯模糊】命令，设置【半径】参数为 "3 像素"，单击 确定 按钮，文字效果如图 8-80 所示。

图8-79 填充黑色 　　　　　　　　　　　　　　　　图8-80 模糊后的效果

12. 按 Ctrl + L 组合键，设置【输入色阶】参数分别为 "100"、"1.00" 和 "150"，单击 确定 按钮，文字效果如图 8-81 所示。

图8-81 调整色阶后的效果

13. 按住 Ctrl 键，单击 "Alpha 1 副本" 通道载入选区，打开【图层】面板，新建 "图层 1"，并为选区填充白色，效果如图 8-82 所示。

14. 去除选区，将 "图层 1" 的【不透明度】参数设置为 "50%"，文字效果如图 8-83 所示。然后按 Ctrl + E 组合键，将 "图层 1" 合并到 "背景" 层中。

图8-82 填充白色 　　　　　　　　　　　　　　　图8-83 文字效果

15. 按 Ctrl + Alt + 4 组合键载入 "Alpha 1" 通道的选区，按 Ctrl + J 组合键，将文字通过复制生成 "图层 1"，然后将 "背景" 层填充蓝色（G:71,B:117）。

16. 将 "图层 1" 设置为工作层，执行【图层】/【图层样式】/【投影】命令，各选项及参数设置如图 8-84 所示。

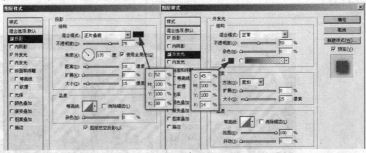

图8-84 【图层样式】对话框

17. 单击 确定 按扭，添加图层样式后的文字效果如图 8-85 所示。

图8-85　添加图层样式后的文字效果

18. 按 Ctrl+Alt+5 组合键载入 "Alpha 1 副本" 通道的选区，然后执行【选择】/【修改】/
【扩展】命令，设置【扩展量】参数为 "6 像素"，单击 确定 按扭。然后新建
"图层 2"，在选区内填充白色，效果如图 8-86 所示。

图8-86　填充白色效果

19. 执行【图层】/【图层样式】/【投影】命令，各选项及参数设置如图 8-87 所示。

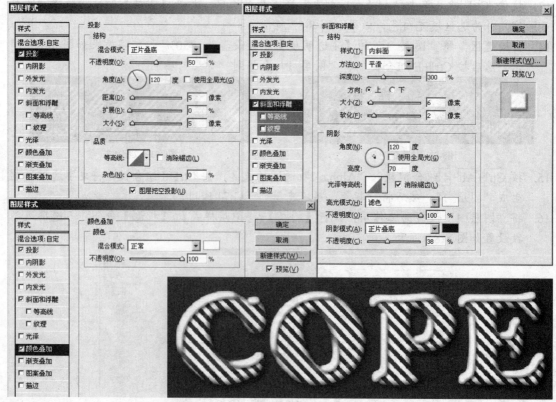

图8-87　【图层样式】参数设置及效果

20. 将白色奶油效果向左上角稍微移动一点位置，放置在文字的边缘，至此糖果效果字制作完毕，整体效果如图 8-88 所示。

图8-88 制作完成的糖果字

21. 按 Ctrl+S 组合键，将此文件保存。

小结

本章主要讲述了【文字】工具的使用方法，包括字体的显示设置、文字的创建、文字的转换、变形和跟随路径操作等。其中，文字的转换、变形和跟随路径命令对今后的排版、字体创意设计、制作特效字等工作是非常重要的，希望同学们熟练掌握这些功能。

习题

1. 打开教学资源包素材文件中 "图库\第 08 章" 目录下的 "图标.psd" 文件。利用【文字】工具沿路径输入文字，制作出如图 8-89 所示的商标图形。作品参见教学资源包素材文件中 "作品\第 08 章" 目录下的 "操作题 08-1.psd" 文件。

图8-89 素材图片与设计的商标图形

2. 打开教学资源包素材文件中 "图库\第 08 章" 目录下的 "汽车.jpg" 文件。根据本章所学习的沿路径输入文字命令，制作出如图 8-90 所示的文字沿路径排列效果。作品参见教学资源包素材文件中 "作品\第 08 章" 目录下的 "操作题 08-2.psd" 文件。

图8-90 图片素材及沿路径输入的文字

3. 打开教学资源包素材文件中"图库\第 08 章"目录下的"化妆品.psd"文件。在画面中编排上文字，设计出如图 8-91 所示的化妆品广告效果。作品参见教学资源包素材文件中"作品\第 08 章"目录下的"操作题 08-3.psd"文件。

图8-91 化妆品广告

第9章 滤镜

滤镜是 Photoshop 中最精彩的内容，应用滤镜可以制作出多种不同的图像艺术效果以及各种类型的艺术效果字。Photoshop CS3 的【滤镜】菜单中共有 100 多种滤镜命令，每个命令都可以单独使图像产生不同的滤镜效果，也可以利用滤镜库为图像应用多种滤镜效果。

由于每一种滤镜都有自己独特风格的窗口和功能强大的选项及参数设置，其使用和操作方法相对也较简单。本章将按照功能概括、效果展示的方式来向同学们介绍 Photoshop CS3 的 100 多种自带滤镜及第三方开发的增效工具滤镜插件的功能。本章也仅以抛砖引玉的方式来介绍这些滤镜，同学们可反复操作查看效果，并创造出拥有自己特色的艺术特效。

9.1 Photoshop 滤镜

在滤镜菜单下面每一个命令都可以应用到 RGB 模式的图像中，而对于 CMYK 和灰度模式的图像则有部分滤镜命令无法执行，只有先将其转换为 RGB 模式才可以应用，这一点同学们要特别注意。

9.1.1 【转换为智能滤镜】命令

Photoshop CS3 中新增加的【转换为智能滤镜】命令，可以让用户就像操作图层样式那样灵活方便地运用滤镜。在应用效果之前如果先转换成智能滤镜，在调制效果时，通过智能滤镜可以随时更改添加在图像上的滤镜参数，并且还可以随时地移除或添加其他滤镜。

利用智能滤镜在修改图像效果的同时，将仍可保留图像原有数据的完整性。如果觉得某滤镜不合适，可以暂时关闭，或者退回到应用滤镜前图像的原始状态。若要修改某滤镜的参数，可以直接双击【图层】面板中的该滤镜，即可弹出该滤镜的参数设置对话框；单击【图层】面板滤镜左侧的眼睛图标，则可以关闭该滤镜的预览效果。在滤镜上单击鼠标右键，可在弹出的菜单中编辑滤镜的混合模式，更改滤镜的参数设置，关闭滤镜或删除滤镜等。

9.1.2 在图像中应用单个滤镜

在图像中创建好选区或设置好需要应用滤镜效果的图层，然后执行【滤镜】菜单命令，在弹出的子菜单中选择相应的命令，如果滤镜命令后面带有省略号（…），则会弹出相应的对话框。单击对话框中图像预览窗口左下角的 + 和 − 按钮，可以放大或缩小显示预览窗口中的图像。设置好相应的参数及选项后单击 确定 按钮，即可将一种滤镜效果应用到图像中。

9.1.3 在图像中应用多个滤镜

在图像中创建好选区或设置好需要应用滤镜效果的图层，然后执行【滤镜】/【滤镜库】命令，将弹出【滤镜库】对话框，当设置相应的滤镜命令后【滤镜库】对话框中的标题栏名称则变为相应的滤镜名称。如图 9-1 所示为【滤镜库】对话框执行相应命令后的显示形态说明图。

图9-1　【滤镜库】对话框说明图

 当执行过一次滤镜命令后，滤镜菜单栏中的第一个命令即可使用，执行此命令或按 Ctrl + F 组合键，可以在图像中再次应用最后一次应用的滤镜效果。按 Ctrl + Alt + F 组合键，将弹出上次应用滤镜的对话框。

9.1.4 【抽出】命令

利用【抽出】命令可以根据需要分离图像，实际上也是选择图像局部区域的一种方法。具体使用方法请参见第 3.2.2 节内容。

9.1.5 【液化】命令

利用【液化】命令，可以通过交互方式将图像进行拼凑、推、拉、旋转、反射、折叠或膨胀等变形。打开教学资源包素材文件中"图库\第 09 章"目录下的"图库 09-1.jpg"文件，执行【滤镜】/【液化】命令，弹出的【液化】对话框如图 9-2 所示。

对话框左侧的工具按钮用于设置变形的模式，右侧的选项及参数用于设置画笔的大小、压力以及查看模式等。各工具按钮的功能介绍如下。

- 【向前变形】工具 ：利用此工具在预览窗口中单击或拖曳，可以将图像向前推送使之产生扭曲变形。原图如图 9-3 所示，效果如图 9-4 所示。

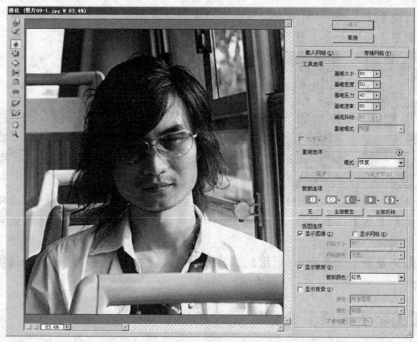

图9-2 【液化】对话框

- 【重建】工具 ✐: 利用此工具在预览窗口中单击或拖曳, 可以修复变形后的图像。
- 【顺时针旋转扭曲】工具 ⊙: 利用此工具在图像中单击或拖曳, 可以得到顺时针扭曲效果, 按住 Alt 键可以得到逆时针扭曲效果, 如图 9-5 所示。
- 【褶皱】工具 ⌘: 利用此工具在预览窗口中单击或拖曳, 可以使图像在靠近画笔区域的中心进行变形, 效果如图 9-6 所示。

图9-3 原图   图9-4 笑脸   图9-5 卷发   图9-6 表情

- 【膨胀】工具 ⊙: 利用此工具在预览窗口中单击或拖曳, 可以使图像在远离画笔区域的中心进行变形, 效果如图 9-7 所示。
- 【左推】工具 ⋙: 利用此工具在预览窗口中单击或拖曳, 可以使图像向左或向上偏移。按住 Alt 键并拖曳鼠标光标可以将图像向右或向下偏移, 效果如图 9-8 所示。
- 【镜像】工具 ⋈: 利用此工具在预览窗口中单击或拖曳, 可以反射与描边方向垂直的区域。按住 Alt 键并拖曳鼠标光标, 将反射与描边方向相反的区域, 效果如图 9-9 所示。

- 【湍流】工具 ≋：利用此工具在窗口中单击或拖曳，可以平滑地拼凑图像。一般用于创建火焰、云彩、波浪以及类似的效果，如图 9-10 所示。

图9-7　表情　　　　　　图9-8　表情　　　　　图9-9　镜像效果　　　　图9-10　湍流效果

- 【冻结蒙版】工具 ：利用此工具可以将该区域冻结并保护该区域以免被进一步编辑。
- 【解冻蒙版】工具 ：利用此工具可以将冻结的区域擦除，使该区域能够被编辑。

9.1.6　【图案生成器】命令

利用【图案生成器】命令，可以将图像通过重排样本区域中的图像来创建拼贴生成图案，拼贴的单元图案大小可以根据自己的需要进行设置。

打开教学资源包素材文件中"图库\第 09 章"目录下的"南瓜.jpg"文件，执行【滤镜】/【图案生成器】命令，弹出的【图案生成器】对话框如图 9-11 所示。

图9-11　【图案生成器】对话框

利用 工具绘制选区或者单击 使用图像大小 按钮，并设置需要的选项和参数后单击 生成 按钮，即可在【图案生成器】对话框预览窗口中生成图案。当单击 再次生成 按钮可重新生成图案，单击 确定 按钮即可将图案应用到打开的图像中。如图 9-12 所示为使用此命令制作的图案效果。

图9-12　生成的各种图案效果

在【图案生成器】对话框中，各按钮及选项的含义介绍如下。

- 【矩形选框】工具 ：利用此工具可在图像预览中创建单元图案的选区。
- 【使用剪贴板作为样本】：勾选此复选项，在生成图案过程中将按照图像文件中的新图层或剪贴板中的图像内容生成图案。
- 使用图像大小 按钮：单击此按钮，在生成图案过程中，可将图像文件的大小用做拼贴的尺寸大小，选择此选项可产生具有单个拼贴的图案。
- 【宽度】和【高度】：设置生成图案中的单元图案尺寸。
- 【位移】：设置生成图案中的位移方向。
- 【数量】：用于设置位移的数量。
- 【平滑度】：设置图案拼贴的锐化程度。
- 【样本细节】：可以设置图案样本中的细节大小。
- 【显示】：包括【原稿】和【效果】两个选项。当选择【原稿】选项时，预览窗口中将显示原图像；当选择【效果】选项时，预览窗口中将显示生成的图案效果。
- 【拼贴边界】：勾选此复选项，在生成的图案上将显示拼贴的边界，单击右侧的色块，可在弹出的【拾色器】对话框中设置拼贴边界的颜色。
- 【更新图案预览】：勾选此复选项，在下方的历史记录窗口中将显示与当前拼贴相关的图案预览。
- 【存储预设图案】按钮 ：单击此按钮，在弹出的【图案名称】调板中设置图案的名称，可将当前的拼贴图案定义为图案。
- 【从历史记录中删除拼贴】按钮 ：单击此按钮，可删除历史记录中的拼贴图案。

9.1.7　【消失点】命令

【消失点】命令是一种可以简化在包含透视平面（如建筑物的一侧、墙壁、地面或任何矩形物体）的图像中进行的透视校正编辑的过程。在编辑消失点时，可以在图像中指定平面，然后应用绘画、仿制、拷贝或粘贴以及变换等编辑操作，所有这些编辑操作都将根据所绘制的平面网格来给图像添加透视。本节通过给沙发贴图的案例，学习此命令的使用方法。

🔑 使用【消失点】命令给沙发贴图

1. 打开教学资源包素材文件中"图库\第 09 章"目录下的"沙发.jpg"和"图案.jpg"文件。
2. 将"沙发.jpg"文件设置为工作文件，打开【路径】面板，按住 Ctrl 键单击"路径 1"载入沙发的选区。
3. 按 Ctrl+J 组合键将沙发复制生成"图层 1"，然后再新建"图层 2"。
4. 将"图案.jpg"文件设置为工作文件，按 Ctrl+A 组合键全选图案，然后按 Ctrl+C 组合键将图案复制到剪贴板中，以备在【消失点】对话框中给沙发贴图用。
5. 执行【滤镜】/【消失点】命令，弹出【消失点】对话框，选择【创建平面】工具 ▦ ，在沙发正面的左侧单击确定绘制网格的起点，然后向右移动鼠标光标并单击确定网格的第二个控制点，如图 9-13 所示。依次绘制出沙发立面的网格，如图 9-14 所示。

图9-13 绘制网格　　　　　　　　　　　　　　　图9-14 绘制网格

6. 通过设置 网格大小: 25 ▸ 参数，可以控制网格的数量，如图 9-15 所示。
7. 选择 ▦ 工具，再绘制沙发坐垫上的网格，如图 9-16 所示。

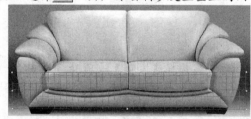 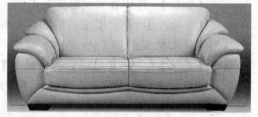

图9-15 设置的网格　　　　　　　　　　　　　　图9-16 绘制的网格

8. 根据沙发的结构分别绘制出靠背和左右两边扶手的网格，如图 9-17 所示。

图9-17 绘制的网格

9. 按 Ctrl+V 组合键，将前面复制到剪贴板中的图案粘贴到【消失点】对话框中，如图 9-18 所示。

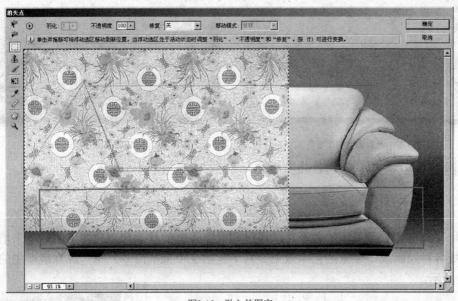

图9-18　贴入的图案

10. 在图案上按住鼠标左键拖曳，将其移动到网格内，如图 9-19 所示。

11. 按 Ctrl+V 组合键再次将图案粘贴到【消失点】对话框中，并将其拖动到指定的网格中。按住 Alt 键，在网格内的图案上按住鼠标拖曳可以复制图案，如图 9-20 所示。

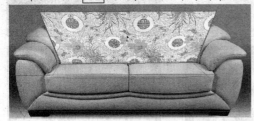

图9-19　移动到网格内的图案

图9-20　复制图案

12. 使用相同的方法再粘贴 3 个相同的图案，并依次将图案拖动到合适的网格内，如图 9-21 所示。

13. 单击 确定 按钮，退出【消失点】对话框，得到如图 9-22 所示的画面效果。

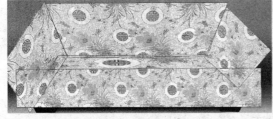

图9-21　粘贴的图案

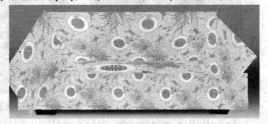

图9-22　制作的透视图案

14. 按住 Ctrl 键单击 "图层 1" 的图层缩览图，载入沙发的选区。

15. 按 Shift+Ctrl+I 组合键将选区反选，然后按 Delete 键删除沙发外的图案，去除选区后得到如图 9-23 所示的效果。

16. 在【图层】面板中，将 "图层 2" 的图层混合模式设置为 "正片叠底"，这样就得到了非常漂亮的沙发贴图效果，如图 9-24 所示。

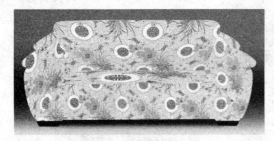

图9-23　删除多余的图案

图9-24　贴图完成效果

17. 按 Shift+Ctrl+S 组合键，将此文件命名为"沙发贴图.psd"另存。

9.1.8 【风格化】滤镜

使用【风格化】菜单下的命令可以通过置换图像中的像素和查找特定的颜色来增加对比度，生成各种绘画或印象派的艺术效果。其下包括 9 个菜单命令，每一种滤镜产生的效果如图 9-25 所示。

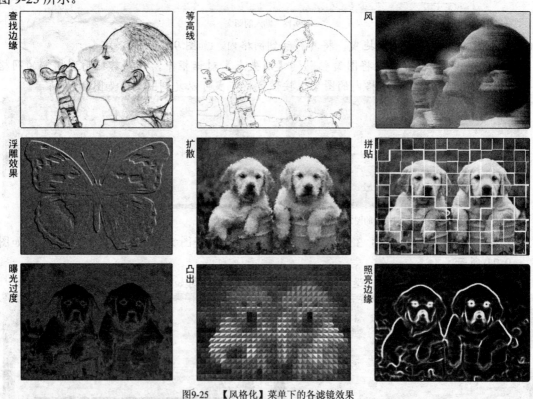

图9-25　【风格化】菜单下的各滤镜效果

【风格化】菜单下每一种滤镜的功能介绍如下。

滤镜名称	功　　能
【查找边缘】	在图像中查找颜色的主要变化区域，强化过渡像素，产生类似于用彩笔勾描轮廓的效果，一般适用于背景单纯、主体图像突出的画面
【等高线】	在图像中每一个通道的亮区和暗区边缘勾画轮廓线，产生 RGB 颜色的细线条
【风】	在图像中创建细小的水平线条来模拟风吹的效果

滤镜名称	功　能
【浮雕效果】	使图像产生一种凸起或凹陷的浮雕效果
【扩散】	根据设置的选项搅乱图像中的像素，使图像看起来聚焦不准，从而产生一种类似于冬天玻璃上的冰花融化的效果
【拼贴】	利用设定的颜色将图像分割成小方块，每一个小方块之间都有一定的位移
【曝光过度】	使图像产生正片与负片混合的效果
【凸出】	根据设置的不同选项，使图像生成立方体或锥体的三维效果
【照亮边缘】	对图像中的轮廓边缘进行搜索，产生类似于霓虹灯光照亮的效果

9.1.9 　【画笔描边】滤镜

使用【画笔描边】菜单下的命令可以使图像创造出各种不同的绘画艺术效果。其下包括 8 个菜单命令，每一种滤镜产生的效果如图 9-26 所示。

图9-26　【画笔描边】菜单下的各滤镜效果

【画笔描边】菜单下每一种滤镜的功能介绍如下。

滤镜名称	功　能
【成角的线条】	在图像中较亮区域与较暗区域分别使用两种不同角度的线条来描绘图像，可以制作出类似用油画笔在对角线方向上绘制的的效果
【墨水轮廓】	能够制作出类似钢笔勾画的风格，是用纤细的黑色线条在原细节上重绘图像
【喷溅】	用此命令可以模拟喷枪喷溅，在图像中产生颗粒飞溅的效果
【喷色描边】	此命令是将图像的主导色，用成角的、喷溅的颜色线条重绘图像
【强化的边缘】	对图像中不同颜色之间的边缘进行加强处理。设置较高的边缘亮度控制值时，强化效果类似白色粉笔；设置较低的边缘亮度控制值时，强化效果类似黑色油墨
【深色线条】	在图像中用短而密的线条绘制深色区域，用长的线条描绘浅色区域
【烟灰墨】	此命令可以使图像产生一种类似于毛笔在宣纸上绘画的效果，这种效果具有非常黑的柔化模糊边缘
【阴影线】	保留原图像的细节和特征，同时使用模拟的铅笔阴影线添加纹理，并使图像中彩色区域的边缘变得粗糙

9.1.10 【模糊】滤镜

使用【模糊】菜单下的命令可以对图像进行各种类型的模糊效果处理。它通过平衡图像中的线条和遮蔽区域清晰的边缘像素，使其显得虚化柔和。其下包括 11 个菜单命令，每一种滤镜产生的效果如图 9-27 所示。

图9-27 【模糊】菜单下的各滤镜效果

【模糊】菜单下每一种滤镜的功能介绍如下。

滤镜名称	功 能
【表面模糊】	在保留边缘的同时模糊图像，用于创建特殊的模糊效果同时消除杂色或粒度
【动感模糊】	沿特定方向（从 - 360°～+360°）以指定的强度对图像进行模糊处理，类似于物体高速运动时曝光的摄影手法
【方框模糊】	此命令是基于相邻像素的平均颜色值来模糊图像
【高斯模糊】	通过控制模糊半径参数对图像进行不同程度的模糊效果处理，从而使图像产生一种朦胧的效果。此命令是在图像处理过程中使用频率最高的一种图像模糊命令
【进一步模糊】	与使用【模糊】命令对图像所产生的模糊效果基本相同，只是比使用【模糊】命令产生的效果更加明显
【径向模糊】	类似于模拟移动或旋转的相机所拍摄的模糊照片效果
【镜头模糊】	类似于使用照相机镜头的柔光功能模拟制作的镜头景深模糊效果
【模糊】	使图像产生极其轻微的模糊效果，只有在处理更加清晰的图像效果时使用，要得到很明显的模糊效果，多次使用此命令才可以看出来
【平均】	此命令可以将图层或选区中的图像颜色平均分布产生一种新颜色，然后用产生的新颜色填充图层或选区
【特殊模糊】	对图像进行精细的模糊，只对有微弱颜色变化的区域进行模糊，不对图像轮廓边缘模糊
【形状模糊】	使用指定的形状来创建模糊，即先从【自定形状】预设列表中选择一种形状，然后调整【半径】值的大小，即可对图像进行模糊处理

9.1.11 【扭曲】滤镜

使用【扭曲】菜单下的命令可以对图像进行各种形态的扭曲，从而使图像产生奇妙的艺术效果。其下包括 13 个菜单命令，每一种滤镜产生的效果如图 9-28 所示。

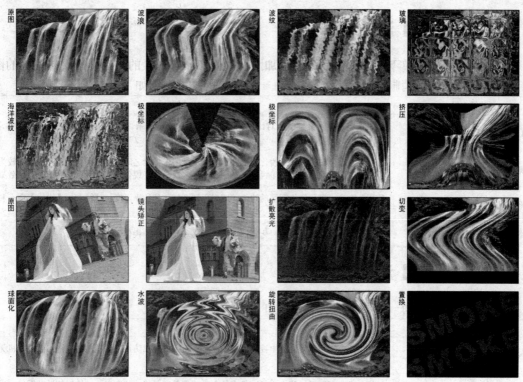

图9-28 【扭曲】菜单下的各滤镜效果

【扭曲】菜单下每一种滤镜的功能介绍如下。

滤镜名称	功　能
【波浪】	使图像产生强烈的波浪效果
【波纹】	在图像上创建波状起伏的褶皱效果，类似于水池表面的波纹
【玻璃】	使图像产生类似于透过不同质感的玻璃所看到的效果
【海洋波纹】	使图像表面产生随机分隔的波纹，看上去像是在水中的效果
【极坐标】	可以将指定的图像从平面坐标转换到极坐标，或从极坐标转换到平面坐标
【挤压】	使图像产生向外或向内挤压的效果，【挤压】对话框中的【数量】参数为负值时，图像向外挤压；数值为正值时，图像向内挤压
【镜头矫正】	此命令可修复常见的镜头瑕疵，如用广角镜头拍摄的照片在形状上的失真、晕影和色差等
【扩散亮光】	此命令是按照工具箱中的背景色为基色对图像的亮部区域进行加光渲染
【切变】	使用此命令可以将图像沿设置的曲线进行扭曲，通过拖曳【切变】对话框中的线条可以改变图像扭曲的形状
【球面化】	此命令与【挤压】命令相似，只是产生的效果与参数设置正负值与【挤压】相反。此命令还多了【模式】选项，可以将图像挤压，产生一种图像包在球面或柱面上的立体感效果
【水波】	产生一种类似于投石入水的涟漪效果
【旋转扭曲】	可以使图像产生旋转扭曲的变形效果，【旋转扭曲】对话框中的【角度】参数为负值时，图像以逆时针进行旋转扭曲；数值为正值时，图像以顺时针进行旋转扭曲
【置换】	可以将 PSD 格式的目标图像与指定的图像按照纹理的交错组合在一起，用来置换的图像称为置换图，该图像必须为 PSD 格式

9.1.12 【锐化】滤镜

使用【锐化】菜单下的命令可以通过增加图像中色彩相邻像素的对比度来聚焦模糊的图像，从而使图像变得清晰。【锐化】菜单下每一种滤镜的功能介绍如下。

滤镜名称	功 能
【USM 锐化】	用来调整图像边缘细节的对比度，使模糊的图像变得清晰。在数码照片处理中此命令非常实用
【进一步锐化】和【锐化】	使用【进一步锐化】和【锐化】命令都可以增大图像像素之间的反差，从而使图像产生较为清晰的效果。只是【进一步锐化】命令相当于多次执行【锐化】命令所得到的图像锐化效果
【锐化边缘】	使用此命令可以只锐化图像的边缘，同时保留图像整体的平滑度。其特点与【锐化】命令和【进一步锐化】命令相同
【智能锐化】	使用此命令可以通过设置锐化算法或控制阴影和高光中的锐化量来锐化图像

9.1.13 【视频】滤镜

【视频】菜单下每一种滤镜的功能介绍如下。

滤镜名称	功 能
【NTSC 颜色】	将图像的色彩范围限制在电视机可接受的色彩范围内，以防止发生颜色过渡饱和而电视机无法正确扫描的现象
【逐行】	使用此命令可以通过移去视频图像中的奇数或偶数隔行线，使在视频上捕捉的运动图像变得平滑

9.1.14 【素描】滤镜

使用【素描】菜单下的命令可以利用前景色和背景色根据当前图像中不同的色彩明暗分布来置换图像中的色彩，从而生成一种双色调的图像效果。其下包括 14 个菜单命令，每一种滤镜所产生的效果如图 9-29 所示。

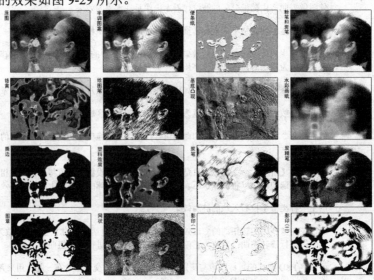

图9-29　【素描】菜单下的各滤镜效果

【素描】菜单下每一种滤镜的功能介绍如下。

滤镜名称	功　能
【半调图案】	在保持图像连续色调范围的同时模拟半调网屏效果
【便条纸】	使图像产生一种类似于浮雕的凹陷效果
【粉笔和炭笔】	使用前景色在图像上绘制粗糙的高亮区域，使用背景色绘制中间色调，从而产生一种类似粉笔或碳笔绘制的素描效果
【铬黄】	此命令可以将图像处理成类似于金属合金的效果，感觉高光部分向外凸，阴影部分则向内凹
【绘图笔】	使用细的、线状的油墨对图像进行描边以获取原图像中的细节，产生一种类似钢笔素描的效果。此滤镜使用前景色作为油墨，使用背景色作为纸张，以替换原图像中的颜色
【基底凸现】	此命令可以使图像产生凹凸起伏的雕刻壁画效果，用前景色填充图像中的较暗区域，用背景色填充图像中的较亮区域
【水彩画纸】	使用此命令将产生类似于在潮湿的纸上作画溢出的颜料效果
【撕边】	在图像的边缘部分表现出一种模拟碎纸片的效果
【塑料效果】	按照三维塑料效果塑造图像，表现立体的感觉，用前景色和背景色给图像上色，图像中的亮部表现为凹陷，暗部表现为凸出
【炭笔】	用前景色和背景色来重新描绘图像，产生类似于用木碳笔涂绘出来的效果
【炭精笔】	在图像上模拟用浓黑和纯白的炭精笔绘画的纹理效果，前景色绘制图像中较暗的图像区域，背景色绘制图像中较亮的图像区域
【图章】	简化图像中的色彩，使之呈现用橡皮擦除或图章盖印的效果，前景色表现图像的阴影部分，背景色表现图像的高光部分
【网状】	模拟胶片中感光显影液的收缩和扭曲来重新创建图像，使暗调区域呈现结块状，高光区域呈现轻微的颗粒化
【影印】	模拟一种由前景色和背景色形成的图像剪影效果

9.1.15 【纹理】滤镜

使用【纹理】菜单下的命令可使图像的表面产生特殊的纹理或材质效果。其下包括 6 个菜单命令，每一种滤镜所产生的效果如图 9-30 所示。

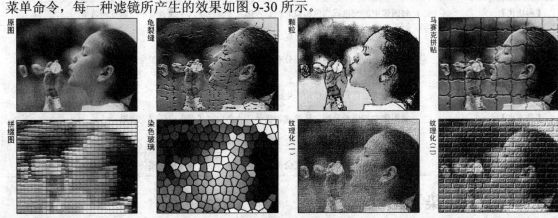

图9-30 【纹理】菜单下的各滤镜效果

【纹理】菜单下每一种滤镜的功能介绍如下。

滤镜名称	功 能
【龟裂缝】	模拟图像在凹凸的石膏表面上绘制的效果，并沿着图像等高线生成精细的裂纹
【颗粒】	利用颗粒使图像生成不同的纹理效果。当选择不同的颗粒类型时，图像所生成的纹理效果也各不相同
【马赛克拼贴】	将图像分割成若干个形状不规则的小块图形
【拼缀图】	将图像分解为若干个小正方形，每个小正方形都由该区域最亮的颜色进行填充，还可以调整小正方形的大小和凸陷程度
【染色玻璃】	在图像中生成类似于玻璃的模拟效果，生成玻璃块之间的缝隙将用前景色进行填充，图像中细节将会随玻璃的生成而消失
【纹理化】	在图像中应用预设或自定义的纹理样式，从而在图像中生成指定的纹理效果

9.1.16 【像素化】滤镜

使用【像素化】菜单下的命令可以使图像中的像素按照不同的类型进行重新组合或分布，使图像呈现不同类型的像素组合效果。其下包括 7 个菜单命令，每一种滤镜所产生的效果如图 9-31 所示。

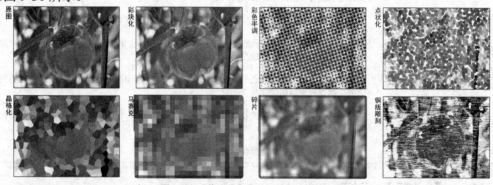

图9-31 【像素化】菜单下的各滤镜效果

【像素化】菜单下每一种滤镜的功能介绍如下。

滤镜名称	功 能
【彩块化】	将图像中的纯色或颜色相似的像素转化为像素色块，生成具有手绘感觉的效果
【彩色半调】	在图像的每个通道上模拟出现放大的半调网屏效果
【点状化】	将图像中的颜色分解为随机分布的网点，如同绘画中的点彩派绘画效果一样，网点之间的画布区域以默认的背景色来填充
【晶格化】	使图像中的色彩像素结块，生成颜色单一的多边形晶格形状
【马赛克】	将图像中的像素分解，转换成颜色单一的色块，从而生成马赛克效果
【碎片】	将图像中的像素进行平移，使图像产生一种不聚焦的模糊效果
【铜版雕刻】	将图像转换为彩色图像中完全饱和的颜色，产生一种随机的模仿铜版画的效果

9.1.17 【渲染】滤镜

使用【渲染】菜单下的命令可以在图像中创建云彩、纤维、光照等特殊效果。其下包括 5 个菜单命令，每一种滤镜所产生的效果如图 9-32 所示。

图9-32 【渲染】菜单下的各滤镜效果

【渲染】菜单下每一种滤镜的功能介绍如下。

滤镜名称	功 能
【分层云彩】	此命令是在图像中按照介于前景色与背景色之间的颜色值随机而生成的云彩效果，并将生成的云彩与现有的图像混合。第一次选择该滤镜时，图像的某些部分被反相为云彩，多次应用此滤镜之后，会创建出与大理石纹理相似的叶脉效果
【光照效果】	可以制作出多种奇妙色彩的灯光效果；还可以使用灰度文件的纹理制作出类似三维图像的效果，并存储自己的样式在其他图像中使用。注意，它只能用于RGB颜色模式的图像中
【镜头光晕】	在图像中产生类似于摄像机镜头的眩光效果
【纤维】	通过前景色和背景色对当前像进行混合处理，产生一种纤维效果
【云彩】	根据前景色与背景色在图像中随机生成类似于云彩的效果。此命令没有对话框，每次使用该命令时，所生成的云彩效果都会有所不同

9.1.18 【艺术效果】滤镜

使用【艺术效果】菜单下的命令可以使图像产生多种不同风格的艺术绘画效果。其下包括15个菜单命令，每一种滤镜所产生的效果如图9-33所示。

图9-33 【艺术效果】菜单下的各滤镜效果

【艺术效果】菜单下每一种滤镜的功能介绍如下。

滤镜名称	功　　能
【壁画】	在图像的边缘添加黑色，并增加图像的反差，从而使图像产生古壁画的效果
【彩色铅笔】	模拟各种颜色的铅笔在图像上绘制的效果，图像中较明显的边缘被保留
【粗糙蜡笔】	使图像产生好像是用彩色蜡笔在带纹理的纸上绘制的效果
【底纹效果】	根据设置的纹理在图像中产生一种纹理效果，也可以用来创建布料或油画效果
【调色刀】	减少图像的细节，产生一种类似于用油画刀在画布上涂抹出的效果
【干画笔】	通过减少图像中的颜色来简化图像的细节，使图像呈现出类似于油画和水彩画之间的干画笔效果
【海报边缘】	根据设置的参数减少图像中的颜色数量，并查找图像的边缘绘制成黑色的线条
【海绵】	在图像中颜色对比强烈、纹理较重的区域创建纹理，使图像看上去好像是用海绵绘制的效果
【绘画涂抹】	用选择的各种类型的画笔来绘制图像，产生各种涂抹的艺术效果
【胶片颗粒】	在图像中的暗色调与中间色调之间添加颗粒，使图像看起来色彩较为均匀平衡
【木刻】	把图像中相近的颜色用一种颜色代替，使图像看起来是由简单的几种颜色绘制而成的剪贴画效果
【霓虹灯光】	为图像添加类似霓虹灯一样的发光效果
【水彩】	通过简化图像的细节来改变图像边界的色调及饱和度，使其产生类似于水彩风格的绘画效果
【塑料包装】	给图像涂一层光亮的颜色以强调表面细节，从而使图像产生一种表现质感很强的类似被蒙上塑料薄膜的效果
【涂抹棒】	在图像中较暗的区域被密而短的黑色线条涂抹，亮的区域将变得更亮而丢失细节

9.1.19　【杂色】滤镜

使用【杂色】菜单下的命令可以在图像中添加或减少杂色，以创建各种不同的纹理效果。其下包括 5 个菜单命令，所产生的效果如图 9-34 所示。

图9-34　【杂色】菜单下的各滤镜效果

【杂色】菜单下每一种滤镜的功能介绍如下。

滤镜名称	功　　能
【减少杂色】	在不影响整个图像或各个通道的设置保留图像边缘的同时减少杂色
【蒙尘与划痕】	通过更改图像中相异的像素来减少杂色，使图像在清晰化和隐藏的缺陷之间达到平衡
【去斑】	模糊并去除图像中的杂色，同时保留原图像的细节。当图像窗口较小时效果不是很明显，图像放大显示后才可以观察出细微的变化
【添加杂色】	将一定数量的杂色以随机的方式添加到图像中
【中间值】	通过混合图像中像素的亮度来减少杂色。此滤镜在消除或减少图像的动感效果时非常有用

9.1.20　【其他】滤镜

使用【其他】菜单下命令可以创建自己的滤镜、使用滤镜修改蒙版、使图像发生位移和快速调整颜色等。其下包括 5 个菜单命令，每一种滤镜所产生的效果如图 9-35 所示。

图9-35　【其他】菜单下的各滤镜效果

【杂色】菜单下每一种滤镜的功能介绍如下。

滤镜名称	功　　能
【高反差保留】	在图像中有强烈颜色过渡的地方按指定的半径保留边缘细节，并且不显示图像的其余部分
【位移】	将指定的图像在水平或垂直位置移动，而图像移动后的原位置会变成背景色或图像的另一部分
【自定】	可以设置自己的滤镜，根据预定义的数学运算可以更改图像中每个像素的亮度值，此操作与通道的加、减计算类似
【最大值】	对图像中的亮部区域扩大，对暗部区域缩小，产生较明亮的图像效果
【最小值】	此命令与【最大值】正好相反，是对图像中的亮部区域缩小，对暗部区域扩大

9.1.21　【Digimarc（作品保护）】滤镜

【Digimarc（作品保护）】滤镜组中的滤镜命令可以将数字水印嵌入到图像中以存储版权信息。其下包括【嵌入水印】和【读取水印】两个滤镜命令。

一、【嵌入水印】滤镜

【嵌入水印】滤镜可以在图像中加入识别图像创建者的水印，每幅图像中只能嵌入一个水印。如果要在分层图像中嵌入水印，应在嵌入水印之前合并图层，否则水印将只影响当前图层。使用【嵌入水印】命令在图像中加入识别图像创建者水印的操作步骤如下。

🔑 【嵌入水印】

1. 打开教学资源包素材文件中"图库\第 09 章"目录下的"照片 09-1.jpg"文件，执行【滤镜】/【Digimarc】/【嵌入水印】命令，弹出【嵌入水印】对话框，如图 9-36 所示。
2. 如果是第一次使用此滤镜，则要先获得一个 ID 号才能使用这一功能。单击【嵌入水印】对话框中的 [个人注册(P)] 按钮，弹出【个人注册 Digimarc 标识号】对话框，如图 9-37 所示。
3. 单击 [信息(I)] 按钮，启动 Web 浏览器并访问 www.digimarc.com 站点，获得一个 ID 号。

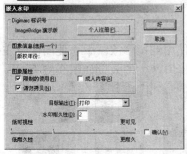

图9-36 【嵌入水印】对话框

图9-37 【个人注册 Digimarc 标识号】对话框

4. 在【Digimarc 标识号】文本框中输入 PIN 和 ID 号，并单击 [好] 按钮。输入 Digimarc ID 后，【嵌入水印】对话框中的 [个人注册(P)] 按钮就变成"更改"按钮，此时单击此按钮允许更改新的 Digimarc ID 号。
5. 在【版权年份】文本框中输入图像的版权年份，在【图像属性】选项组中选择图像属性选项。
6. 在【目标输出】下拉列表中，指定图像是用于显示器显示、网页显示还是打印。
7. 在【水印耐久性】文本框中输入一个值或拖曳滑块的位置，指定水印的耐久性。
8. 勾选【确认】复选项，在嵌入水印后系统自动评定水印的耐久性。单击 [好] 按钮，即可完成水印设置。

二、【读取水印】滤镜

【读取水印】滤镜可以检查图像中是否有水印。如果图像中没有水印存在，将弹出一个【找不到水印】的提示框；如果有水印存在，就会显示出创建者的相应信息。

9.2 增效工具滤镜

除了能使用 Photoshop 自带的近百种特效滤镜之外，还有很多由第三方开发的增效工具滤镜插件来帮助设计者实现想要表现的效果。例如 Knockout（抠图大师）、Neat Image Pro（降噪高手）、S-Spline Pro（图像放大师）等。有了这些滤镜插件，对于设计师设计作品来说，将会有非常大的帮助。

9.2.1 增效工具滤镜的安装方法

增效工具滤镜的安装方法有两种。一种是带有"Setup.exe"可执行程序文件的增效工具滤镜，与安装其他应用软件一样，只要双击该执行文件即可安装，但在出现的相关安装目录文件夹中，要选择安装到"C:\Program Files\Adobe\Adobe Photoshop CS3\增效工具\滤镜"文件夹中。安装完成后，重新启动 Photoshop CS3，在【滤镜】菜单的最下面就是刚刚安装的增效工具滤镜命令。另一种是不带"Setup.exe"可执行程序文件的增效工具滤镜，这种滤镜一般只是一个插件文件，将该文件复制到"C:\Program Files\Adobe\Adobe Photoshop CS3\增效工具\滤镜"文件夹中，即可完成安装。

9.2.2 Knockout 2.0

在使用 Photoshop 处理图像的过程中，经常需要将图片中的某一个对象从背景中抠选出来，这是一种非常重要且应该熟练掌握的技术。常用抠图方法有很多，例如使用【魔棒】工具、【套索】工具，也可以利用【路径】、【蒙版】等高级操作技巧。但是，利用这些方法抠选出来的图，效果有时不一定理想，而且对初学者来说不易掌握。

由 Corel 公司最新出品的 Knockout 2.0 是一款非常优秀的经典抠图工具，该软件不但能够满足常见的抠图工作的需要，而且可以对烟雾、阴影和凌乱的毛发进行精细地抠选，即使是透明的婚纱或玻璃器皿等物品，也可以轻松地利用该软件抠选出来。

安装 Knockout 2.0 后，启动 Photoshop CS3。打开教学资源包素材文件中"图库\第 09 章"目录下的"照片 09-2.jpg"的文件，按 Ctrl+J 组合键在【图层】面板中复制"背景"层为"图层 1"。执行【滤镜】/【Knockout 2】/【载入工作图层】命令，进入如图 9-38 所示的界面。

图9-38　Knockout 2.0 界面

Knockout 2.0 的界面分为菜单栏、工具栏和选区显示状态设置栏等部分，分别简要介绍如下。

一、菜单栏

菜单栏中包括【文件】、【编辑】、【查看】、【选区】、【窗口】和【帮助】等 6 个菜单。

- 【文件】菜单：该菜单中包括【保存方案】、【保存映像遮罩】、【保存阴影遮罩】、【还原】和【应用】等命令。
- 【编辑】菜单：该菜单中包括【撤销】、【恢复】、【处理】和【参数选择】等命令。其中【处理】命令是用来处理图像和显示去除背景后的图像显示颜色。执行【参数选择】命令，将弹出如图 9-39 所示的【参数选择】对话框，在该对话框中可以进行描绘磁盘、恢复键、撤销级别和影像缓存等的设置。
- 【查看】菜单：在该菜单中可以设置查看对象的方式，其中包括查看原稿、输出当前结果、输出最后结果和 Alpha 通道等。另外，还可以设置是否隐藏内部对象、外部对象、内部阴影、外部阴影、注射器和边缘羽化等。
- 【选区】菜单：该菜单中包括取消选择、设置选区全选以及扩大和收缩选区等命令。

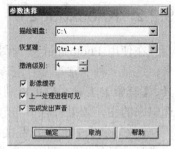

图9-39 【参数选择】对话框

- 【窗口】菜单：主要用来控制显示哪些面板、工具栏、放大或缩小显示等。

二、工具面板

工具面板位于界面的左侧，包括了用于抠图的所有工具。使用相应的工具可以进行各种位置选区的绘制以及选区的修复、图像窗口的大小显示设置、抠图后的背景颜色以及应用抠图等操作。

三、选区显示状态面板

在界面的右侧为选区显示状态面板，用它可以控制是否在画布中显示相应的选区。

下面通过范例来介绍利用 Knockout 2.0 抠图的具体方法。

☞ 抠选背景中的动物

1. 启动 Photoshop CS3，打开教学资源包素材文件中 "图库\第 09 章" 目录下的 "狗.jpg" 文件。
2. 按 Ctrl+J 组合键，在【图层】面板中复制 "背景" 层为 "图层 1"。
3. 执行【滤镜】/【Knockout 2】/【载入工作图层】命令，启动 Knockout 2 滤镜。
4. 选择 工具，沿图片的内部边缘开始绘制选区，如图 9-40 所示。

   选区以内的部分是需要保留的图像。读者绘制选区时要仔细，不要绘制到狗毛发外部的任何地方，否则会损伤抠出的图。
5. 选择 工具，在狗的外部绘制外部选区，如图 9-41 所示。

图9-40 绘制的内部选区

图9-41 绘制的外部选区

这次绘制选区以外的部分是需要删除的部分，选区内部和上次绘制选区之间的区域是图像从不透明到透明的过渡区域，也就是准备进行抠图的区域。

6. 单击工具面板中的 ■ ▼ 按钮，在弹出的颜色面板中根据需要选择一种颜色。本例选红色。

7. 将工具面板【细节】下方的精度滑块设置为 4，这样可以保证边缘轮廓复杂的图像抠选出来后的边缘较精细。

8. 单击工具面板下方的 ⟨⟩ 按钮，开始自动进行抠图处理，得到的效果如图 9-42 所示。此时，可以看到抠图的效果基本符合要求，下面将此效果应用到 Photoshop CS3 中。

9. 执行【文件】/【应用】命令，把抠图后的效果应用到 Photoshop CS3 "图层 1" 中。

10. 打开教学资源包素材文件中 "图库\第 09 章" 目录下的 "天空.jpg" 文件。将打开的天空图片移动复制到 "狗.jpg" 文件中，放置在 "图层 1" 的下方，以便观察抠图后的效果，如图 9-43 所示。

图9-42　抠图效果　　　　　　　　　　　　　图9-43　替换背景

11. 按 Shift+Ctrl+S 组合键，将此文件命名为 "抠图.psd" 另存。

9.2.3　Neat Image Pro

　　用手机或用低分辨率的数码相机拍摄出的照片往往会出现很多噪点，尤其是照片暗部的噪点更为明显。使用 Photoshop 自身的功能可以降低一些噪点，但是操作较为复杂，对于初学者来说不是很容易掌握。下面介绍一种照片的降噪处理工具——Neat Image Pro 5.2汉化版。

　　Neat Image Pro 是一款功能强大的专业图片降噪处理软件，非常适合处理由于曝光不足而产生大量噪波的数码照片，能检测、分析并去除照片中的噪点干扰。该软件的界面简洁，使用方法简单。下面通过范例来介绍该软件的具体使用方法。

🔑　给数码照片降噪

1. 正确安装了 Neat Image Pro 插件后，启动 Photoshop CS3。打开教学资源包素材文件中 "图库\第 09 章" 目录下的 "照片 09-3.jpg" 文件，如图 9-44 所示。将该照片放大后显示，会发现其中有很多的噪点，如图 9-45 所示。

图9-44 打开的图片

图9-45 查看噪点

2. 执行【滤镜】/【Neat Image】/【降低噪点...】命令，打开如图 9-46 所示的 Neat Image Pro 插件操作界面。

由于这张照片是用 DV 的拍照功能拍摄的，所以在界面右侧的【设备名称】和【设备模式】中显示了相机的详细信息。

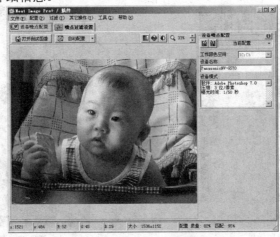

图9-46 Neat Image Pro 插件操作界面

3. 打开【噪点过滤设置】选项卡，在界面的右侧将显示【噪点过滤设置】和【锐化数量】参数设置，如图 9-47 所示。

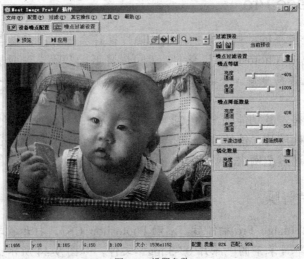

图9-47 设置参数

4. 在照片中颜色较深、噪点比较明显的地方取样，拖曳鼠标光标绘制出一个矩形取样框，然后单击 ▶预览 按钮，就开始对照片进行降噪处理了，如图 9-48 所示。

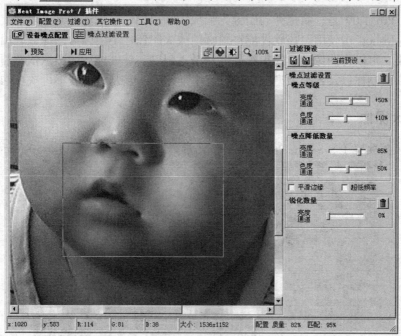

图9-48　降噪处理

　　需要注意的是，在取样框中的颜色要尽可能保持单一，并且取样的范围越大越好。观察降噪以后的效果，如果感到不满意，可以再选择其他地方继续采样降噪，在界面右侧的【噪点过滤设置】选项中可以设置噪点等级和噪点降低数量。

5. 单击 ▶应用 按钮，对照片进行降噪处理，降噪处理后的效果如图 9-49 所示。

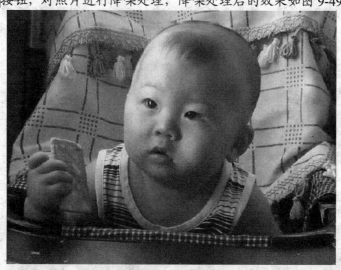

图9-49　降噪处理后的效果

6. 按 Shift+Ctrl+S 组合键，将此文件命名为"降噪处理.jpg"另存。

　　在 Neat Image Pro 的菜单中还有许多设置选项及命令，读者可以通过练习来熟悉这些命令的功能，以便处理降噪照片时选择适合的配置、过滤和工具设置。

9.2.4 S-Spline Pro 1.09

S-Spline Pro 1.09 是一款优秀的图像无损放大输出插件，该软件既可以独立使用，也可以安装在 Photoshop 中使用。该软件能够逼真地放大图像，不会因为图像放大出现锯齿、毛边和模糊效果，可以将图像品质的损失降低到最大限度，使处理后的图像依然清晰。在数码照片放大、海报制作以及各类大型广告的设计中非常实用，是设计者不可缺少的得力助手。

⚷ 放大图像

1. 正确安装并破解了 S-Spline Pro 1.09 插件之后，启动该插件，如图 9-50 所示。

图9-50 S-Spline Pro 1.09 插件界面

2. 单击插件中的 **打开** 按钮，打开教学资源包素材文件中"图库\第 09 章"目录下的"照片 09-4.jpg"文件，人物照片即可显示在 S-Spline Pro 1.09 插件右侧的窗口中，如图 9-51 所示。

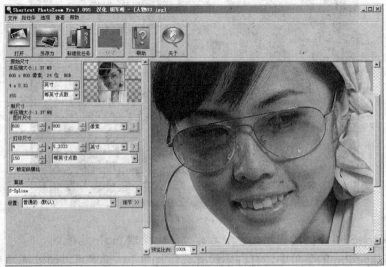

图9-51 显示的图像

　　这是一幅 600×800、分辨率为 150px/dpi 的数码照片，如果将该照片进行放大输出用作大型的海报，该照片的文件尺寸就太小了，如果直接输出，照片质量肯定会下降很多。但是利用 S-Spline Pro 1.09 插件就可以将该照片处理成合适的输出尺寸。

3. 在【打印尺寸】下面重新输入要求输出成品的尺寸，如图 9-52 所示。

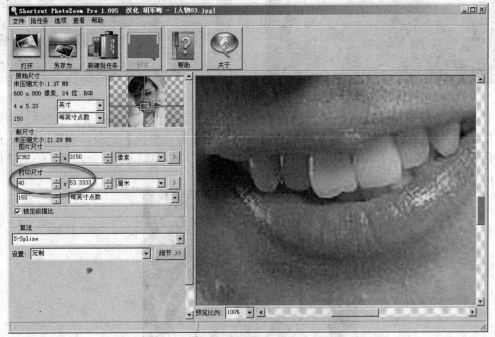

图9-52　输入尺寸参数

4. 单击 另存为 按钮，在弹出的【保存】对话框中给文件重新命名并保存。

小结

　　本章主要对 Photoshop CS3 中的滤镜部分以及 3 个常用的增效工具滤镜进行了简要的概括，此部分内容读者可以作为参考学习。学习滤镜并不是需要背命令、记参数，而是需要通过制作特效来慢慢地掌握，做的效果多了，记的滤镜命令也就多了。所以希望同学们在课余的时间，可以参考一些专门研究滤镜特效的图书和登录相关的网站来继续学习。

习题

1. 打开教学资源包素材文件中"图库\第 09 章"目录下的"狗与鸭.jpg"文件，动手操作一下每一个滤镜在图像中所产生的效果。

2. 打开教学资源包素材文件中"图库\第 09 章"目录下的"壁灯.jpg"文件。利用【滤镜】菜单栏中的【光照效果】命令，制作出如图 9-53 所示的灯光效果。作品参见教学资源包素材文件中"作品\第 09 章"目录下的"操作题 09-1.jpg"文件。

3. 利用 工具绘制矩形，通过移动复制先制作出平铺图案，然后利用【滤镜】菜单栏中的【喷溅】、【龟裂纹】以及【添加杂色】命令，制作出如图 9-54 所示的砖墙效果。作品参见教学资源包素材文件中"作品\第 09 章"目录下的"操作题 09-3.jpg"文件。

图9-53　制作的灯光效果

图9-54　制作的砖墙效果

4. 打开教学资源包素材文件中"图库\第 09 章"目录下的"照片 09-5.jpg"文件。利用图层蒙版，结合【滤镜】菜单栏中的【晶格化】和【自由变换】命令，制作出如图 9-55 所示的撕纸效果。作品参见教学资源包素材文件中"作品\第 09 章"目录下的"操作题 09-3.psd"文件。

图9-55　制作的撕纸效果

第10章　打印图像与系统优化

打印图像是图像处理及作品设计的最终目的，正确地进行打印页面及打印机设置是保证图像高质量打印输出的前提。利用 Photoshop 进行图像处理是一项非常复杂而又要求非常细腻的工作，如果掌握一定的系统优化操作，不但可以有效地提高图像处理效率，而且还能提高图像处理的质量。

10.1　黑白位图与双色调图

黑白位图、双色调图是 Photoshop 的两种非彩色的图像模式，这类模式的图像只能由灰度模式的图像转换而成。本节先来讲解这两种图像模式的性质。

10.1.1　黑白位图

黑白位图的图像是由黑色和白色两种像素组成的图像。当图像在点阵黑白输出设备上打印输出之前，图像应该先转换为黑白位图模式，这样在打印时可以很好地控制灰度图像的打印质量。

将彩色图像转换成灰度模式后，再执行【图像】/【模式】/【位图】命令，弹出图 10-1 所示的【位图】对话框。【分辨率】栏中的【输入】项显示当前图像的分辨率；在【输出】数值中，可以设置转换成位图后图像的分辨率。为了提高图像的打印质量，可以将该数值设置成原图像分辨率的 200%～250%。

在【方法】栏中的【使用】下拉列表中包含【50%阈值】、【图案仿色】、【扩散仿色】、【半调网屏】和【自定网屏】等选项，用于设置图像转换成位图的方法。

(1) 当设置【50%阈值】项时，Photoshop 会把原灰度图中大于 50%灰度值（亮度值为128）的像素变为黑色，小于 50%灰度值的像素变为白色，如图 10-2 所示。该效果与在灰度图像中使用"阈值"校正命令，并设置【阈值色阶】参数为"128"时所产生的效果一样。

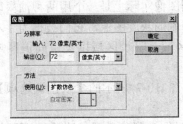

图10-1　【位图】对话框

图10-2　50%阈值

(2) 当设置【图案仿色】项时，Photoshop 会使用由黑白点组成的图案来抖动图像，使之产生黑白效果，但层次性不好，如图 10-3 所示。

(3) 当设置【扩散仿色】项时，Photoshop 会使用"误差仿色"的方法抖动图像，使之产生黑白效果，这种效果在黑白屏幕上显示效果较好，如图 10-4 所示。

图10-3 图案仿色

图10-4 扩散仿色

(4) 当设置【半调网屏】项时，会打开如图 10-5 所示的【半调网屏】对话框。在该对话框中可以设置半调网屏的"频率"、"角度"、"形状"。"半调网屏"是一个印刷术语，在印刷中图像的亮度是由半调网屏控制的，大的半调网点产生暗色，小的半调网点产生亮色。"半调网屏"也就是每英寸的半调网点数，常用每英寸线数（lpi）来度量。半调网屏对话框中的各参数一般都要根据印刷成品的要求情况来设置。一般报纸类印刷的半调网屏为 85 线左右，杂志类印刷半调网屏为 133～150 线。

(5) 当选择【自定网屏】项时，【位图】对话框的下面将出现【自定图案】选项，可以将提前制定好的图案叠加到黑白位图上面，产生半调网屏图案效果，如图 10-6 所示。

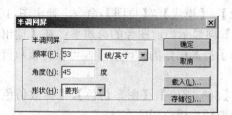

图10-5 【半调网屏】对话框

图10-6 半调网屏图案效果

10.1.2 双色调图

双色调图像是由灰度图像演变而来的，一幅双色调图像实际上是一个用两种油墨印刷的灰度图，利用 Photoshop 可以产生用 3 种或 4 种油墨印刷的灰度图像，它们被称为"双色调图"。图像经过双色调处理，可以提高图像中的高光区域、暗调区域以及中间调区域的层次，使印刷后的图像色调更加丰富。

执行【图像】/【模式】/【双色调】命令，弹出如图 10-7 所示的【双色调选项】对话框，在该对话框中可以进行如下操作。

(1) 设置油墨数量。在【类型】下拉列表中可以设置油墨的数量，当设置不同的油墨数量之后，其下面将会显示相对应的油墨盒个数。

(2) 设置油墨颜色及分布。单击油墨颜色块，将打开如图 10-8 所示的【颜色库】对话框，用于选择油墨的颜色。在"油墨名称"文本框中可以给油墨重新命名。单击"油墨颜色分布曲线",打开如图 10-9 所示的【双色调曲线】对话框,该曲线的形态及调整方法与【曲线】命令对话框的曲线相同,横坐标表示图像的显示亮度,纵坐标表示打印亮度。调整曲线可以控制油墨在图像中的分布。

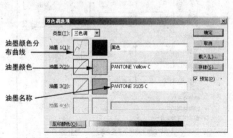

图10-7 【双色调选项】对话框

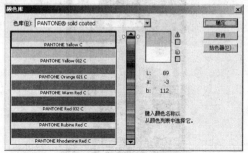

图10-8 【颜色库】对话框

(3) 当在【类型】下拉列表中设置【四色调】选项后,单击 压印颜色(O)... 按钮,打开如图 10-10 所示的【压印颜色】对话框。单击任意一个颜色块都将打开【选择压印颜色】对话框,在该对话框中可以设置各种油墨色彩混合后的颜色效果。需要注意的是,在改变了油墨颜色和分布曲线后,所设置的压印颜色不会发生相应的变化,因此,如果进行压印颜色设置后,又调整了油墨颜色和油墨颜色的分布曲线,应该再次打开【压印颜色】对话框,重新进行色彩混合颜色的设置。

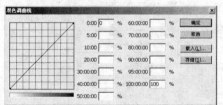

图10-9 【双色调曲线】对话框

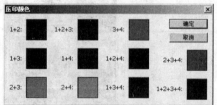

图10-10 【压印颜色】对话框

(4) 单击 存储(S)... 按钮,可以将当前设置的油墨配置保存起来,供以后使用。单击 载入(L)... 按钮,可以打开存储的油墨配置颜色。

(5) 全部设置完成后,单击 确定 按钮完成双色调图的转换操作。如果想修改这些设置,只要打开该双色调图后,再执行【图像】/【模式】/【双色调】命令,在打开的【双色调选项】对话框中将保留着以前所有设置的参数,直接进行修改设置就可以了。

10.2 打印图像

对图像进行打印前,首先要进行打印设置,例如定义纸张的大小、打印图片的质量或副本数等。本节以实例的形式来讲解利用喷墨打印机打印图像的一般操作过程。

🔑 打印图像

1. 启动 Photoshop CS3,打开打印机电源开关,确认打印机处于联机状态。

2. 在打印机放纸夹中放一张 A4 尺寸(210mm × 297mm)的普通打印纸。

3. 打开教学资源包素材文件中"图库\第 10 章"目录下的"宣传单.jpg"文件,如图 10-11 所示。

4. 执行【图像】/【图像大小】命令，在弹出的【图像大小】对话框中设置其参数，如图 10-12 所示，单击 确定 按钮。

图10-11 打开的图片

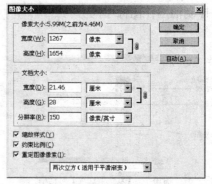

图10-12 【图像大小】对话框

> **要点提示** 在【图像大小】对话框中，可以为将要打印的图像设置尺寸、分辨率等参数。当将【重定图像像素】复选框的勾选状态取消之后，打印尺寸的宽度、高度与分辨率参数将成反比例设置。

5. 执行【文件】/【打印】命令，弹出如图 10-13 所示的【打印】对话框。

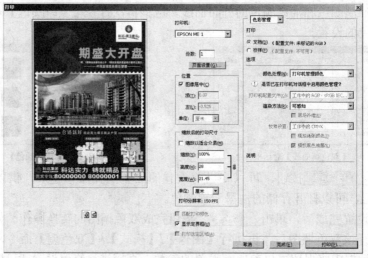

图10-13 【打印】对话框

> **要点提示** 由于打印机的品牌和型号不同，在执行【打印】命令后弹出的【打印】对话框的形态也会有所不同。但【页面设置】、【位置】等基本选项都会在不同型号打印机的【打印】对话框找到。

- 和 按钮：用于设置打印页面是按纵向打印还是横向打印。
- 【份数】：用于设置需要打印图片的数量。
- 【图像居中】：设置此选项，打印后的图像将位于纸张的中央位置。取消此选项，可以设置打印图片与纸张顶边和左边的距离。
- 【缩放以适合介质】：设置此选项，将按照设置的打印介质的尺寸来缩放图片，以适合介质尺寸。取消此选项，可以按照比例来缩放图片的大小。

6. 单击 页面设置(S) 按钮，弹出【EPSON ME 1 属性】对话框，如图 10-14 所示。

7. 在【质量选项】栏中根据打印要求设置合适的打印质量选项。

8.　在【打印纸选项】栏中设置目前所用纸的类型以及尺寸。

9.　在【打印选项】栏中若勾选【打印预览】复选项，单击 ▢确定▢ 按钮，退出【EPSON ME 1 属性】对话框，在【打印】对话框中再单击 ▢打印(P)...▢ 按钮，将首先出现如图 10-15 所示的【打印预览】对话框，在该对话框中检查可打印页面在纸张中的位置，确认无误之后单击 ▢打印▢ 按钮，稍等片刻即可完成"宣传单.jpg"图片的打印。

图10-14　【EPSON ME 1 属性】对话框

图10-15　【打印预览】对话框

10.3　Photoshop 系统优化

将 Photoshop 系统设置为自己习惯使用的方法，可以有效地提高工作效率。利用 Photoshop 的【预设管理器】和【首选项】命令，可以设置常用的显示选项、文件处理选项、光标选项、透明度与色域选项以及增效工具选项等。

10.3.1　预设管理器

执行【编辑】/【预设管理器】命令，弹出如图 10-16 所示的【预设管理器】对话框。在【预设类型】下拉列表中包括【画笔】、【色板】、【渐变】、【样式】、【图案】、【等高线】、【自定形状】和【工具】8 个选项，选择不同的选项可以对其进行载入、存储、重命名和删除等操作。下面以选择【画笔】选项为例对【预设管理器】进行讲解。

单击【预设管理器】对话框上方的 ⊙ 按钮，弹出如图 10-17 所示的下拉菜单。每个选项的功能参见第 4.1.2 节内容的讲解。

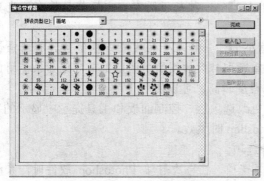

图10-16　【预设管理器】对话框

图10-17　下拉菜单

10.3.2　首选项设置

执行【编辑】/【首选项】命令，弹出如图 10-18 所示的【首选项】子菜单。

一、常规

执行【编辑】/【首选项】/【常规】命令（快捷键为 Ctrl+K 组合键），弹出【首选项】/【常规】对话框，如图 10-19 所示。

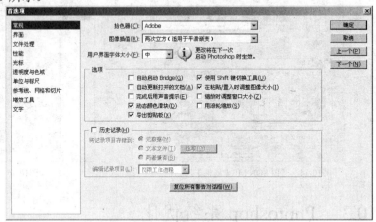

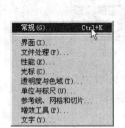

图10-18　【首选项】子菜单　　　　　　图10-19　【首选项】/【常规】对话框

（1）在【拾色器】下拉列表中包括【Windows】和【Adobe】两个选项，它是与 Photoshop 最匹配的颜色系统，所以不要随意改变。

（2）【图像插值】下拉列表中包括以下 5 个选项。

- 【邻近】：一种速度快但精度低的图像像素模拟方法。用于包含未消除锯齿边缘的插图，以保留硬边缘并生成较小的文件。在对图像进行扭曲或缩放时或在某个选区上执行多次操作时，这种效果会变得更加明显。
- 【两次线性】：一种通过平均周围像素颜色值来添加像素的方法，可生成中等品质的图像。
- 【两次立方（适用于平滑渐变）】：一种将周围像素值分析作为依据的方法，计算速度较慢但精度高，产生的色调渐变比"邻近"或"两次线性"更为平滑。这也是 Photoshop 默认的插值方法。
- 【两次立方较平滑（适用于扩大）】：一种基于两次立方插值且旨在产生更平滑效果的有效图像放大方法。
- 【两次立方较锐利（适用于缩小）】：一种基于两次立方插值且具有增强锐化效果的有效图像减小方法。在重新取样后的图像中保留细节，但如果使用此选项会使图像中某些区域的锐化程度过高，可以使用【两次立方】选项。

（3）【用户界面字体大小】：可以更改选项栏、控制面板和工具提示中显示的字体文本的大小。注意更改将在下一次启动 Photoshop 时生效。

（4）在【选项】栏中包括以下几种选项。

- 【自动启动 Bridge】：勾选此复选项，在再次启动 Photoshop 软件时，系统会同时启动 Bridge。

- 【自动更新打开的文档】：勾选此复选项，当退出 Photoshop 软件时会对打开的文档进行自动更新。
- 【完成后用声音提示】：勾选此复选项，命令操作执行完成后，系统会发出嘟嘟声音。
- 【动态颜色滑块】：勾选此复选项，修改颜色时色彩滑块平滑移动。
- 【导出剪贴板】：勾选此复选项，退出 Photoshop 后，软件中存入剪贴板的内容将保存在剪贴板上，否则在退出 Photoshop 后，剪贴板上的内容将被清除。
- 【使用 Shift 键切换工具】：此选项只对工具箱中右下角有三角形的工具按钮起作用。如果工具按钮中有隐藏的工具按钮，使用快捷键只能选择相应的按钮，不能再切换至隐藏按钮。只有利用键盘上的 Shift 键+工具按钮快捷键，才可以在该工具按钮和隐藏工具按钮之间进行切换。不勾选此项，直接使用相应的快捷键就可以激活工具按钮，并在其隐藏工具按钮之间进行切换。

 单击工具箱中的工具按钮即可选择相应的工具。有些工具按钮右下方有一个三角形，表示该工具按钮下方存有隐藏的工具按钮。当将鼠标光标移动至工具箱中的工具按钮上时，Photoshop 将会弹出该工具按钮的名称且在名称后有一字母，这个字母就是该工具的快捷键。

- 【在粘贴/置入时调整图像大小】：勾选此复选项，在当前文件中粘贴或置入其他图像时，系统会自动处理图像的大小以适应当前文件。
- 【缩放时调整窗口大小】：此选项决定当按键盘上的 Ctrl+[+] 组合键或 Ctrl+[-] 组合键放大或缩小图像的显示比例时，图像窗口的大小是否随之改变。
- 【用滚轮缩放】：勾选此复选项，当使用中间带滚轮的鼠标时，滑动滚轮可缩放当前图像文件。向上推动滚轮可放大图像；向下滑动滚轮可缩小图像。

(5) 【历史记录】：勾选此复选项，可在其下设置存储历史记录的有关信息。

- 【元数据】：单击此单选按钮，将历史记录存储为嵌入在文件中的元数据。
- 【文本文件】：单击此单选按钮，可以将历史记录存储为文本文件。单击右侧的 选取(O)... 按钮，可在弹出的【存储】对话框中设置历史记录条目导出的路径和名称。
- 【两者兼有】：单击此单选按钮，可以将历史记录存储为元数据，并存储在文本文件中。
- 【编辑记录项目】：指定历史记录中的信息详细程度。选择【仅限工作进程】选项，将记录包括 Photoshop 每次启动或退出以及每次打开和关闭文件时所记录的项目，还包括每幅图像的文件名。不包括任何有关对文件所做编辑的信息。选择【简明】选项，将记录除了包括【会话】选项的信息外，还包括在【历史记录】面板中显示的文本。选择【详细】选项，将记录除了包括【简明】选项的信息外，还包括在【动作】面板中显示的文本。如果需要保留对文件所执行操作的完整历史记录，可选择【详细】选项。
- 复位所有警告对话框(W) 按钮：单击此按钮，弹出如图 1-24 所示的【首选项】提示面板。单击 确定 按钮，可以将所有被取消显示的提示框进行重置。

二、界面

在【首选项】对话框左侧选择【界面】选项，其右侧将显示有关【界面】选项的设置，通过相应的选项可以设置显示工具栏、通道、菜单的颜色以及工具的提示信息等。

三、 文件处理

在【首选项】对话框左侧选择【文件处理】选项，其右侧将显示有关【文件处理】选项的设置，如图 10-20 所示。

(1) 在【图像预览】下拉列表中有【总不存储】、【总是存储】和【存储时询问】3 个选项，用于设置在哪些情况下存储图像缩览图和预览。选择【总不存储】选项时，将不存储图像缩览图和预览；选择【总是存储】选项时，将存储图像缩览图和预览；选择【存储时询问】选项时，在存储图像文件时，将弹出询问提示对话框。

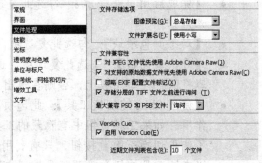

图10-20 【文件处理】选项

(2) 在【文件扩展名】下拉列表中有【使用小写】和【使用大写】两个选项，决定存储文件时扩展名的大小写。

(3) 文件兼容性。

- 【对 JPEG 文件优先使用 Adobe Camera Raw】：勾选此复选项，当在 Photoshop 绘图窗口中打开 JPEG 格式的文件时，将首先启动 Adobe Camera Raw 窗口，该窗口可以用来调整图像的颜色。

- 【对支持的原始数据文件优先使用 Adobe Camera Raw】：勾选此复选项，对具有 Raw 格式的图像文件优先启动 Adobe Camera Raw 窗口。

- 【忽略 EXIF 配置文件标记】：勾选此复选项，在打开文件时，忽略 EXIF 元数据指定的色彩空间规范。

- 【存储分层的 TIFF 文件之前进行询问】：勾选此复选项，在存储 TIFF 格式的分层文件时，系统将弹出提示面板，提示用户保存分层图像文件会增加文件大小，询问用户是否进行保存。

- 【最大兼容 PSD 和 PSB 文件】：设置存储文件的兼容性。选择【总是】选项，将启用最大兼容；选择【总不】选项，将取消文件兼容。选择【询问】选项，在存储时将提示是否使兼容性最高。

(4) 【近期文件列表包含】：执行【文件】/【最近打开的文件】命令，可以打开最近打开过的几个文件。【近期文件列表包含】值设置在【最近打开的文件】菜单中最多可以显示的打开文件数。

四、 性能

【性能】选项设置如图 10-21 所示。该选项主要用于设置使用 Photoshop 的内存情况以及图像处理过程中的历史记录状况和高速缓存的级别。

图10-21 【性能】选项设置

五、 光标

【光标】选项设置如图 10-22 所示。该选项主要用于设置在使用工具时鼠标光标的显示形态，包括【绘画光标】和【其他光标】。【绘画光标】控制如橡皮擦、铅笔、画笔、修复画笔、橡皮图章、图案图章、涂抹、模糊、锐化、减淡、加深和海绵工具等的光标显示形态；【其他光标】控制除绘画工具之外的其他工具的光标形态，例如选框、套索、多边形套索、魔棒、裁剪、切片、修补、吸管、钢笔、渐变、直线、油漆桶、磁性套索、磁性钢笔、自由钢笔、测量和颜色取样器工具等。

六、　透明度与色域

【透明度与色域】选项设置如图 10-23 所示。在【透明区域设置】栏中可以设置网格的大小以及颜色；单击【色域警告】栏中的颜色块，可以设置新的图像颜色的色域警告色。

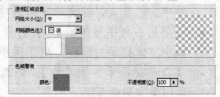

图10-22　【光标】选项设置　　　　　　　　　　　图10-23　【透明度与色域】选项设置

七、　单位与标尺

【单位与标尺】选项设置如图 10-24 所示，可以设置默认的长度计量单位和标尺单位以及新创建文件的预设分辨率。

八、　参考线、网格和切片

【参考线、网格和切片】选项设置如图 10-25 所示。该选项用来设置 Photoshop 中参考线和网格的颜色、样式、间隔以及切片的颜色和是否编号等。

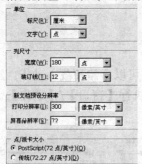

图10-24　【单位与标尺】选项设置　　　　　　图10-25　【参考线、网格和切片】选项设置

九、　增效工具

【增效工具】选项设置如图 10-26 所示。勾选【附加的增效工具文件夹】复选项，可以选择增效工具程序的文件夹。如果使用要求旧版 Photoshop 序列号的增效工具，可在【旧版 Photoshop 序列号】文本框中输入旧版序列号。

十、　文字

【文字】选项设置如图 10-27 所示。

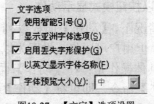

图10-26　【增效工具】选项设置　　　　　　　图10-27　【文字】选项设置

- 【使用智能引号】: 勾选此复选项, 在输入引号时将使用智能引号。如图 10-28 所示为不勾选与勾选此项时输入的引号效果。

“智能引号” “智能引号”

图10-28 不勾选与勾选【使用智能引号】选项时输入的引号形态

- 【显示亚洲字体选项】: 此选项决定在【字符】和【段落】控制面板中是否显示中文、日文、韩文的字体选项。
- 【启用丢失字形保护】: 当打开计算机中缺少字体的图像文件时, 系统会弹出缺少字体提示对话框, 用于保护丢失的字体不会随意被替换。
- 【以英文显示字体名称】: 勾选此复选项, Photoshop 软件将非英文的字体名称以英文进行显示。
- 【字体预览大小】: 可设置文字工具属性栏中【设置字体系列】窗口内的字体预览大小, 包括【小】、【中】和【大】3 个选项。

10.4 动作的设置与使用

动作是让图像文件一次执行一系列操作的命令, 大多数命令和工具操作都可以记录在动作中。它可以包含停止指令, 使用户去执行那些无法记录的任务, 也可以包含模态控制, 使用户在播放动作时在对话框中输入值。

10.4.1 【动作】面板

利用【动作】面板可以记录、播放、编辑和删除动作, 还可以存储和载入动作。默认的【动作】面板中包含许多预定义的动作, 如图 10-29 所示。执行【窗口】/【动作】命令, 或按 Alt+F9 组合键即可打开或关闭【动作】面板。

一、 展开和折叠动作

在【动作】面板中单击组、动作或命令左侧的 ▷ 图标, 可将当前关闭的组、动作或命令展开; 按住 Alt 键并单击 ▷ 图标, 可展开一个组中的全部动作或一个动作中的全部命令。

单击 ▷ 图标, 该图标将显示为 ▽ 图标, 单击此图标, 可将展开的组、动作或命令关闭; 按住 Alt 键并单击 ▽ 图标, 可关闭一个组中的全部动作或一个动作中的全部命令。

二、 以按钮模式显示动作

默认情况下, 【动作】面板以列表的形式显示动作, 但用户可以将其设置为以按钮的形式显示。具体操作是: 在【动作】面板中单击右上角的 ▼≡ 按钮, 然后在弹出的菜单中执行【按钮模式】命令, 即可将【动作】面板中的动作以按钮的形式显示。在【动作】面板菜单中再次选择【按钮模式】命令, 可将动作以列表的形式显示。

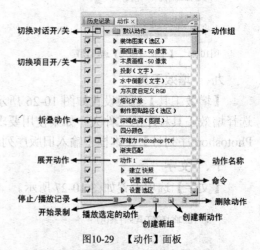

图10-29 【动作】面板

10.4.2　记录动作

除 Photoshop CS3 中设置的预定义动作外，还可以自己设置动作。在设置之前，最好创建动作组，以更好地组织和管理动作。

一、创建新组

(1) 在【动作】面板中，单击【创建新动作组】按钮 ▢ 。

(2) 在【动作】面板菜单中，执行【新序列】命令。

执行以上任一操作，都将弹出【新建组】对话框，输入动作组的名称，然后单击 ▭确定 按钮，即可新建动作组。

二、创建新动作

创建新动作组后，通过记录可以将所做的操作记录在该动作组中，直至停止记录。

(1) 在【动作】面板中，单击【创建新动作】按钮 ◨ 。

(2) 在【动作】面板菜单中，执行【新建动作】命令。

执行以上任一操作，都将弹出图 10-30 所示的【新建动作】对话框。在该对话框中设置各选项后单击 ▭记录 按钮，即可在新建动作的同时开始记录动作，此时【动作】面板中的【开始记录】按钮 ● 将显示为红色的 ● 按钮，执行要记录的操作。如果要停止记录，可单击【动作】面板底部的【停止播放/记录】按钮 ▮▮ ，或在面板菜单中执行【停止记录】命令，或按 Esc 键，此时显示为红色的记录按钮将还原为关闭的状态。

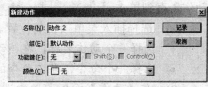

图10-30　【新动作】对话框

> **要点提示**
> 当记录【存储为】命令时，不要更改文件名。如果输入了新的文件名，Photoshop CS3 将记录此文件名并在每次运行该动作时都使用此文件名。在存储之前，如果浏览到另一个文件夹，可以指定另一位置而不必指定文件名。

若要在同一动作中继续开始记录动作，可再次单击面板底部的 ● 按钮，或执行面板菜单中的【再次记录】命令。

10.4.3　插入菜单项目、停止和不可记录的命令

在记录动作时还可随时插入菜单项目、停止和不可记录的命令，以完善整个动作。

一、【插入菜单项目】命令

【插入菜单项目】命令可以将复杂的菜单项目作为动作的一部分包含在内。播放动作时，菜单项目被设置为所记录的动作中。

(1) 在【动作】面板中选择插入菜单项目的位置。

- 开始记录动作。
- 选择一个动作的名称，在该动作的最后记录菜单项目。
- 选择一个命令，在该命令之后记录菜单项目。

(2) 在【动作】面板中选择现有的菜单项目。

(3) 在【动作】面板菜单中执行【插入菜单项目】命令。

二、 插入停止

在记录动作时可以插入停止，以便在播放动作时去执行那些无法记录的命令（如使用【绘画】工具）。也可以在动作停止时显示一条短信息，提示用户需要进行的操作。

(1) 选择插入停止的位置。

- 选择一个动作的名称，在该动作的最后插入停止。
- 选择一个命令，在该命令之后插入停止。

(2) 在【动作】面板菜单中执行【插入停止】命令，在弹出的【记录停止】对话框中，输入希望显示的信息。如果希望该选项继续执行动作而不停止，则勾选【允许继续】复选项，然后单击 确定 按钮。

三、 插入不可记录的命令

在记录动作时，可以使用【插入菜单项目】命令将许多不可记录的命令（例如【绘画】工具、视图和窗口等命令）插入到动作中。

插入的命令直到播放动作时才执行，因此插入命令时图像文件保持不变。命令的任何值都不记录在动作中。如果插入的一个命令有对话框，在播放期间将显示该对话框，并且暂停动作，直到单击 确定 或 取消 按钮为止。

(1) 选择插入菜单项目的位置。

- 选择一个动作名称，在该动作的最后插入项目。
- 选择一个命令，在该命令的最后插入项目。

(2) 在【动作】面板菜单中选择【插入菜单项目】命令，在弹出的【插入菜单项目】对话框中选择一个菜单命令，然后单击 确定 按钮。

10.4.4 设置切换对话开/关和排除

记录完动作后，可设置对话开/关以暂停有对话框的命令，便于在对话框中输入新的参数值。如果不设置对话开/关，则播放动作时不会出现对话框，并且不能更改已记录的值。在使用【插入菜单项目】命令插入有对话框的命令时，不能停用其对话开/关。另外，记录动作后，还可以排除不想播放的命令。

一、 设置切换对话开/关

在能弹出对话框的命令名称左侧框中单击，当显示 图标时，即完成对话开/关的设置，再次单击可删除对话开/关。在组或动作名称左侧的框中单击，可打开（或停用）组或动作中所有命令的对话开/关。对话开/关用 图标表示，如果动作和组中的可用命令只有一部分是对话开/关，则这些动作和组将显示红色的 图标。

二、 排除命令

在命令列表处于展开的状态下，单击所要排除命令左侧的勾选标记 ，取消其勾选状态，即可排除此命令。再次单击，可将该命令包括。若要排除或包括一个动作中的所有命令，可单击该动作名称左侧的勾选标记 。

当排除某个命令时，其勾选标记将消失，同时上一级动作的勾选标记将显示为红色 ，即表示动作中的某些命令已被排除。

10.4.5　播放动作

播放动作就是执行【动作】面板中指定的一系列命令，也可以播放单个命令。如果播放的动作中包括对话开/关，则可以在对话框中指定值。

一、　播放整个动作

在【动作】面板中选择要播放的动作名称，然后单击面板底部的 ▶ 按钮，或在面板菜单中选择【播放】命令。如果为一个动作指定了组合键，则按组合键就会自动播放该动作。

在【动作】面板中选择多个动作后，单击面板底部的 ▶ 按钮，或在面板菜单中选择【播放】命令，可一次播放多个动作。

二、　播放动作中的单个命令

在【动作】面板中选择要播放的命令，然后按住 Ctrl 键单击面板底部的 ▶ 按钮，或按住 Ctrl 键用鼠标双击该命令。在按钮模式中，单击一个按钮将执行整个动作，但不执行先前已排除的命令。

10.4.6　编辑动作

记录动作后，还可以对动作进行编辑，如重新排列动作或命令的执行顺序，对组、动作或命令进行复制和删除、更改动作或组选项等。

一、　重新排列动作和命令

在【动作】面板中重新排列动作或动作中的命令可以更改它们的执行顺序。

将动作或命令拖曳到位于另一个动作或命令之前或之后的新位置，当要放置的位置出现双线时释放鼠标左键，即可将该动作或命令移动到新的位置。利用这种方法，还可以将动作拖曳到另一个组或将命令拖曳到另一个动作中。

二、　复制组、动作或命令

对于需要多次执行的同一个组、动作或命令，执行下列任一种操作就可以将其复制。

(1)　按住 Alt 键并将组、动作或命令拖曳到【动作】面板中的新位置，当所需的位置出现双线时，释放鼠标左键。

(2)　选择要复制的组、动作或命令，然后在【动作】面板菜单中选择【复制】命令，复制的组、动作或命令即出现在原来的位置之后。

(3)　将要复制的组、动作或命令拖曳至【动作】面板底部的 ▣ 按钮上。复制的组、动作或命令即出现在原来的位置之后。

三、　删除组、动作和命令

对于不再需要的组、动作或命令，执行下列任一种操作可将其从【动作】面板中删除。

(1)　选择要删除的组、动作或命令，然后单击 🗑 按钮，在弹出的询问面板中单击 确定 按钮。

(2)　选择要删除的组、动作或命令，按住 Alt 键并单击 🗑 按钮，可直接将其删除。

(3)　将要删除的组、动作或命令拖曳到 🗑 按钮上。

(4)　选择要删除的组、动作或命令，然后在面板菜单中选择【删除】命令。选择【清除全部动作】命令可删除【动作】面板中的全部动作。

四、 更改动作或组选项

(1) 在【动作】面板中选择动作，然后在面板菜单中执行【动作选项】命令，在弹出的【动作选项】对话框中可以为选择的动作输入一个新的名称，或设置新的键盘快捷键和按钮颜色。

(2) 在【动作】面板中选择组，然后在面板菜单中执行【组选项】命令，在弹出的【组选项】对话框中可以为选择的组输入一个新的名称。

10.4.7 管理动作

默认情况下，【动作】面板中显示预定义的动作，但可以载入其他动作，或将设置的动作保存，或设置动作的播放速度。

一、 设置回放选项

【回放选项】命令提供了 3 种速度播放动作，当处理包含语音注释的动作时，可以指定在播放语音注释时动作是否暂停。在【动作】面板菜单中选择【回放选项】命令，将弹出如图 10-31 所示的【回放选项】对话框。

- 【加速】：单击此单选按钮，将以正常的速度播放动作。此选项为默认设置。
- 【逐步】：单击此单选按钮，在播放每个命令后将重绘图像，然后再执行动作中的下一个命令。
- 【暂停】：单击此单选按钮，在其右侧的文本框中输入暂停的时间，在播放动作时，执行每个命令后将暂停此处所设置的时间量。

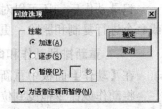

图10-31 【回放选项】对话框

- 勾选【为语音注释而暂停】复选项，将确保动作中的每个语音注释播放完后，再开始动作中的下一步骤。

二、 存储动作组

在【动作】面板中选择要保存的动作组，然后在面板菜单中执行【存储动作】命令，在弹出的【存储】对话框中为该组输入名称，并选择一个保存位置，然后单击 保存(S) 按钮，即可将该动作组保存。

可以将动作组存储在任何位置。但如果将其保存在 Photoshop CS3 程序的【预设】/【动作】文件夹中，则在重新启动应用程序后，该动作组将显示在【动作】面板的底部。

三、 载入动作组

在需要执行预定义的其他动作时，可以将其所在的动作组载入。方法有下列两种。

(1) 在【动作】面板菜单中执行【载入动作】命令，选择要载入的动作组文件，然后单击 载入(L) 按钮（Photoshop 动作组文件的扩展名为 ".atn"）。

(2) 在【动作】面板菜单的底部区域选择动作组。

四、 将动作恢复到默认组

在【动作】面板菜单中执行【复位动作】命令。在弹出的面板中单击 确定 按钮，将用默认组替换【动作】面板中的当前动作，单击 追加(A) 按钮，可将默认动作组添加到【动作】面板中的当前动作中。

五、　替换动作组

在【动作】面板菜单中执行【替换动作】命令，可将选择的动作组替换【动作】面板中的当前动作。

小结

本章主要讲述了打印图像与系统优化内容，包括黑白位图与双色调图的性质及设置方法、打印图像操作、Photoshop 系统优化设置、动作的设置与使用等。这些内容虽然与图像处理的效果没有关系，但却是使处理的图像以高品质输出的关键，所以希望同学们在掌握图像处理的前提下也要熟练掌握这部分内容，为实际工作带来方便。

习题

1.　打开教学资源包素材文件中"图库\第 10 章"目录下的"宣传单.jpg"文件。将其设置成三色调图像，要求三色调分别为黑色、黄色（PANTONE Yellow C）、红色（PANTONE Red 032 C）。

2.　打开教学资源包素材文件中"图库\第 10 章"目录下的"化妆品广告.jpg"文件，如图 10-32 所示。执行【打印】命令打印该文件，要求打印尺寸为宽度 20cm、高度 10cm。

图10-32　打开的图片

3.　练习【动作】面板的使用。

第11章　网页制作

在网站设计中，无论是版面美工设计，还是网页图片的优化存储以及动画制作，利用 Photoshop 都可轻易而举地实现。目前，对于利用 Photoshop 直接优化存储网页图片已经是众多网页美工设计人员所采用的方法了。本章针对图像切片、存储网页图片以及动画制作等内容进行讲解。

11.1　图像切片

根据网站设计的要求，用于网页的图片与普通图片不同，网页图片要求在保证图片质量的前提下，要尽量减小图像文件的大小，从而减少图片在网页中的显示时间。

利用 Photoshop 提供的图像切片功能，可以把设计好的网页版面按照不同的功能划分为各个大小不同的矩形区域，当优化保存网页图片时，各个切片将作为独立的文件将图片保存，这样进行优化过的图片在网页上显示时可以提高图片的显示速度。本节介绍有关切片的知识。

11.1.1　切片的类型

图像的切片分为以下 3 种类型。

- 用户切片：用【切片】工具 创建的切片为用户切片，切片的四周以实线表示。
- 基于图层的切片：执行【图层】/【新建基于图层的切片】命令创建的切片为基于图层的切片。
- 自动切片：在创建用户切片和基于图层的切片时，图像中剩余的区域将自动添加切片，称为自动切片，其四周以虚线表示。

11.1.2　创建切片

图像的切片创建方法有以下 3 种。

一、 用切片工具创建切片

将教学资源包素材文件中"图库\第 11 章"目录下的"网站主页.psd"文件打开，在工具箱中选择【切片】工具，在画面中按下鼠标左键拖曳，释放鼠标左键后即可绘制出如图 11-1 所示的切片。

二、 基于参考线创建切片

如果图像文件中按照切片的位置需要添加了参考线，在工具箱中选择了 工具后，单击属性栏中的 基于参考线的切片 按钮，即可根据参考线添加切片，如图 11-2 所示。

图11-1 创建的切片

图11-2 创建的基于参考线的切片

三、 基于图层创建切片

对于 PSD 格式分层的图像来说，可以根据图层来创建切片，创建的切片会包含图层中所有的图像内容，如果移动该图层或编辑其内容时，切片将自动跟随图层中的内容一起进行调整。在【图层】面板中选择需要创建切片的图层，如图 11-3 所示。执行【图层】/【新建基于图层的切片】命令，即可完成切片的创建，如图 11-4 所示。

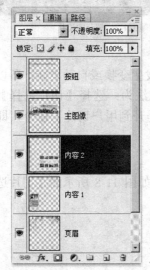

图11-3 选择图层

图11-4 创建的基于图层的切片

11.1.3 编辑切片

下面介绍切片的各种编辑操作。

一、 选择切片

选择【切片选择】工具，直接在自动切片区域单击，即可把切片选择。

二、 调整切片

在被选择的切片四周会显示控制点，直接拖动控制点即可改变切片区域大小。

三、 删除切片

直接按 Delete 键，即可把选择的切片删除，执行【视图】/【清除切片】命令，可以删除图像中的所有切片。

四、 划分切片

利用【切片选择】工具 ✍ 先选择需要划分的切片，如图 11-5 所示。

图11-5 选择切片

单击属性栏中的 划分... 按钮，在弹出的【划分切片】面板中设置划分切片的方式及个数，如图 11-6 所示。单击 确定 按钮即可得到如图 11-7 所示的划分切片。

图11-6 【划分切片】面板

图11-7 划分的切片

五、 转换切片

由于自动切片和基于图层的切片会跟随着内容的变换而发生变换或自动更新，所以有时需要将自动切片和基于图层的切片转换为用户切片。转换方法为：选择【切片选择】工具 ✍ ，在切片区域内单击鼠标右键，在弹出的菜单中执行【提升到用户切片】命令，即可将自动切片和基于图层的切片转换成用户切片。

六、 查看编辑切片

选择【切片选择】工具 ✍ ，直接在切片内双击即可弹出如图 11-8 所示的【切片选项】对话框。

图11-8 【切片选项】对话框

在【切片类型】下拉列表设置【图像】选项，如果切片中包含有纯色活 HTML 文本，则应该设置【无图像】选项，这样优化输出后的切片则不包含图像数据，因此可以提供更快的下载速度。在【尺寸】栏的各参数设置区中还可以按照精确的数值来设置切片的大小。

七、 隐藏、显示和清除切片

当在图像文件中创建了切片后，执行【视图】/【显示】/【切片】命令，则可以将切片隐藏，再次执行该命令可以将切片显示。执行【视图】/【清除切片】命令，则可以将切片在图像文件中清除。

11.2　存储网页图片

在 Photoshop 中用于存储为网页图片的方法有两种。一种是不保留添加到文件中的任何有关 Web 特性图片的普通存储，另一种是存储有关 Web 特性图片的优化存储。

11.2.1　存储为 JPG 格式图片

JPG 格式是一种图片存储质量较高且压缩量也较大的格式。将图片存储成 JPG 格式的操作方法如下。

(1) 执行【文件】/【存储为】命令，在弹出的【存储为】对话框中设置【格式】选项为 "JPEG（*.JPG; *.JPEG; *.JPE）"。

(2) 设置存储图片的路径和名称后单击 保存(S) 按钮，弹出如图 11-9 所示的【JPEG 选项】对话框。

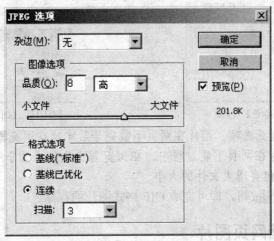

图11-9　【JPEG 选项】对话框

(3) 如果保存的图像文件是删除了 "背景" 层而包含有透明区域的图层，在【杂边】下拉列表中可以设置用于填充图像透明图层区域的背景色。

(4) 【图像选项】栏中的品质一般设置为【中】，这样可以在保证图片质量的前提下同时以较小的文件存储图片。

(5) 【格式选项】栏中包含 3 个选项，可以根据情况进行选择设置。

- 【基线("标准")】: 大多数 Web 浏览器都识别的格式。
- 【基线已优化】: 图片以优化的颜色和较小的文件存储。

- 【连续】：设置此选项并指定"扫描次数"，图片在网页下载的过程中会显示一系列越来越详细的扫描。

(6) 所有选项都设置后单击 确定 按钮，即可完成 JPG 格式图片的存储。

11.2.2 存储为 GIF 格式图片

GIF 格式是一种没有渐变颜色的单一色块图片，可以保留图片透明背景或者动画图片。将图片存储成 GIF 格式的操作方法如下。

(1) 执行【文件】/【存储为】命令，在弹出的【存储为】对话框中设置【格式】选项为"CompuServe GIF（*.GIF）"。

(2) 设置存储图片的路径和名称后单击 保存(S) 按钮，弹出如图 11-10 所示的【索引颜色】对话框。

(3) 在【调板】选项中可以设置调板类型、颜色和强制等选项。如果没有特殊要求，一般按照默认选项进行设置。

(4) 如果保存的图像文件是删除了"背景"层而包含透明区域的图层，在【杂边】下拉列表中可以设置用于填充图像透明图层区域的背景色。

(5) 单击 确定 按钮，弹出如图 11-11 所示的【GIF 选项】对话框，可以按照不同的要求进行设置。

图11-10 【索引颜色】对话框

图11-11 【GIF 选项】对话框

- 【正常】：设置此选项，图片在网页下载完毕后才能在浏览器中显示图片。
- 【交错】：图片在网页下载过程中，在浏览器上先显示低分辨率的图片，能提高下载时间，但会增大文件的大小。

(6) 单击 确定 按钮，即可完成 GIF 格式图片的存储。

11.2.3 优化存储网页图片

执行【文件】/【存储为 Web 和设备所用格式】命令，弹出如图 11-12 所示的对话框。

- 查看优化效果：对话框左上角为查看优化图片的 4 个选项卡。单击【原稿】选项卡，则显示图片未进行优化的原始效果；单击【优化】选项卡，则显示图片优化后的效果；单击【双联】选项卡，则可以同时显示图片的原稿和优化后的效果；单击【四联】选项卡，则可以同时显示图片的原稿和 3 个版本的优化效果。
- 查看图像的工具：在对话框左侧有 6 个工具按钮，分别用于查看图像的不同部分、放大或缩小视图、选择切片、设置颜色、隐藏和显示切片标记。

● 优化设置：对话框的右侧为进行优化设置的区域。在【预设】列表中可以根据对图片质量的要求设置不同的优化格式，不同的优化格式，其下的优化设置选项也会不同，如图 11-13 所示分别为设置 "GIF" 格式和 "JPEG" 格式所显示的不同优化设置选项。

图11-12　【存储为 Web 和设备所用格式】对话框

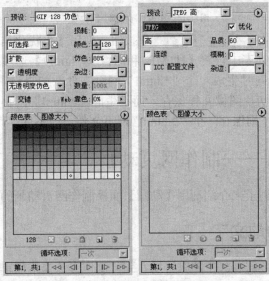

图11-13　优化设置选项

对于"GIF"格式的图片，可以适当设置"损耗"和减小"颜色"数量得到较小的文件，一般设置不超过"10"的损耗值即可；对于"JPEG"格式的图片，可以适当降低图像的"品质"来得到较小的文件，一般设置为"40"左右即可。如果图像文件是删除了"背景"层而包含有透明区域的图层，在【杂边】右侧可以设置用于填充图像透明图层区域的背景色。

- 【图像大小】选项卡：单击该选项，可以根据需要自定义输出图像的大小。
- 查看图像下载时间：在对话框的左下角显示了当前优化状态下图像文件的大小及下载该图片时所需要的下载时间。

所有选项如果设置完成，可以通过浏览器查看效果。在【存储为 Web 和设备所用格式】对话框左下角设置【缩放级别】选项后，单击右边的 ⊕ 按钮即可在浏览器中浏览该图像效果，如图 11-14 所示。

图11-14　在浏览器中浏览图像效果

关闭该浏览器，单击 存储 按钮，弹出【将优化结果存储为】对话框，如果在【保存类型】下拉列表中设置【HTML 和图像（*.html）】选项，文件存储后会把所有的切片图像文件保存并同时生成一个"*.html"网页文件；如果设置【仅限图像（*.jpg）】选项，则只会把所有的切片图像文件保存，而不生成"*.html"网页文件；如果设置【仅限HTML（*.html）】选项，则保存一个"*.html"网页文件，而不保存切片图像。

11.3　综合案例——制作网页动画

本节用两个简单的例子来介绍利用【动画】面板制作网页动画的方法。

11.3.1　制作流动的文字

流动的文字，在打开的网页中随时可以看到，制作方法非常简单。本节就来讲解一下流动文字的制作方法。

制作流动的文字

1. 打开教学资源包素材文件中"图库\第 11 章"目录下的"网站主页.psd"文件,如图 11-15 所示。

图11-15 打开的图片

2. 执行【窗口】/【动画】命令,将【动画】面板显示在窗口中。

3. 在【动画】面板中单击 按钮,复制所选的帧,如图 11-16 所示。

图11-16 复制的帧

4. 在【图层】面板中将画面右上角的"城市生活缔造者"文字所在的图层"图层 7"设置为工作层。

5. 选择 工具,按住 Shift 键再连续按 3 次 ← 键,将文字向左移动 30 像素,如图 11-17 所示。

图11-17 向左移动文字

6. 单击 按钮,再复制出"帧 3",然后按住 Shift 键再连续按 3 次 ← 键,将文字向左移动 30 像素,如图 11-18 所示。

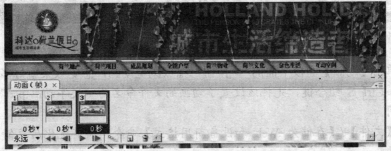

图11-18 复制出的"帧 3"及移动文字位置

7. 使用相同的操作创建出 29 个帧，且文字消失在画面的左边缘，如图 11-19 所示。

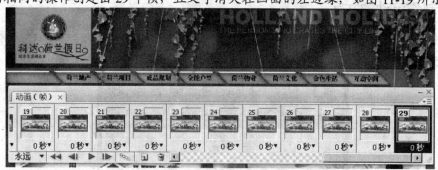

图11-19 创建的帧且文字消失

8. 再创建第 30 帧，按住 Shift 键再利用 工具把消失在画面左边的文字移动到画面的右边，且只露出其中一个字的一半。

9. 继续创建帧，同样每隔 30 个像素向左移动一个位置，直到大约与帧 1 位置的文字重合位置，这里一共创建了 41 帧，如图 11-20 所示。

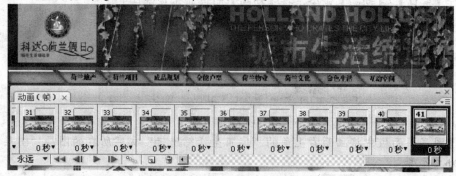

图11-20 创建的帧及文字位置

单击【动画】面板下面的 按钮，即可播放浏览动画效果了。此时感觉文字移动的速度有些快，这是因为没有给帧设置时间的原因。

10. 向右拖动【动画】面板下面的滑块显示第一帧并单击将其选择。按住 Shift 键再向左拖动滑块，显示第 41 帧并单击，这样就把所有的帧选择了。

11. 在任何一个帧的下面单击"0 秒"位置，在弹出的时间设置菜单中将帧的时间设置为"0.2 秒"，如图 11-21 所示。

图11-21 创建的帧及文字位置

此时再单击【动画】面板下面的 按钮，播放浏览动画，感觉效果就好多了。

12. 按 Shift+Ctrl+S 组合键，先将该设置了动画的文件命名为"文字动画.psd"保存，以备修改时用。

13. 再执行【文件】/【存储为 Web 和设备所用格式】命令，将其优化后存储为"GIF"格式的文件。

11.3.2　制作变换颜色的向日葵动画

设置关键帧并通过隐藏【图层】的方式也可以制作动画效果。下面来制作变换颜色的向日葵效果。

✂━━　制作变换颜色的向日葵动画

1. 接上例。在【图层】面板中将向日葵所在的"图层 4"复制为"图层 4 副本"，并单击"图层 4"左侧的 👁 图标，将该图层隐藏。

2. 在【动画】面板中将帧 5 设置为当前帧，然后按 Ctrl+U 组合键，在【色相/饱和度】对话框中将【色相】参数设置为"－15"，其他参数不变，单击 确定 按钮。

3. 复制"图层 4 副本"为"图层 4 副本 2"，并将其他两个向日葵层隐藏。

4. 将帧 10 设置为当前帧，然后按 Ctrl+U 组合键，在【色相/饱和度】对话框中将【色相】参数设置为"－30"，其他参数不变，单击 确定 按钮。

5. 使用相同的方法，每隔 5 帧调整出一个颜色，且每一个关键帧的颜色都对应一个显示的图层，如图 11-22 所示。

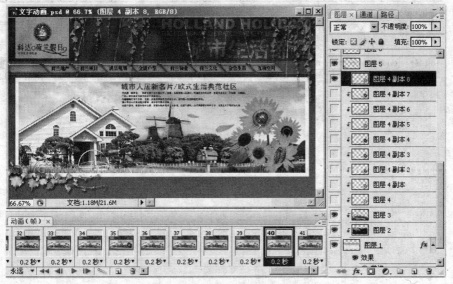

图11-22　设置的图层和关键帧颜色

6. 单击【动画】面板下面的 ▶ 按钮，播放浏览动画。

7. 按 Ctrl+S 组合键，将该文件保存。

8. 再执行【文件】/【存储为 Web 和设备所用格式】命令，将其优化后用"GIF"格式存储。

小结

本章介绍了有关切片的类型、创建和编辑切片、存储不同格式网页图片的方法，并且学习了简单动画的制作。存储网页图片是本章要重点掌握的内容，如果熟练掌握了切片的创建、编辑及存储网页图片等内容，就可以直接利用 Photoshop 优化图像且生成 HTML 文件，这样也就节省了在其他网页制作软件中优化输出图像的工作时间。

习题

1. 练习给网页图片划分切片。
2. 练习优化存储网页图片的操作方法。
3. 打开教学资源包素材文件中"作品\第 11 章"目录下的"操作题．psd"文件，如图 8-89 所示。利用【动画】面板播放该动画文件，然后自己动手制作该效果动画。所用图库为教学资源包素材文件中"图库\第 11 章"目录下的"风景.jpg"文件。

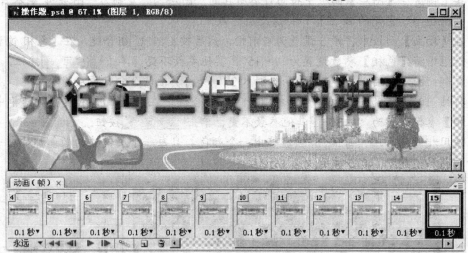

图11-23　动画文件